新制日檢
絕對合格

N1N2
N3N4N5
文法全真模考

三回+詳解

吉松由美、田中陽子、西村惠子、山田社日檢題庫小組 ◎合著

山田社

前言

一年兩次的新日檢戰場，您準備好了嗎？
無論是初上戰場的菜鳥還是沙場老兵，
只要有本書做為致勝武器，合格金牌加薪證書輕鬆到手，
從此無往不利！

針對新日檢，N1～N5 的文法試題大集合！

最精準的考前猜題，無論考試怎麼出都不怕！

文法總整理，隨時學習，過目不忘！

練就絕佳的寫題手感，合格證書手到擒來！

★ 師資致勝：

　　為掌握最新出題趨勢，本書是由多位長年於日本追蹤日檢題型的金牌教師，聯手策劃而成。並以完全符合新制日檢文法的考試方式設計，讓您彷彿置身考場。再加上一目了然的版面配置與內容編排，精心規劃出一套日檢合格的完美公式！「全真模擬試題」和「精闢解題」隨考隨解，就是要給您保證合格的實戰檢測！

★ 經驗致勝：

　　金牌教師群擁有多年策劃日檢書籍的經驗，並徹底分析了歷年的新舊日檢考題，完美地剖析新日檢的出題心理。發現摸透出題法則，才是日檢的搶分關鍵。例如：正確辨別句子之間的邏輯關係、掌握固定搭配的慣用句型。只要摸透出題者的心理，就能加快答題速度，並同時提高準確度。如此一來，合格金牌加薪證書也就輕鬆到手了！

★ 效率致勝：

　　本書將擬真試題部分獨立開來，並且完全按照新日檢題目設計，寫題彷彿置身考場。翻譯與解析部分以「左頁題目、右頁解析」的方式呈現，讓您訂正時不必再東翻西找！最貼心的編排設計，達到最有效的解題節奏，就是大幅提升學習效率的關鍵！

★ 實力致勝：

　　答錯的題目還是不懂，又沒有老師可以問，怎麼辦？儘管放心！本書的每道試題不僅有信達雅的翻譯，還附有精闢的分析解說，脈絡清晰，帶您一步一步突破關卡，並確實掌握考點、難點及易錯點，有了本書，就像是聘請了一位專業教師！另外，本書還附上「文法總整理」，詳盡的列出 N1 ～ N5 的所有文法，無論是平時學習還是考前衝刺，怎麼讀都方便！

★ 高分致勝：

　　確實做完本書，然後認真分析、拾漏補缺、記錄難點，並重複複習。如此一來必定會對題型和解題技巧都爛熟於心。有了良好的準備，信心和運氣也就跟著來了。因此只要把本書的題型做透，任考題千變萬變，您都能高分不變！

目錄 contents

極めろ！
日本語能力試験 解説編

新制日檢！絕對合格 N1,N2,N3,N4,N5 文法全真模考三回 + 詳解

JAPANESE TESTING

LEVEL N5

詞性	文 法	中 譯（功能）	讀書計畫
助詞	～が	表對象；表主語	
	〔疑問詞〕＋が	表疑問詞主語	
	が（逆接）	但是…	
	が（前置詞）	作為開場白使用	
	〔目的語〕＋を	表目的或對象	
	〔通過・移動〕＋を＋自動詞	表通過、移動	
	〔離開點〕＋を	表離開場所	
	〔場所〕＋に	有…、在…	
	〔到達點〕＋に	到…、在…	
	〔時間〕＋に	在…	
	〔目的〕＋に	去…、到…	
	〔對象（人）〕＋に	給…、跟…	
	〔對象（物・場所）〕＋に	…到、對…、在…、給…	
	〔時間〕＋に＋〔次數〕	…之中、…內	
	〔場所〕＋で	在…	
	〔方法・手段〕＋で	用…；乘坐…	
	〔材料〕＋で	用…	
	〔狀態・情況〕＋で	在…、以…	
	〔理由〕＋で	因為…	
	〔數量〕＋で＋〔數量〕	共…	
	〔場所・方向〕へ（に）	往…、去…	
	〔場所〕へ／（に）〔目的〕に	到…（做某事）	
	名詞＋と＋名詞	…和…、…與…	
	名詞＋と＋おなじ	和…一樣的、和…相同的	
	〔對象〕と	跟…一起；跟…	
	〔引用內容〕と	説…、寫著…	
	～から～まで、～まで～から	從…到…	
	〔起點（人）〕から	從…、由…	
	～から（原因）	因為…	
	～ので（原因）	因為…	

助詞	〜や〜（並列）	…和…	
	〜や〜など	和…等	
	名詞＋の＋名詞	…的…	
	名詞＋の	…的	
	名詞＋の（名詞修飾主語）	表名詞修飾主詞	
	〜は〜です（主題）	…是…	
	〜は〜ません（否定）	表否定	
	〜は〜が（狀態對象）	表狀態的對象	
	〜は〜が、〜は〜（對比）	但是…	
	〜も〜	…也…、都…	
	〜も〜（數量）	竟、也	
	疑問詞＋も＋否定（完全否定）	也（不）…	
	〜には、へは、とは	表強調	
	〜にも、からも、でも	表強調	
	〜ぐらい、くらい	大約、左右、上下；和…一樣…	
	だけ	只、僅僅	
	じゃ	那麼、那	
	しか＋〔否定〕	只、僅僅	
	ずつ	每、各	
	〜か〜（選擇）	或者…	
	〜か〜か〜（選擇）	…或是…	
	〔疑問詞〕＋か	表不明確的	
	〔句子〕＋か	嗎、呢	
	〔句子〕＋か、〔句子〕＋か	是…，還是…	
	〔句子〕＋ね	…喔、…呀、…嗎、…呢	
	〔句子〕＋よ	…喔	
接尾詞	じゅう、ちゅう	…期間；…內	
	ちゅう	…中、正在…	
	たち、がた、かた	…們	
	ごろ	左右	
	すぎ、まえ	過…、…多；差…、…前	
	かた	…法、…樣子	

7

	なに、なん	什麼…	
疑問詞	だれ、どなた	誰；哪位…	
	いつ	何時、幾時	
	いくつ（個數、年齡）	幾個、多少；幾歲	
	いくら	多少	
	どう、いかが	如何、怎麼樣	
	どんな	什麼樣的	
	どのぐらい、どれぐらい	多（久）…	
	なぜ、どうして	為什麼	
	なにか、だれか、どこか	某些、什麼；某人；去某地方	
	なにも、だれも、どこへも	也（不）…、都（不）…	
指示詞	これ、それ、あれ、どれ	這個；那個；那個；哪個	
	この、その、あの、どの	這…；那…；那…；哪…	
	ここ、そこ、あそこ、どこ	這裡；那裡；那裡；哪裡	
	こちら、そちら、あちら、どちら	這邊、這位；那邊、那位；那邊、那位；哪邊、哪位	
形容詞	形容詞（現在肯定／現在否定）	客觀事物的狀態或主觀感情；前項的否定形	
	形容詞（過去肯定／過去否定）	過去的事物狀態、過去的感覺；前項的否定形	
	形容詞く＋て	表示停頓及並列；理由、原因	
	形容詞く＋動詞	表修飾動詞	
	形容詞＋名詞	…的…	
	形容詞＋の	表替代名詞	
形容動詞	形容動詞（現在肯定／現在否定）	說明事物性質與狀態；前項的否定形	
	形容動詞（過去肯定／過去否定）	過去的事物性質與狀態、過去的感覺與感情；前項的否定形	
	形容動詞で	表停頓及並列；理由、原因	
	形容動詞に＋動詞	表修飾動詞	
	形容動詞な＋名詞	…的…	
	形容動詞な＋の	表替代名詞	

動詞	動詞（現在肯定／現在否定）	人或事物的存在；習慣；計畫；前項的否定形
	動詞（過去肯定／過去否定）	過去的存在、行為和作用；前項的否定形
	動詞（基本形）	用在關係親近的人之間的基本辭書形
	動詞＋名詞	…的…
	～が＋自動詞	表無人為意圖發生的動作
	～を＋他動詞	表有人為意圖發生的動作
	動詞＋て	表原因；表並舉動作或狀態；表動作進行；表方法、手段；表對比
	〔動詞＋ています〕（動作進行中）	表動作進行中
	〔動詞＋ています〕（習慣性）	表習慣
	〔動詞＋ています〕（工作）	表職業
	〔動詞＋ています〕（結果或狀態的持續）	表結果或狀態的持續
	動詞ないで	沒…就…；沒…反而…、不做…，而做…
	動詞なくて	因為沒有…、不…所以…
	自動詞＋ています	…著、已…了
	他動詞＋てあります	…著、已…了
句型	名詞をください	我要…、給我…
	動詞てください	請…
	動詞ないでください	請不要…
	動詞てくださいませんか	能不能請您…
	動詞ましょう	做…吧
	動詞ましょうか	我來…吧、我們…吧
	動詞ませんか	要不要…吧
	名詞がほしい	…想要…
	動詞たい	…想要…
	～とき	…的時候…
	動詞ながら	一邊…一邊…
	動詞てから	先做…，然後再做…；從…
	動詞たあとで、動詞たあと	…以後…
	名詞＋の＋あとで、名詞＋の＋あと	…後

	動詞まえに	…之前，先…
	名詞＋の＋まえに	…前
	～でしょう	也許…、可能…、大概…吧；…對吧
	動詞たり…動詞たりします	又是…，又是…；有時…，有時…
	形容詞く＋なります	變…
	形容動詞に＋なります	變成…
	名詞に＋なります	變成…
	形容詞く＋します	使變成…
	形容動詞に＋します	使變成…
	名詞に＋します	讓…變成…、使其成為…
句型	のだ	表客觀地對話題的對象、狀況進行說明
	もう＋肯定	已經…了
	もう＋否定	已經不…了
	まだ＋肯定	還…；還有…
	まだ＋否定	還（沒有）…
	～という名詞	叫做…
	つもり	打算、準備
	～をもらいます	取得、要、得到
	～に～があります／います	…有…
	～は～にあります／います	…在…
	～は～より	…比…
	～より～ほう	…比…、比起…，更…
	ほうがいい	最好…、還是…為好
副詞	あまり～ない	不太…

言語知識（文法）・読解

もんだい1　（　　）に　何を　入れますか。1・2・3・4から　いちばん
いい　ものを　一つ　えらんで　ください。

（れい）　これ（　　）わたしの　かさです。

　　　1　は　　　　2　を　　　　3　や　　　　4　に

（かいとうようし）　| （れい） | ● ② ③ ④ |

1　もんの　まえ（　　）かわいい　犬を　見ました。

　　1　は　　　　2　が　　　　3　へ　　　　4　で

2　あついので　ぼうし（　　）かぶりました。

　　1　に　　　　2　で　　　　3　を　　　　4　が

3　中野「内田さん（　　）きのう　なにを　しましたか。」

　　　内田「えいがに　いきました。」

　　1　が　　　　2　に　　　　3　で　　　　4　は

4　母「たなの　上の　おかしを　たべたのは、あなたですか。」

　　　子ども「はい。わたし（　　）たべました。ごめんなさい。」

　　1　が　　　　2　は　　　　3　で　　　　4　へ

5　きのう、わたしは　友だち（　　）こうえんに　いきました。

　　1　が　　　　2　は　　　　3　と　　　　4　に

6　えきの　まえの　みちを　東（　　）あるいて　ください。

　　1　を　　　　2　が　　　　3　か　　　　4　へ

7 先生「この 赤い かさは、田中さん（　　　）ですか。」

田中「はい、そうです。」

　　1　が　　　　2　を　　　　　3　の　　　　　4　や

8 A「あなたは がいこくの どこ（　　　）いきたいですか。」

B「スイスです。」

　　1　に　　　　2　を　　　　　3　は　　　　　4　で

9 わたしの 父は、母（　　　）3さい わかいです。

　　1　にも　　　2　より　　　　3　では　　　　4　から

10 これは 北海道（　　　）おくって きた 魚です。

　　1　でも　　　2　には　　　　3　では　　　　4　から

11 A「おきなわでも 雪が ふりますか。」

B「ふった ことは ありますが、あまり（　　　）。」

　　1　ふります　　　　　　　　2　ふりません

　　3　ふって いました　　　　4　よく ふります

12 A「魚が たくさん およいで いますね。」

B「そうですね。50ぴき（　　　）いるでしょう。」

　　1　ぐらい　　2　までは　　　3　やく　　　　4　などは

13 A「へやには だれか いましたか。」

B「いいえ、（　　　）いませんでした。」

　　1　だれが　　2　だれに　　　3　だれも　　　4　どれも

14 A「あなたは、その 人の（　　　）ところが すきですか。」

B「とても つよい ところです。」

　　1　どこの　　2　どんな　　　3　どれが　　　4　どこな

Check □1 □2 □3

15 先生「あなたは、きのう　なぜ　学校を　やすんだのですか。」
　　学生「おなかが　いたかった（　　　）です。」
　　1　から　　　　　2　より　　　　　3　など　　　　　4　まで

16 （電話で）
　　山田「山田と　もうしますが、そちらに　田上さん　（　　　）。」
　　田上「はい、わたしが　田上です。」
　　1　では　ないですか　　　　　　2　いましたか
　　3　いますか　　　　　　　　　　4　ですか

もんだい2 ＿＿★＿＿に 入る ものは どれですか。1・2・3・4から いちばん
いい ものを 一つ えらんで ください。

（もんだいれい）

A「＿＿＿＿ ＿＿＿＿ ＿★＿ ＿＿＿か。」
B「あの かどを まがった ところです。」

1 どこ　　　　2 こうばん　　　　3 は　　　　4 です

（こたえかた）

1. ただしい 文を つくります。

> A「＿＿＿＿＿ ＿＿＿＿＿ ＿＿★＿＿ ＿＿＿＿か。」
> 　　2 こうばん　　3 は　　　1 どこ　　　4 です
> B「あの かどを まがった ところです。」

2. ＿★＿に 入る ばんごうを くろく ぬります。

（かいとうようし）｜（れい）｜　　　● ② ③ ④

---

1 （デパートで）
　客「ハンカチの ＿＿＿＿ ＿＿＿＿ ＿★＿ ＿＿＿か。」
　店の人「2かいです。」

　1 は　　　　2 みせ　　　　3 です　　　　4 なんがい

2 A「きのうは なんじ＿＿＿＿ ＿＿＿＿ ＿★＿ ＿＿＿か。」
　B「9じはんです。」
　1 家　　　　2 出ました　　3 を　　　　4 に

3 この　へやは　とても　＿＿＿　★　＿＿＿　＿＿＿ね。

　1　です　　　　2　て　　　　　3　ひろく　　　4　しずか

4 （本屋で）

　店員「どんな　本を　さがして　いるのですか。」

　客「かんたん＿＿＿　＿＿＿　★　＿＿＿　さがして　います。」

　1　えいごの　　2　な　　　　　3　本　　　　　4　を

5 A「いえには　どんな　ペットが　いますか。」

　B「　＿＿＿　★　＿＿＿　＿＿＿よ。」

　1　犬　　　　　2　ねこが　　　3　と　　　　　　4　います

もんだい3　1　から　5　に　何（なに）を　入（い）れますか。ぶんしょうの　いみを　かんがえて、1・2・3・4から　いちばん　いい　ものを　一つ　えらんで　ください。

日本（にほん）で　べんきょうして　いる　学生（がくせい）が、「わたしと　パソコン」の　ぶんしょうを　書（か）いて、クラスの　みんなの　前（まえ）で　読（よ）みました。

　　わたしは、まいにち　家（いえ）で　パソコンを　つかって　います。パソコンは、何（なに）かを　しらべる　ときに　とても　1　です。
　　出（で）かける　とき、どの　2　電車（でんしゃ）や　地下鉄（ちかてつ）に　乗（の）るのかを　しらべたり、店（みせ）の　ばしょを　3　します。
　　わたしたち　留学生（りゅうがくせい）は、日本（にほん）の　まちを　あまり　4　ので、パソコンが　ないと　とても　5　。

1

1　べんり　　　　2　高（たか）い　　　　3　安（やす）い　　　　4　ぬるい

2

1　学校（がっこう）で　　　2　えきで　　　3　店（みせ）で　　　4　みちで

3

1　しらべる　　　　2　しらべよう　　　3　しらべて　　　4　しらべたり

4

1　しって　いる　　　　　　　2　おしえない
3　しらない　　　　　　　　　4　あるいて　いる

5

1　むずかしいです　　　　　　2　しずかです
3　いいです　　　　　　　　　4　こまります

言語知識（文法）・読解

もんだい1　（　　　）に 何を 入れますか。1・2・3・4から いちばん
　　　　　いい ものを 一つ えらんで ください。

（れい） これ（　　　） わたしの かさです。

　　　　1 は　　　　2 を　　　　3 や　　　　4 に

（かいとうようし）

（れい）	● ② ③ ④

---

1 あの 店（　　　） りょうりは とても おいしいです。

　1 は　　　　2 に　　　　3 の　　　　4 を

2 しずかに ドア（　　　） あけました。

　1 を　　　　2 に　　　　3 が　　　　4 へ

3 A「あなたは あした だれ（　　　） 会うのですか。」
　B「小学校の ときの 友だちです。」

　1 は　　　　2 が　　　　3 へ　　　　4 と

4 A「ゆうびんきょくは どこですか。」
　B「この かどを 左（　　　） まがった ところです。」

　1 に　　　　2 は　　　　3 を　　　　4 から

5 A「きのう、わたし（　　　） あなたに 言った ことを おぼえて い
　ますか。」
　B「はい。よく おぼえて います。」

　1 は　　　　2 に　　　　3 が　　　　4 へ

6 わたし（　　　） 兄が 二人 います。

　1 まで　　　　2 では　　　　3 から　　　　4 には

7 A「これは （　　　） 国の ちずですか。」

B「オーストラリアです。」

1　だれの　　　　　2　どこの　　　　　3　いつの　　　　4　何の

8 あねは ギターを ひき（　　　） うたいます。

1　ながら　　　　　2　ちゅう　　　　　3　ごろ　　　　　4　たい

9 学生が 大学の まえの 道（　　　） あるいて います。

1　や　　　　　　2　を　　　　　　3　が　　　　　4　に

10 夕飯を たべた（　　　） おふろに 入ります。

1　まま　　　　　2　まえに　　　　3　すぎ　　　　4　あとで

11 母「しゅくだいは （　　　） おわりましたか。」

子ども「あと すこしで おわります。」

1　まだ　　　　　2　もう　　　　　3　ずっと　　　　4　なぜ

12 A「（　　　） 飲み物は ありませんか。」

B「コーヒーが ありますよ。」

1　何か　　　　　2　何でも　　　　3　何が　　　　4　どれか

13 すこし つかれた（　　　）、ここで やすみましょう。

1　と　　　　　　2　のに　　　　　3　より　　　　4　ので

14 としょかんは、土曜日から 月曜日（　　　） おやすみです。

1　も　　　　　　2　まで　　　　　3　に　　　　　4　で

15 母と デパート（　　　） 買い物を します。

1　で　　　　　　2　に　　　　　3　を　　　　　4　は

Check □1 □2 □3

16 A「この 本は おもしろいですよ。」

B「そうですか。わたし（　　　）読みたいので、かして くださいませんか。」

1 は　　　　　2 に　　　　　3 も　　　　　4 を

もんだい2 　　★　に 入る ものは どれですか。1・2・3・4から いちばん
いい ものを 一つ えらんで ください。

（もんだいれい）

A「＿＿＿ ＿＿＿ ★ ＿＿＿か。」
B「あの かどを まがった ところです。」

1 どこ 　　　2 こうばん 　　　　3 は 　　　　4 です

（こたえかた）

1. ただしい 文を つくります。

┌─────────────────────────────────────┐
│　　A「＿＿＿＿ ＿＿＿＿ ★ ＿＿＿＿か。」　　│
│　　　　2 こうばん 　3 は 　　1 どこ 　　4 です　　│
│　　B「あの かどを まがった ところです。」　　　│
└─────────────────────────────────────┘

2. ★ に 入る ばんごうを くろく ぬります。

（かいとうようし）　┌──────┬──────────────────┐
　　　　　　　　　│（れい）│　　　● ② ③ ④　　　│
　　　　　　　　　└──────┴──────────────────┘

―――――――――――――――――――――――――――――――――――

1 A「けさは ＿＿＿ ★ ＿＿＿ ＿＿＿か。」
　 B「7時半です。」

1 おき 　　　　2 に 　　　　3 なんじ 　　4 ました

2 A「らいしゅう ＿＿＿ ＿＿＿ ★ ＿＿＿か。」
　 B「はい、行きたいです。」

1 ません 　　　2 に 　　　　3 パーティー 　4 行き

3 A「山田さんは どんな 人ですか。」

B「とても ＿＿＿ ★ ＿＿＿ ＿＿＿よ。」

1 人 2 です 3 きれいで 4 たのしい

4 A「まだ えいがは はじまらないのですか。」

B「そうですね。＿＿＿ ＿＿＿ ★ ＿＿＿ます。」

1 ほどで 2 10分 3 はじまり 4 あと

5 A「お父さんは どこに つとめて いますか。」

B「＿＿＿ ＿＿＿ ★ ＿＿＿。」

1 います 2 銀行 3 つとめて 4 に

もんだい3 　1　 から 　5　 に 何を 入れますか。ぶんしょうの いみを
かんがえて、1・2・3・4から いちばん いい ものを 一つ
えらんで ください。

日本で べんきょうして いる 学生が、「わたしの 町の 店」について
ぶんしょうを 書いて、クラスの みんなの 前で 読みました。

　わたしが 日本に 来た ころ、駅 　1　 アパートへ 行く 道には
小さな 店が ならんで いて、 八百屋さんや 魚屋さんが 　2　。
　　3　、2か月前 その 小さな 店が ぜんぶ なくなって、 大きな
スーパーマーケットに なりました。
　スーパーには、何 　4　 あって べんりですが、八百屋や 魚屋の お
じさん おばさんと 話が できなく なったので、 　5　 なりました。

1

1 へ　　　　　　2 に　　　　　　3 から　　　　　4 で

2

1 あります　　　2 ありました　　3 います　　　　4 いました

3

1 また　　　　　2 だから　　　　3 では　　　　　4 しかし

4

1 も　　　　　　2 さえ　　　　　3 でも　　　　　4 が

5

1 つまらなく　　2 近く　　　　　3 しずかに　　　4 にぎやかに

Check □1 □2 □3

言語知識（文法）・読解

もんだい1 （　　）に 何を 入れますか。1・2・3・4から いちばん
いい ものを 一つ えらんで ください。

（れい） これ （　　） わたしの かさです。

　　　　1 は　　　　　2 を　　　　　3 や　　　　　4 に

（かいとうようし）　| （れい） | ● ② ③ ④ |

---

1 夜、わたしは 母（　　） でんわを かけました。

　　1 は　　　　　　2 に　　　　　3 の　　　　　4 が

2 朝は、トマト（　　） ジュースを つくって のみます。

　　1 で　　　　　　2 に　　　　　3 から　　　　4 や

3 A「あなたは （　　） だれと 会いますか。」
　　B「小学校の ときの 先生です。」

　　1 きのう　　　2 おととい　　3 さっき　　　4 あした

4 A「この かさは だれ（　　） かりたのですか。」
　　B「すずきさんです。」

　　1 から　　　　　2 まで　　　　3 さえ　　　　4 にも

5 わたしは 1年まえ にほんに （　　）。

　　1 行きます　　　　　　　　　2 行きたいです
　　3 来ました　　　　　　　　　4 来ます

6 レストランへ 食事（　　） 行きます。

　　1 や　　　　　　2 で　　　　　3 を　　　　　4 に

7 やおやで くだもの（　　　） やさいを かいました。

1 も　　　　　　2 や　　　　　　3 を　　　　　　4 など

8 わたしは いぬ（　　　） ねこも すきです。

1 も　　　　　　2 を　　　　　　3 が　　　　　　4 の

9 行く（　　　） 行かないか、まだ わかりません。

1 と　　　　　　2 か　　　　　　3 や　　　　　　4 の

10 つくえの 上には （　　　） ありません。

1 何でも　　　　2 だれも　　　　3 何が　　　　　4 何も

11 先生「掃除は （　　　） おわりませんか。」
　　 学生「もう すこしで おわります。」

1 まだ　　　　　2 もう　　　　　3 ずっと　　　　4 なぜ

12 この みせの ラーメンは、（　　　） おいしいです。

1 やすくて　　　2 やすい　　　　3 やすいので　　4 やすければ

13 あの こうえんは （　　　） ひろいです。

1 しずかでは　　　　　　　　　　2 しずかだ
3 しずかに　　　　　　　　　　　4 しずかで

14 すみませんが、この てがみを あなたの おねえさん（　　　） わたして
　　 ください。

1 が　　　　　　2 を　　　　　　3 に　　　　　　4 で

15 いもうとは （　　　） うたを うたいます。

1 じょうずに　　　　　　　　　　2 じょうずだ
3 じょうずなら　　　　　　　　　4 じょうずの

Check □1 □2 □3

16 母「どうして　もう　すこし　はやく　（　　　）。」
　　子ども「あしが　いたいんです。」

　1　あるきます　　　　　　　　　　2　あるきたいのですか

　3　あるかないのですか　　　　　　4　あるくと

もんだい2　　★　に　入る　ものは　どれですか。1・2・3・4から　いちばん
いい　ものを　一つ　えらんで　ください。

（もんだいれい）

A「＿＿＿　＿＿＿　★　＿＿＿か。」
B「あの　かどを　まがった　ところです。」
1　どこ　　　　2　こうばん　　　　3　は　　　　4　です

（こたえかた）

1. ただしい　文を　つくります。

> A「＿＿＿＿　＿＿＿＿　★　＿＿＿＿か。」
> 　　2 こうばん　　　3 は　　　1 どこ　　　4 です
> B「あの　かどを　まがった　ところです。」

2. ★　に　入る　ばんごうを　くろく　ぬります。

（かいとうようし）　｜（れい）　｜　● ② ③ ④

1 （本屋で）
山田「りょこうの　本は　どこに　ありますか。」
店員「＿＿＿　＿＿＿　★　＿＿＿　あります。」
1　2ばんめに　　　2　上から　　　3　むこうの　　　4　本だなの

2 学生「テストの　日には、＿＿＿　＿＿＿　＿＿＿　★　か。」
先生「えんぴつと　けしゴムだけで　いいです。」
1　を　　　　　　2　もって　　　3　何　　　　4　きます

3 A「＿＿＿＿　★＿＿＿＿　＿＿＿＿　公園は　ありますか。」

B「はい、とても　ひろい　公園が　あります。」

1　家の　　　　　2　の　　　　　3　あなた　　　　4　近くに

4 A「日曜日には　どこかへ　行きましたか。」

B「いいえ。＿＿＿＿　＿＿＿＿　★＿＿＿＿　＿＿＿＿でした。」

1　行きません　　2　も　　　　　3　どこ　　　　　4　へ

5 A「スポーツでは　なにが　すきですか。」

B「野球も　★＿＿＿　＿＿＿＿　＿＿＿＿　＿＿＿＿よ。」

1　すきですし　　2　も　　　　　3　サッカー　　　4　すきです

もんだい3　１　から　５　に　何を　入れますか。ぶんしょうの　いみを　かんがえて、1・2・3・4から　いちばん　いい　ものを　一つ　えらんで　ください。

日本で　べんきょうして　いる　学生が、「わたしの　かぞく」に　ついて　ぶんしょうを　書いて、クラスの　みんなの　前で　読みました。

　　わたしの　かぞくは、両親、わたし、妹の　4人です。父は　警官で、毎日おそく　１　仕事を　して　います。日曜日も　あまり　家に　２　。母は、料理が　とても　じょうずです。母が　作る　グラタンは　かぞく　みんなが　おいしいと　言います。国に　帰ったら、また　母の　グラタンを　３　です。

　　妹が　大きく　なったので、母は　近くの　スーパーで　仕事を　４　。
妹は　中学生ですが、小さい　ころから　ピアノを　習って　いますので、今では　わたし　５　じょうずに　ひきます。

1

1　だけ　　　　2　て　　　　　3　まで　　　　4　から

2

1　いません　　2　います　　　3　あります　　4　ありません

3

1　食べる　　　2　食べてほしい　3　食べたい　　4　食べた

4

1　やめました　　　　　　　　2　はじまりました
3　やすみました　　　　　　　4　はじめました

5

1　では　　　　2　より　　　　3　でも　　　　4　だけ

MEMO

◎ 問題 1 請從 1・2・3・4 之中選出一個最適合填入（　　）的答案。

□ **1** もんの　まえ（　　）　かわいい　犬_{いぬ}を　見_みました。

1 は　　　　　　　　　　2 が

3 へ　　　　　　　　　　4 で

譯〉（在）門的前面看到了一隻可愛的狗。

□ **2** あついので　ぼうし（　　）　かぶりました。

1 に　　　　　　　　　　2 で

3 を　　　　　　　　　　4 が

譯〉天氣很熱，所以戴上了帽子。

□ **3** 中野_{なかの}「内田_{うちだ}さん（　　）　きのう　なにを　しましたか。」
　　内田_{うちだ}「えいがに　いきました。」

1 が　　　　　　　　　　2 に

3 で　　　　　　　　　　4 は

譯〉中野：「內田先生您昨天做了什麼事呢？」
　　內田：「去看了電影。」

□ **4** 母_{はは}「たなの　上_{うえ}の　おかしを　たべたのは、あなたですか。」
　　子_こども「はい。わたし（　　）　たべました。ごめんなさい。」

1 が　　　　　　　　　　2 は

3 で　　　　　　　　　　4 へ

譯〉媽媽：「把架子上面的餅乾吃掉的人是你嗎？」
　　孩子：「對。是我吃掉的。對不起。」

（解題）**1**　　　　　　　　　　　　　　　　　　（答案）(4)

動作（見ました／看到了）發生的場所（門の前／門前）用「で」表示。
請小心不要跟表示存在的場所或目的地的「に」搞混了！

（其他）「で」還表示：

方法、手段→はさみで切ります。（用剪刀剪。）

材料→牛乳でプリンを作ります。（用牛奶製作布丁。）

原因→風邪で学校を休みました。（因感冒，向學校請了假。）

狀況、狀態→例：着物で写真を撮ります。（穿和服拍照。）

（解題）**2**　　　　　　　　　　　　　　　　　　（答案）(3)

表示動作作用的對象（帽子），用「を」。「を」前面的名詞，是動作所涉
及的對象。

（其他）記住這些動詞吧！

服、シャツ→（～を）きます（穿→衣服、襯衫。）

ズボン、くつ→（～を）はきます（穿→褲子、鞋子。）

ぼうし→（～を）かぶります（戴→帽子。）

（解題）**3**　　　　　　　　　　　　　　　　　　（答案）(4)

表示主題（內田先生），用「は」。主題就是後面要敘述的對象，或判斷
的對象。例：

わたしは学生です。（我是學生。）

これはあなたの本ですか。（這是你的書。）

窓は閉めましたか。（窗戶關了嗎？）

（解題）**4**　　　　　　　　　　　　　　　　　　（答案）(1)

主格（わたし／我）用「が」表示。題目中「（たなの上のおかしは）わた
しが食べました／（架子上的零食）我吃掉了」省略了（　）的部分。

（其他）文法整理～主題「は」與主格「が」：

主題──當「這個句子在講述什麼話題呢？」→用「は」表示。例：わた
しは学生です。（我是學生。）

主格──當「這個句子做動作的是誰呢？」→用「が」表示。例：屋根の
上に猫がいます。（屋頂上有一隻貓。）

□ 5　きのう、わたしは　友<ruby>友<rt>とも</rt></ruby>だち　（　　　）　こうえんに　いきました。

1　が　　　　　　　　　2　は

3　と　　　　　　　　　4　に

> 譯》昨天我（和）朋友去了公園。

□ 6　えきの　まえの　みちを　東<ruby>東<rt>ひがし</rt></ruby>（　　　）　あるいて　ください。

1　を　　　　　　　　　2　が

3　か　　　　　　　　　4　へ

> 譯》請沿著車站前面那條路（往）東邊走。

□ 7　先生<ruby>先生<rt>せんせい</rt></ruby>「この　赤<ruby>赤<rt>あか</rt></ruby>い　かさは、田中<ruby>田中<rt>たなか</rt></ruby>さん（　　　）　ですか。」

　　田中<ruby>田中<rt>たなか</rt></ruby>「はい、そうです。」

1　が　　　　　　　　　2　を

3　の　　　　　　　　　4　や

> 譯》老師：「這把紅色的傘是田中同學（的）嗎？」
> 　　田中：「是的，沒錯。」

□ 8　A「あなたは　がいこくの　どこ（　　　）　いきたいですか。」

　　B「スイスです。」

1　に　　　　　　　　　2　を

3　は　　　　　　　　　4　で

> 譯》A：「你想去外國的什麼地方呢？」
> 　　B：「瑞士。」

(解題) **5**　　　　　　　　　　　　　　　　　　　　(答案) (3)

做動作的對象，或一起做動作的人，用「と」表示，常跟「一緒に」一同使用。例：

明日（わたしは）友達と会います。（明天〈我會〉和朋友見面。）

昨日（わたしは）妹と一緒にスーパーへ行きました。（昨天〈我〉和妹妹一起去了超市。）

(解題) **6**　　　　　　　　　　　　　　　　　　　　(答案) (4)

方向用「へ」表示，前接跟地方有關的名詞，表示動作、行為的方向。例：

男は駅の方へ走って行きました。（男人朝車站的方向跑去。）

次の角を右へ曲がってください。（請在下一個轉角向右轉。）

(解題) **7**　　　　　　　　　　　　　　　　　　　　(答案) (3)

用於修飾名詞，表示該名詞的所有者用「の」表示。「田中さんの（かさ）ですか。／田中同學的（傘）嗎？」句中的「かさ／傘」被省略。例：

Ａ：この辞書はだれのですか。（這本字典是誰的呢？）

Ｂ：張さんのです。（張先生的。）

(解題) **8**　　　　　　　　　　　　　　　　　　　　(答案) (1)

目的地用「に」表示。本題也可以使用指示方向的助詞「へ」。

其他▶ 文法整理～比較方向的助詞「へ」和目的地的助詞「に」。

動詞「行きます／前往」、「帰ります／回去」，用「へ」或「に」皆可。例：

どこ（へ／に）行きますか。（要去哪裡？）

動詞「着きます／抵達」、「入ります／進入」要接「に」（由於「着きます」、「入ります」不是表示方向的動詞，所以接「へ」並不適合。）例：

昨日日本（に）着きました。（昨天抵達日本。）

□ **9** わたしの 父は、母（　　　）　3さい　わかいです。

1　にも　　　　　　　　　2　より

3　では　　　　　　　　　4　から

譯〉我爸爸（比）我媽媽還要小三歲。

□ **10** これは　北海道（　　　）　おくって　きた　魚です。

1　でも　　　　　　　　　2　には

3　では　　　　　　　　　4　から

譯〉這是（從）北海道寄來的魚。

□ **11** A「おきなわでも　雪が　ふりますか。」

B「ふった　ことは　ありますが、あまり　（　　　）。」

1　ふります　　　　　　　　2　ふりません

3　ふって　いました　　　　4　よく　ふります

譯〉A：「請問沖繩也會下雪嗎？」
　　B：「雖然曾經下雪，但幾乎（不下）。」

□ **12** A「魚が　たくさん　およいで　いますね。」

B「そうですね。50ぴき（　　　）　いるでしょう。」

1　ぐらい　　　　　　　　2　までは

3　やく　　　　　　　　　4　などは

譯〉A：「有好多魚在游喔。」
　　B：「是呀。（大概）有五十條魚左右吧。」

(解題) **9** (答案) (2)

用「～は～より～／～比～還要～」表示對兩件性質相同的事物進行比較後，選擇前者。「ＡはＢより〇〇です／Ａ比Ｂ還要〇〇」用於想表達「Ａ較為〇〇」的時候。例：北海道は九州より広いです。（北海道比九州更大。）這個例句要說的是北海道較為遼闊。

(解題) **10** (答案) (4)

「（場所）から～／從（場所）來～；來自（場所）～」表示起點，前面的名詞是起點。例：ベトナムから来ました、テムです。（我是來自越南的提姆。）

(解題) **11** (答案) (2)

「あまり～ない／不太～」後接否定形，表示程度較低。例：このりんごはあまりおいしくないです。⇔このりんごはとてもおいしいです。（這顆蘋果不太好吃。⇔這顆蘋果非常好吃。）

其他 「（動詞た形）ことがあります」表示過去的經驗。另外，「～はありますが、～／～雖然曾經，～」是「Ｘが、Ｙ」的形式，其中的「が」表示逆接，也就是Ｘ跟Ｙ的內容不同、相反的意思。例：日本語は、面白いですが、難しいです。（日文雖然很有趣卻也很難。）

(解題) **12** (答案) (1)

「50ぴきぐらい＝だいたい50ぴき」（50條左右的魚＝大概50條魚），「ぐらい／左右」用於對某數量的推測、估計。例：
この映画は10回ぐらい見ました。（這部電影大概看了10次左右。）
Ａ：東京からパリまでどのくらいかかりますか。（從東京到巴黎大概要花多少時間呢？）
Ｂ：13時間くらいかかります。（大約要花13小時。）

□ **13** A「へやには　だれか　いましたか。」

　　 B「いいえ、（　　　）　いませんでした。」

　　 1　だれが　　　　　　　　　2　だれに

　　 3　だれも　　　　　　　　　4　どれも

　　 譯〉A：「剛才房間裡有誰在嗎？」
　　　　　B：「沒有，（誰也）不在。」

□ **14** A「あなたは、その　人_{ひと}の　（　　　）　ところが　すきですか。」

　　 B「とても　つよい　ところです。」

　　 1　どこの　　　　　　　　　2　どんな

　　 3　どれが　　　　　　　　　4　どこな

　　 譯〉A：「你喜歡那個人的（什麼）地方呢？」
　　　　　B：「他非常堅強。」

□ **15** 先生_{せんせい}「あなたは、きのう　なぜ　学校_{がっこう}を　やすんだのですか。」

　　 学生_{がくせい}「おなかが　いたかった（　　　）です。」

　　 1　から　　　　　　　　　　2　より

　　 3　など　　　　　　　　　　4　まで

　　 譯〉老師：「你昨天為什麼沒來上學呢？」
　　　　　學生：「（因為）我肚子痛。」

□ **16** （電話_{でんわ}で）

　　 山田_{やまだ}「山田_{やまだ}と　もうしますが、そちらに　田上_{たのうえ}さん　（　　　）。」

　　 田上_{たのうえ}「はい、わたしが　田上_{たのうえ}です。」

　　 1　では　ないですか　　　　2　いましたか

　　 3　いますか　　　　　　　　4　ですか

　　 譯〉（通電話）
　　　　　山田：「敝姓山田，請問您那裡（有）一位田上先生（嗎）？」
　　　　　田上：「您好，我就是田上。」

解題 **13**

答案 (3)

「疑問詞（だれ、なに、どこ）も～ない／（誰、什麼、哪裡）也～沒有」
後接否定形，表示全面否定。

其他 比較「だれがいますか／有誰在嗎」と「だれかいますか／有人在嗎」
的差異。

「（疑問詞）が～」，例：

A「部屋にだれがいますか。」（是誰在房間裡面？）B「田中さんがいま
す。」（是田中先生在裡面。）

「（疑問詞）か～」，例：

A「部屋にだれかいますか。」（有人在房間裡嗎？）B「はい、（田中さ
んが）います」（有，有人（田中先生）在裡面。）

解題 **14**

答案 (2)

「どんな（名詞）～か」是用在詢問（名詞）的種類、內容及相關訊息。例：

A：あなたのお母さんはどんな人ですか。（您的母親是一位什麼樣的人
呢？）

B：やさしくて、元気な人です。（既溫柔又很有活力的人。）

其他 選項 1 如果改成「その人のどこがすきですか／喜歡那個人的什麼地
方」就正確。

解題 **15**

答案 (1)

「なぜ／為什麼」是詢問理由的疑問詞，如果是說明理由要用「から／因
為～」。例：

A「なぜ日本語を勉強しているのですか。」（為什麼學習日語呢？）

B「日本の大学に行きたいからです。」（因為想上日本的大學。）

「なぜ」和「どうして／為何」意思是一樣的。

解題 **16**

答案 (3)

題目中「そちらに田上さん（は）いますか／請問您那裡（有）一位田上
先生嗎？」的「は」被省略。日語會話中助詞常有被省略的現象。因為前
文有「そちらに／那邊」所以後文要接「いますか／有…」才是正確的。

其他 如果前文沒有「そちらに」，而只有「山田と申しますが、（あなたは）
田上さん（　　）」的話，則選項 4「ですか」以及選項 1「ではないですか」
都是正確的。另外，選項 2 是過去式所以不正確。

◎ 問題 2 下文的___★___中該填入哪個選項，請從 1・2・3・4 之中選出一個最適合的答案。

□ **1** （デパートで）
客「ハンカチの ＿＿＿＿ ＿＿＿＿ ＿★＿ ＿＿＿＿か。」
店の人「2 かいです。」

　　1　は　　　2　みせ　　　　3　です　　　4　なんがい

　答〉ハンカチの店は何階ですか。
　　　（在百貨公司裡）
　　　（顧客：「請問賣手帕的店在幾樓呢？」）
　　　（員工：「在二樓。」）

□ **2** A「きのうは　なんじ＿＿＿＿ ＿＿＿＿ ＿★＿ ＿＿＿＿か。」
B「9 じはんです。」

　　1　家　　　2　出ました　　　3　を　　　4　に

　答〉きのうは何時に家を出ましたか。
　　　（A：「昨天你是幾點離開家門的呢？」）
　　　（B：「九點半。」）

□ **3** この　へやは　とても　＿＿＿＿ ＿★＿ ＿＿＿＿ ＿＿＿＿ね。

　　1　です　　　2　て　　　　3　ひろく　　　4　しずか

　答〉この部屋はとても広くて静かですね。
　　　這個房間非常寬敞又安靜呢。

□ **4** （本屋で）店員「どんな　本を　さがして　いるのですか。」
客「かんたん＿＿＿＿ ＿＿＿＿ ＿★＿ ＿＿＿＿ さがして　います。」

　　1　えいごの　2　な　　　3　本　　　4　を

　答〉簡単な英語の本をさがしています。
　　　（在書店裡）
　　　（店員：「請問您在找哪本書嗎？」）
　　　（顧客：「我在找淺顯易懂的英文書。」）

□ **5** A「いえには　どんな　ペットが　いますか。」
B「＿＿＿＿ ＿★＿ ＿＿＿＿ ＿＿＿＿よ。」

　　1　犬　　　2　ねこが　　　3　と　　　4　います

　答〉犬とねこがいますよ。
　　　（A：「你家裡養了哪些寵物呢？」）
　　　（B：「有狗和貓喔。」）

（答案）(4)

由於員工回答「在二樓」，由此可知顧客詢問的是手帕專櫃在幾樓。因此在「ハンカチの／手帕的」之後應該接「みせ／專櫃」「は／在」。而最後的「か／呢」之前則是「です」。也就是說，順序應該是「２→１→４→３」，所以＿＿★＿＿的部分應填入選項４「なんかい」。

（解題）**2**

（答案）(3)

詢問事件的時間點要用「なんじに…か／幾點…呢」。因此，「なんじ／幾點」後應該接「に」，而句尾的「か」的前面應該接「出ました／離開家門」。「を」是接在名詞後的助詞，因此順序應是「家」「を」。如此一來正確的順序就是「４→１→３→２」，＿＿★＿＿的部分應填入選項３「を」。

（解題）**3**

（答案）(2)

「とても／非常」應接在形容詞或形容動詞之前。以這題來說，就是接在「ひろく／寬敞」或「しずか／安靜」之前。那麼，如何分辨應該接在「ひろく」還是「しずか」之前呢？由於「て」是接在「ひろく」之後，所以順序應是「ひろくてしずか」。另外，「ね」之前則是「です」。所以正確的順序是「３→２→４→１」，而＿＿★＿＿的部分應填入選項２「て」。

（解題）**4**

（答案）(3)

「かんたん／淺顯易懂」的後面應接「だ」、「な」、「に」等詞，而選項中有「な」。「かんたんな」這個形式後面應接名詞，所以是「かんたんなえいごの本／淺顯易懂的英文書」。「を」則是在「何を」中表示目的的助詞，應放在「さがして／找」之前。所以正確的順序是「２→１→３→４」，而＿＿★＿＿的部分應填入選項３「本」。

（解題）**5**

（答案）(3)

由於詢問的是「どんなペットがいますか。／養了哪些寵物呢？」，因此首先「います」應放在「よ」的前面，變成「いますよ」。當要敘述兩種東西的並列時，要用「と〜が」，也就是「犬とねこが／狗和貓」。所以正確的順序是「１→３→２→４」，而＿＿★＿＿的部分應填入選項３「と」。

◎ 問題 3 於閱讀下述文章之後，就整體文章的內容作答第 ⬜1⬜ 至 ⬜5⬜ 題，
並從 1・2・3・4 選項中選出一個最適合的答案。

　　日本で　べんきょうして　いる　学生が、「わたしと　パソコン」の　ぶんしょう
を　書いて、クラスの　みんなの　前で　読みました。

　　わたしは、まいにち　家で　パソコンを　つかって　います。パソコンは、何
かを　しらべる　ときに　とても　⬜1⬜　です。

　　出かける　とき、どの　⬜2⬜　電車や　地下鉄に　乗るのかを　しらべたり、
店の　ばしょを　⬜3⬜　します。

　　わたしたち　留学生は、日本の　まちを　あまり　⬜4⬜　ので、パソコンが
ないと　とても　⬜5⬜　。

在日本留學的學生以〈我和電腦〉為題名寫了一篇文章，並且在班上同學的面前誦讀給大家聽。

我每天都在家裡使用電腦。需要查詢資料時，電腦非常便利。

要外出的時候，可以先查到應該在哪個車站搭電車或地鐵，或者是店家的位置。

我們留學生對日本的交通道路不太熟悉，所以如果沒有電腦，實在非常傷腦筋。

☐ **1**

1　べんり　　　　　　　2　<ruby>高<rt>たか</rt></ruby>い

3　<ruby>安<rt>やす</rt></ruby>い　　　　　　4　ぬるい

譯〉1　便利　　　　　　　2　昂貴

　　3　便宜　　　　　　　4　溫和

☐ **2**

1　<ruby>学校<rt>がっこう</rt></ruby>で　　　　　2　えきで

3　<ruby>店<rt>みせ</rt></ruby>で　　　　　　4　みちで

譯〉1　在學校　　　　　　2　在車站

　　3　在商店　　　　　　4　在街上

☐ **3**

1　しらべる　　　　　　2　しらべよう

3　しらべて　　　　　　4　しらべたり

譯〉1　查詢　　　　　　　2　查詢吧

　　3　查詢　　　　　　　4　一下子查詢

☐ **4**

1　しって　いる　　　　2　おしえない

3　しらない　　　　　　4　あるいて　いる

譯〉1　熟悉　　　　　　　2　不教導

　　3　不熟悉　　　　　　4　正在走路

☐ **5**

1　むずかしいです　　　2　しずかです

3　いいです　　　　　　4　こまります

譯〉1　困難　　　　　　　2　安靜

　　3　良好　　　　　　　4　傷腦筋

(解題) **1**

文中提到「何かを調べるときに/當查詢資料時」，因此從句意而言，以「便利」最正確答案。

「とき（に）」的使用方法。例：

わたしは、新聞を読むとき（に）、めがねをかけます。（我在閱讀報紙時會戴眼鏡。）

答案 (1)

(解題) **2**

「（で）電車や地下鉄に乗ります/（在～）乘坐電車或地下鐵」這個句子中，「で」是表示動作發生的場所，而「電車や地下鉄に乗ります」的場所是車站，因此正確選項為2「えきで/在車站」。

答案 (2)

(解題) **3**

這裡使用「～たり、～たりします/又～又～、一下子～一下子～」的句型。請注意「～」這一部分在文中的位置，首先是一下子查詢搭乘哪種交通工具「どの乗り物に乗るのかを調べたり」，很明顯地，相呼應的是一下子查詢店家的位置「店の場所を調べたりします」。

答案 (4)

(解題) **4**

「あまり/太」後面需接否定形，表示程度不特別高，數量不特別多。而選項2跟選項3都是否定形，但選項2「教えない/不告訴」的意思並不符合，因此正確答案是選項3「しらない/不知道」。

答案 (3)

(解題) **5**

文中的「パソコンがないと～/沒有電腦的話～」意思就是「パソコンがないとき、いつも～/當沒有電腦的時候，總是～」之意。就文意來說，以選項1「むずかしいです/困難」和選項4「こまります/傷腦筋」較為恰當。又，這句話的主語是「わたしたち留学生は/我們留學生」，所以選項1的「むずかしいです」不通順。

答案 (4)

《第一回 全真模考》 問題三

翻譯與解題

◎ 問題 1 請從 1・2・3・4 之中選出一個最適合填入（　　　）的答案。

□ **1** あの　店（みせ）（　　　）　りょうりは　とても　おいしいです。

    1　は   2　に

    3　の   4　を

  譯〉那家店（的）料理非常好吃。

□ **2** しずかに　ドア（　　　）　あけました。

    1　を   2　に

    3　が   4　へ

  譯〉安靜地（把）門打開了。

□ **3** A「あなたは　あした　だれ（　　　）　会（あ）うのですか。」

    B「小学校（しょうがっこう）の　ときの　友（とも）だちです。」

    1　は   2　が

    3　へ   4　と

  譯〉A：「你明天要（和）誰見面呢？」
      B：「小學時代的朋友。」

□ **4** A「ゆうびんきょくは　どこですか。」

    B「この　かどを　左（ひだり）（　　　）　まがった　ところです。」

    1　に   2　は

    3　を   4　から

  譯〉A：「郵局在哪裡呢？」
      B：「在這個巷口（向）左轉的那邊。」

解題 1   **答案** (3)

所有權、所屬權用「の／的」表示。例：

これはわたしの本です。（這是我的書。）

日本の地下鉄はきれいです。（日本的地下鐵非常乾淨。）

解題 2   **答案** (1)

動作的對象（ドア／門）用「を」表示。例：

荷物を送ります。（送包裹。）

其他 請牢記形容動詞的使用方法，例：

静かな＋名詞→ここは静かな町です。（這是個寧靜的城鎮。）

静かに＋動詞→静かに歩きます。（安靜的走路）

解題 3   **答案** (4)

做動作的對象，或一起做動作的人，用「と」表示。例：

父と電話で話します。（和父親通電話。）

母と映画を見ました。（和母親看電影。）

解題 4   **答案** (1)

目的地用「に」表示。例：

おふろに入ります。（洗澡）

門の前に集まります。（在門口集合。）

バスに乗ります。（搭乘公車。）

其他 本題使用表示方向的「へ」也可以。

□ 5　A「きのう、わたし（　　　）　あなたに　言った　ことを　おぼえて　いますか。」
　　　B「はい。よく　おぼえて　います。」
　　　1　は　　　　　　　　　　2　に
　　　3　が　　　　　　　　　　4　へ

　　譯〉A：「昨天我對你説過的事還記得嗎？」
　　　　B：「是的，我記得很清楚。」

□ 6　わたし（　　　）　兄が　二人　います。
　　　1　まで　　　　　　　　　2　では
　　　3　から　　　　　　　　　4　には

　　譯〉我（有）兩個哥哥。

□ 7　A「これは　（　　　）　国の　ちずですか。」
　　　B「オーストラリアです。」
　　　1　だれの　　　　　　　　2　どこの
　　　3　いつの　　　　　　　　4　何の

　　譯〉A：「這是（哪個）國家的地圖呢？」
　　　　B：「澳洲的。」

□ 8　あねは　ギターを　ひき（　　　）　うたいます。
　　　1　ながら　　　　　　　　2　ちゅう
　　　3　ごろ　　　　　　　　　4　たい

　　譯〉我姊姊（一邊）彈著吉他（一邊）唱歌。

5

(3)

本題為說明或修飾名詞的句子。這樣的句子，其基本句為以下的 a 和 b 兩個句子。

a きのう、わたしはあなたに（○○と）言いました。

b （あなたは）a を覚えていますか。

整合 ab 兩句就會變成→c（あなたは）{きのう、わたしがあなたに言ったこと}を覚えていますか。

這時候請留意變化的地方為「わたしは→わたしが」、「言いました→言った」。

6

(4)

本句為強調名詞的句子。格助詞「に、へ、と」後接「は」，有特別提出格助詞前面的名詞的作用。例：今夜、9時には帰ります。（今晚會在9點回家。）

強調名詞的時候，助詞還會有這樣的變化：

へ、に、で→へは、には、では。例：

駅へバスで行きます。（搭巴士去車站。）

→駅へはバスで行きます。（公園へは歩いて行きます。）

（→車站是搭公車去的。〈公園則是走路去的〉）

7

(2)

B 句是「オーストラリア（の地図）です／這是澳洲（的地圖）」，句中省略了「の地図／的地圖」。

詢問國名時，疑問詞用「どこ／哪裡」。例：

A：あなたのお国はどこですか。（您是從哪個國家來的呢？）

B：イギリスです。（英國。）

8

(1)

「（動詞ます形）ながら／一邊（做動作）」表示一個人同時進行兩個動作。例：音楽を聞きながら、食事をします。（邊聽音樂邊吃飯。）「ながら」也可以用在長時間從事某件事物。例：働きながら、学校に通っています。（一邊工作一邊上學。）

其他正確使用方法，選項 2，例句：授業中です。静かにしましょう。（上課中，請保持安靜。）選項 3，例句：このごろ、元気がありませんね。（最近沒什麼精神喔。）

□ **9** 学生が　大学の　まえの　道（　　　）　あるいて　います。

1 や　　　　　　　　　　　2 を

3 が　　　　　　　　　　　4 に

譯〉學生正在大學前面的路上行走。

□ **10** 夕飯を　たべた（　　　）　おふろに　入ります。

1 まま　　　　　　　　　　2 まえに

3 すぎ　　　　　　　　　　4 あとで

譯〉吃完晚餐（之後）去洗澡。

□ **11** 母「しゅくだいは（　　　）　おわりましたか。」

子ども「あと　すこしで　おわります。」

1 まだ　　　　　　　　　　2 もう

3 ずっと　　　　　　　　　4 なぜ

譯〉媽媽：「功課（已經）做完了嗎？」

　　小孩：「只剩一點點就做完了。」

□ **12** A「（　　　）　飲み物は　ありませんか。」

B「コーヒーが　ありますよ。」

1 何か　　　　　　　　　　2 何でも

3 何が　　　　　　　　　　4 どれか

譯〉A：「有沒有（什麼）飲料呢？」

　　B：「有咖啡喔！」

48

解題 **9**

答案 (2)

「（場所）を歩きます／在（場所）行走」中，表示行走或移動場所（範圍跟路徑）的助詞用「を」。由於題目中的「大学の前の道」＝場所（範圍跟路徑），所以要用「を」。如果問題是「学生が大学の前の道（ ）います」，則要用表示存在場所的「に」。

其他 比較一下「（場所）に」和「（場所）で」。例：
道に犬がいます。（路上有狗。）〈存在的場所〉
公園でテニスをします。（在公園打網球。）〈動作的場所〉

解題 **10**

答案 (4)

「A（動詞過去式）あとで、B（動詞）」表示在 A 動作之後做另一個動作 B。也就是動作 B 不是在 A 動作之前做的，而是在 A 動作之後做的。

其他 選項 2 句型「まえに／在～之前」的接續方式是「A（動詞辭書形）まえに、B（動詞）」，這一句型用來表達 B 動作不是在 A 動作之後，而是在 A 動作之前做的。例：寝る前に、歯を磨きます。（在睡覺前刷牙。）

解題 **11**

答案 (2)

這一題要考的是「もう（動詞）ました／已經（動詞）了」這一句型，它是用來表示「動詞」的動作已經結束了。當別人以「もう～ましたか。／已經～了嗎？」來詢問你的時候，應該回答「はい、もう～ました／是，已經～了。」或「いいえ、まだです／不，還沒有。」本題中，兒童的回答應該是「いいえ、まだです。あと少しで終わります。／不，還沒有。再一下子就做完了。」

其他 「もう／已經」也可以不直接放在動詞之前。例：もうこの本を読みましたか。（這本書已經讀完了嗎？）

解題 **12**

答案 (1)

「何か」用來表示不確定，沒辦法具體説清楚的某物。問題的意思是「水かお茶かコーヒーかわからない（水でもお茶でもコーヒーでもいい）が、飲み物／不確定要開水、茶，還是咖啡（也就是開水、茶或咖啡都可以），總之想喝飲料」。而 B 的回答「（はい）、コーヒーがありますよ。／（沒問題），有咖啡喔！」中省略了「はい／沒問題」。

其他 選項 2「何でも／無論是什麼」的意思是「わからないことは、何でも聞いてください。」（有不懂的地方，儘管問我。）包括 A、B、C 全部都可以。

□ **13** すこし　つかれた（　　　）、ここで　やすみましょう。

　　1　と　　　　　　　　　　2　のに

　　3　より　　　　　　　　　4　ので

　　譯〉我累了，我們在這裡休息吧。

□ **14** としょかんは、土曜日から　月曜日（　　　）　おやすみです。

　　1　も　　　　　　　　　　2　まで

　　3　に　　　　　　　　　　4　で

　　譯〉圖書館從星期六（到）星期一休館。

□ **15** 母と　デパート（　　　）　買い物を　します。

　　1　で　　　　　　　　　　2　に

　　3　を　　　　　　　　　　4　は

　　譯〉我和媽媽（在）百貨公司買東西。

□ **16** A「この　本は　おもしろいですよ。」

　　B「そうですか。わたし（　　　）　読みたいので、　かして　くださいませんか。」

　　1　は　　　　　　　　　　2　に

　　3　も　　　　　　　　　　4　を

　　譯〉A：「這本書很有意思喔！」
　　　　B：「這樣嗎？我（也）想看，可以借給我嗎？」

(解題) **13**　　　　　　　　　　　　　　　　　　(答案) (4)

表示原因、理由，用「ので」。前句是原因，後句是因此而發生的事。一般用在客觀的自然的因果關係，所以也容易推測出結果。

(解題) **14**　　　　　　　　　　　　　　　　　　(答案) (2)

表示時間或場所的範圍用「から〜まで／從〜到〜」。「から／從〜」表示起點，「まで／到〜」表示終點。例：

銀行は9時から3時までです。（銀行從9點營業到3點。）

家から公園まで、毎日走っています。（每天都從家裡跑到公園。）

(解題) **15**　　　　　　　　　　　　　　　　　　(答案) (1)

表示做動作的場所用「で」。

其他 其他選項的正確使用方法如下：

2　デパートに行きます。（去百貨公司。）〈表示目的地〉

3　くつを買います。（買鞋子。）〈表示動作の対象〉

4　わたしはドイツ人です。（我是德國人。）〈表示主題〉

(解題) **16**　　　　　　　　　　　　　　　　　　(答案) (3)

本題的基本句是「わたしはこの本が読みたいです／我想讀這本書」。因為A説了「おもしろいですよ／很有意思喔」，由此可知A讀過這本書了。這時，B的回答「わたしは」應該改為「わたしも（この本が）読みたいので／我也想讀（這本書）」。

其他 「てくださいませんか／可以麻煩幫忙〜嗎」是比「てくれませんか／可以幫忙〜嗎」更禮貌的說法。

◎ 問題 2 下文的＿＿＿ ★ ＿＿＿中該填入哪個選項，請從 1・2・3・4 之中選出一個最適合的答案。

□ **1** A「けさは ＿＿＿＿ ＿★＿＿ ＿＿＿＿ ＿＿＿＿か。」
　　 B「7 時半です。」

　　 1 おき　　　 2 に　　　　 3 なんじ　　 4 ました

　 答 けさはなんじにおきましたか。
　　　（A：「今天早上是幾點起床的呢？」）（B：「七點半。」）

□ **2** A「らいしゅう ＿＿＿＿ ＿＿＿＿ ＿★＿＿ ＿＿＿＿か。」
　　 B「はい、行きたいです。」

　　 1 ません　 2 に　　　　 3 パーティー 4 行き

　 答 らいしゅうパーティーに行きませんか。
　　　（A：「下星期要不要去參加派對呢？」）（B：「好，我想去。」）

□ **3** A「山田さんは　どんな　人ですか。」
　　 B「とても ＿＿＿＿ ＿★＿＿ ＿＿＿＿ ＿＿＿＿よ。」

　　 1 人　　　　 2 です　　　 3 きれいで　 4 たのしい

　 答 とてもきれいで楽しい人ですよ。
　　　（A：「山田小姐是個什麼樣的人呢？」）
　　　（B：「是一位非常漂亮而且很有幽默感的人喔！」）

□ **4** A「まだ　えいがは　はじまらないのですか。」
　　 B「そうですね。＿＿＿＿ ＿＿＿＿ ＿★＿＿ ＿＿＿＿ます。」

　　 1 ほどで　 2 10分　　　 3 はじまり　 4 あと

　 答 そうですね。あと 10 分ほどで始まります。
　　　（A：「請問電影還沒有開演嗎？」）（B：「是呀，再十分鐘左右會開演。」）

□ **5** A「お父さんは　どこに　つとめて　いますか。」
　　 B「＿＿＿＿ ＿＿＿＿ ＿★＿＿ ＿＿＿＿ 。」

　　 1 います　　 2 銀行　　　 3 つとめて　 4 に

　 答 銀行につとめています。
　　　（A：「請問令尊在哪裡高就呢？」）（B：「在銀行工作。」）

解題 **1**　答案 (2)

當詢問做某事的時間點，要用「なんじに～しましたか／是在幾點做了～呢？」的句型。因此「けさは／今天早上」之後應接「なんじに／是在幾點」。而「か」之前應填入「ました／了」，若前面再加入「おき／起床」，連接起來就是「けさはなんじにおきましたか／今天早上幾點起床呢？」。換句話說，正確順序是「3→2→1→4」，而＿★＿的部分應填入選項2「に」。

解題 **2**　答案 (4)

當要邀請別人去某地時，可用「～に行きませんか／要不要去～呢」或是「～に行きましょう／一起去～吧」。本題的句尾是「か／呢」，所以應該是「行きませんか。」至於前面應該依序填入「パーティー／派對」和「～に」。所以正確的順序是「3→2→4→1」，而＿★＿的部分應填入選項4「行き」。

解題 **3**　答案 (4)

由於問的是一位什麼樣的人，所以句尾的「よ／喔」前面應填入「人です／是人」。形容詞「たのしい／有幽默感的」應接在名詞「人」之前，連接起來就是「きれいでたのしい人／漂亮又有幽默感的人」。所以正確的順序是「3→4→1→2」，而＿★＿的部分應填入選項4「たのしい」。

解題 **4**　答案 (1)

首先，句尾的「ます」前面應填入「はじまり／開演」。「ほど／左右」需接在數量之後，表示「だいたい／大約、差不多」的意思，所以應該接在「10分／10分鐘」之後。而「あと／再」是表示「今から／從現在開始」的意思，連接起來就是「あと10分ほどで／再10分鐘左右」。所以正確的順序是「4→2→1→3」，而＿★＿的部分應填入選項1「ほどで」。

解題 **5**　答案 (3)

由於問的是在哪裡工作，因此回答「～につとめています。／在～工作」。所以正確的順序是「2→4→3→1」，而＿★＿的部分應填入選項3「つとめて」。

《第二回 全真模考》問題二

53

◎ 問題 2 下文的____★____中該填入哪個選項，請從 1・2・3・4 之中選出一個最適
合的答案。

日本で べんきょうして いる 学生が、「わたしの 町の 店」について
ぶんしょうを 書いて、クラスの みんなの 前で 読みました。

> わたしが 日本に 来た ころ、駅 ☐ **1** アパートへ 行く 道には 小
> さな 店が ならんで いて、 八百屋さんや 魚屋さんが ☐ **2** 。
> ☐ **3** 、 2か月前 その 小さな 店が ぜんぶ なくなって、 大きな
> スーパーマーケットに なりました。
>
> スーパーには、何 ☐ **4** あって べんりですが、八百屋や 魚屋の おじさ
> ん おばさんと 話が できなく なったので、 ☐ **5** なりました。

在日本留學的學生以〈我居住的街市上的店〉為題名寫了一篇文章，並且在班上同學的面前誦讀給大家聽。

我剛來到日本的時候，從車站走到公寓的這一段路上，沿途一家家小商店林立，有蔬果店也有魚鋪。

可是，在兩個月前那些小商店全部都消失了，換成了一家大型超級市場。

超級市場裡面什麼都有，非常方便，但是從此無法與蔬果店和魚鋪的老闆及老闆娘聊天，走這段路變得很無聊了。

☐ 1

1 へ	2 に
3 から	4 で

譯〉
1 往	2 到
3 從	4 在

☐ 2

1 あります	2 ありました
3 います	4 いました

譯〉
1 有	2 曾經有
3 在	4 曾經在

☐ 3

1 また	2 だから
3 では	4 しかし

譯〉
1 又	2 所以
3 那麼	4 可是

☐ 4

1 も	2 さえ
3 でも	4 が

譯〉
1 也	2 甚至
3 連…都	4 表疑問詞主語

☐ 5

1 つまらなく	2 近_{ちか}く
3 しずかに	4 にぎやかに

譯〉
1 無聊	2 近
3 安靜	4 熱鬧

（解題）**1**

「｛駅からアパートへ行く｝道には、…／｛從車站到公寓｝的路徑是…」中｛　｝的部分是用來修飾名詞「道／路徑」，説明該走哪條路。而「から／從」則表示起點。

（答案）(3)

（解題）**2**

由「わたしが日本に来たころ／我來到日本的那時候」可以知道是過去的事。而選項2跟選項4都是過去式，都是候選答案。另外，再從文中的「八百屋さん／蔬果店」和「魚屋さん／魚鋪」知道指的不是人物而是店家，由此可知正確答案是表示無生命的事物或自己無法動的植物的「ありました」。

（答案）(2)

其他▶ 請留意「八百屋さん」跟「魚屋さん」有時用來指經營該店鋪的老闆或店員。

（解題）**3**

在 ｜ 3 ｜ 後面的敘述是「その小さな店が全部なくなって、～／那些小店全都消失了…」，而 ｜ 3 ｜ 前面則提到林立的小店，也就是 ｜ 3 ｜ 前後兩段是描述相反的內容，所以應該填入表示逆接的連接詞「しかし／但是」。

（答案）(4)

（解題）**4**

「何（なん）でも」是指「任何東西（事物）全部都」的意思。例：食べたい物は、何でも食べてください。（想吃的東西，什麼都請盡量吃。）

（答案）(3)

其他▶ 選項1「何（なに）も」後面接否定形，表示「全然～ない／完全沒有～」的意思。

（解題）**5**

從「便利ですが、～ので、つまらなくなりました／雖然方便，但是因為～，變得缺乏趣味了」這句話的「便利ですが」中看到表示逆接的「が」，知道由於「便利」含有正向語意，因此 ｜ 5 ｜ 應填入意思相反的詞彙。「～と話ができなくなったので／由於沒辦法和～聊天」句中因為沒辦法聊天，所以導致了 ｜ 5 ｜ 的結果。從選項的語意判斷，符合的是選項1或3。但選項3「しずかに／安靜」並不會造成無法和老闆及老闆娘聊天的結果。

（答案）(1)

翻譯與解題

◎ 問題1 請從1・2・3・4之中選出一個最適合填入（　　）的答案。

□ **1** 夜、わたしは　母（　　　）　でんわを　かけました。

1 は　　　　　　　　　　2 に

3 の　　　　　　　　　　4 が

譯〉晚上我打了電話（給）媽媽。

□ **2** 朝は、トマト（　　　）　ジュースを　つくって　のみます。

1 で　　　　　　　　　　2 に

3 から　　　　　　　　　4 や

譯〉早上（用）蕃茄做了果汁喝下。

□ **3** A「あなたは　（　　　）　だれと　会いますか。」
　　B「小学校の　ときの　先生です。」

1 きのう　　　　　　　　2 おととい

3 さっき　　　　　　　　4 あした

譯〉A：「你（明天）要去和誰見面呢？」
　　B：「小學時代的老師。」

□ **4** A「この　かさは　だれ（　　　）　かりたのですか。」
　　B「すずきさんです。」

1 から　　　　　　　　　2 まで

3 さえ　　　　　　　　　4 にも

譯〉A：「這把傘是（向）誰借的呢？」
　　B：「向鈴木先生借的。」

□ **5** わたしは　1年まえ　にほんに　（　　　）。

1 行きます　　　　　　　2 行きたいです

3 来ました　　　　　　　4 来ます

譯〉我一年前（來到了）日本。

(解題) **1**

行為的對象用「に」。例：

彼女にプレゼントをあげます。（送禮物給女朋友。）

友達に本を貸します。（借朋友書。）

弟に英語を教えます。（教弟弟英文。）

(解題) **2**

答案 (1)

表示材料的助詞用「で／用」。例：

肉と野菜でスープを作ります。（用肉跟蔬菜煮湯。）

きれいな紙で封筒を作りました。（用漂亮的紙張製作了信封。）

(解題) **3**

答案 (4)

句尾的「ますか／…嗎」表示現在或未來時態，而非過去時態。只有選項 4 不是過去式。

其他 選項 1「昨日」是昨天的意思。選項 2「一昨日」是前天的意思。選項 3「さっき」是不久前、剛剛的意思。

(解題) **4**

答案 (1)

從對方接受行為動作時，用「から／に」（從／從）表示。例：

彼女から手紙をもらいました。（從女友那裡收到了信。）

先生に辞書を借りました。（從老師那裡借了字典。）

母に料理を習いました。（向媽媽學做菜。）

(解題) **5**

答案 (3)

由「1 年前」可以知道是過去時態。只有選項 3 是過去式。

□ **6** レストランへ 食事（　　　　） 行きます。

    1　や　　　　　　　　　　2　で

    3　を　　　　　　　　　　4　に

    譯〉前往餐廳吃飯。

□ **7** やおやで くだもの（　　　　　） やさいを かいました。

    1　も　　　　　　　　　　2　や

    3　を　　　　　　　　　　4　など

    譯〉在蔬果店買了水果（和）蔬菜。

□ **8** わたしは いぬ（　　　　） ねこも すきです。

    1　も　　　　　　　　　　2　を

    3　が　　　　　　　　　　4　の

    譯〉我（既）喜歡狗也喜歡貓。

□ **9** 行く（　　　　） 行かないか、まだ わかりません。

    1　と　　　　　　　　　　2　か

    3　や　　　　　　　　　　4　の

    譯〉到底（要）去還是不去，現在還不知道。

解題 **6**

答案 (4)

以「（場所）へ（動詞ます形・名詞）に行きます／来ます／去或來（某地）（動詞ます形・名詞）」句型表現移動的目的。助詞「へ」表示前往某地，而助詞「に」則表示前往的目的。

其他 （動詞ます形）に行きます。例：

友達の家へ遊びに行きます。（去朋友家玩。）

（名詞）に行きます。例：北海道へスキーに行きます。（去北海道滑雪。）

解題 **7**

答案 (2)

列舉兩個以上的名詞時，用助詞「や／和」。而助詞「と／和」用於列舉所有的項目，「や」則是舉出其中幾個代表項目。例：

動物園には、ゾウやライオンやトラがいます。（動物園裡有大象、獅子、老虎。）〈也還有其他動物〉

うちには、犬と猫と豚がいます。（我家有養狗、貓和豬。）〈只有養這三種〉

其他 在句型「や（や～や）／和～（和～和～）」後面加上「など／等等」，可以強調除了前述項目以外，還有其他項目。

解題 **8**

答案 (1)

列舉同類事物（名詞）時，助詞用「も／也」。本題的意思是，我既喜歡狗也喜歡貓，兩種都同樣喜歡。例：

李さんも趙さんも留学生です。（李同學跟趙同學都是留學生。）〈兩個人一樣都是留學生〉

本もノートも鉛筆も忘れました。（書和筆記本和鉛筆都忘了帶。）〈每一樣都忘記帶了〉

解題 **9**

答案 (2)

本題的意思是，「（わたしは）行きますか、（それとも）行きませんか、まだわかりません／（我）要去呢，（或者）不要去呢，還沒有決定」。當疑問句位於文章中間時，「か」的前面應為普通形。「行くか行かないか／要去或不要去」和「行くかどうか／要去與否」意思相同。例：

鈴木さんが英語ができるかできないか、知っていますか。（你知道鈴木先生懂英文呢，還是不懂英文呢？）

□ **10** つくえの 上^{うえ}には （　　　） ありません。

1 何^{なん}でも　　　　　　　　2 だれも

3 何^{なに}が　　　　　　　　　　4 何^{なに}も

譯〉桌上（什麼東西都）沒有。

□ **11** 先生^{せんせい}「掃除^{そうじ}は （　　　） おわりましたか。」

　　学生^{がくせい}「あと すこしで おわります。」

1 まだ　　　　　　　　　　　2 もう

3 ずっと　　　　　　　　　　4 なぜ

譯〉老師：「打掃（已經）做完了嗎？」
　　學生：「只剩一點點就做完了。」

□ **12** この みせの ラーメンは、（　　　） おいしいです。

1 やすくて　　　　　　　　　2 やすい

3 やすいので　　　　　　　　4 やすければ

譯〉這家店的拉麵（既便宜）又好吃。

□ **13** あの こうえんは （　　　） ひろいです。

1 しずかでは　　　　　　　　2 しずかだ

3 しずかに　　　　　　　　　4 しずかで

譯〉這座公園（既安靜）又遼闊。

(解題) **10**　　　　　　　　　　　　　　　　　　　　　　　　(答案)(4)

句型「（なに、だれ、どこ…）も〜ない／（什麼東西、誰、哪裡…）都〜沒有」後接否定，表示全部都沒有。例：冷蔵庫の中に何もありません。（冰箱裡什麼都沒有。）

其他　選項1「何でも／什麼都」後接肯定，表示全部都有，每一項都可以。選項2由於題目的述語是「ありません／沒有」，因此主語不能是人而是物。主語是人時，述語應該是「いません／不在」。

選項3的「何が」的疑問句，常以「ですか」、「ますか」結尾。

(解題) **11**　　　　　　　　　　　　　　　　　　　　　　　　(答案)(2)

「もう（動詞）ました／已經（動詞）了」的句型用來表示「動詞」的動作已經結束了。

其他　選項1「まだ／還有」：

まだ＋肯定→表示同樣的狀態，從過去到現在一直持續著，例如：おねえちゃんは、まだ電話していますよ。（姐姐還在打電話呢。）也表示還留有某些時間或東西。例如：まだ時間があります。（還有時間。）

まだ＋否定→表示預定的事情或狀態，到現在都還沒進行，或沒有完成。例如：日本には、まだ一度も行ったことがありません。（還沒去過一次日本呢。）

(解題) **12**　　　　　　　　　　　　　　　　　　　　　　　　(答案)(1)

本題的意思是「この店のラーメンは安いです。そして、おいしいです／這家店的拉麵很便宜，而且好吃」。當連接形容詞句時，「（形容詞）いです」應改為「（形容詞）くて」。例：このカメラは小さくて、軽いです。（這台相機又小又輕。）

其他　選項3「安いので／因為便宜」的「ので／因為」表示理由。但是「安い／便宜」和「おいしい／好吃」之間並沒有因果關係，所以不是正確答案。

(解題) **13**　　　　　　　　　　　　　　　　　　　　　　　　(答案)(4)

本題的意思是「あの公園は静かです。そして、広いです／那座公園很安靜，而且寬廣」。當連接形容動詞句時，「（形容動詞）です」應改為「（形容動詞）で」。例：先生は親切で、おもしろいです。（老師既親切又幽默。）

其他　當連接名詞句時，同樣「（名詞）です」要改為「（名詞）で」。例：ハンさんは韓国人で、学生です。（韓先生既是韓國人，也是位學生。）

□ **14** すみませんが、この　てがみを　あなたの　おねえさん（　　　）　わたして
ください。

1　が　　　　　　　　　　　2　を

3　に　　　　　　　　　　　4　で

譯〉不好意思，麻煩將這封信轉交（給）你姊姊。

□ **15** いもうとは　（　　　）　うたを　うたいます。

1　じょうずに　　　　　　　2　じょうずだ

3　じょうずなら　　　　　　4　じょうずの

譯〉我妹妹的歌唱得（很好）。

□ **16** 母「どうして　もう　すこし　はやく　（　　　）。」
子ども「あしが　いたいんです。」

1　あるきます　　　　　　　2　あるきたいのですか

3　あるかないのですか　　　4　あるくと

譯〉媽媽：「為什麼（不走）快一點呢？」
孩子：「人家腳痛嘛！」

(解題) **14**　　　　　　　　　　　　　　　　　　　　　(答案) (3)

在「あなたのお姉さんにこの手紙を渡してください／請把這封信交給你姊姊」的句子裡，做行為的對象用「に」表示。例：母に花をあげます。（送花給母親。）

(解題) **15**　　　　　　　　　　　　　　　　　　　　　(答案) (1)

當使用形容動詞修飾動詞時，「（形容動詞）な」應改為「（形容動詞）に」。本題是在「妹は歌を歌います／妹妹在唱歌」的基本句上予以補充説明（どう歌いますか／她唱歌好聽嗎）「上手に歌います／唱得很好聽」。例：ケーキをきれいに並べます。（把蛋糕擺得整齊漂亮。）

(其他)▶ 當使用形容詞修飾動詞時，「（形容詞）い」應改為「（形容詞）く」。例：ここに名前を大きく書きます。（請在這裡大大地寫上名字。）

(解題) **16**　　　　　　　　　　　　　　　　　　　　　(答案) (3)

「どうして／為什麼」是詢問理由時的疑問詞。由於是疑問句，結尾應結束在「か」，答案剩下選項2跟選項3。「～んです」是説明原因、理由的用法。由於B回答「因為腳痛」，所以正確答案應是選項3。

(其他)▶ 詢問對方原因、理由時也用「～んですか」。例：

A：どうして昨日休んだんですか。（為什麼昨天請假了呢？）
B：熱があったんです。（因為發燒了。）

◎ 問題 2 下文的＿＿★＿＿中該填入哪個選項，請從 1・2・3・4 之中選出一個最適合的答案。

□ 1 （本屋で）
山田「りょこうの　本は　どこに　ありますか。」
店員「＿＿＿＿　＿＿＿＿　＿★＿＿　＿＿＿＿　あります。」

1　2ばんめに　　　　　　　2　上から
3　むこうの　　　　　　　　4　本だなの

答〉むこうの本だなの上から2ばんめにあります。
　（在書店裡）（山田：「請問旅遊類的書在哪裡呢？」）
　（店員：「在那邊的書架從上面往下數第二層。」）

□ 2 学生「テストの　日には、＿＿＿＿　＿＿＿＿　＿＿＿＿　＿★＿＿か。」
先生「えんぴつと　けしゴムだけで　いいです。」

1　を　　　2　もって　　　3　何　　　4　きます

答〉テストの日には何をもってきますか。
　（學生：「請問考試那一天該帶什麼東西來呢？」）
　（老師：「帶鉛筆和橡皮擦就好了。」）

□ 3 A「＿＿＿＿　＿★＿＿　＿＿＿＿　＿＿＿＿　公園は　ありますか。」
B「はい、とても　ひろい　公園が　あります。」

1　家の　　2　の　　　　　3　あなた　　4　近くに

答〉あなたの家の近くに公園はありますか。
　（A：「你家附近有公園嗎？」）（B：「有，有一座非常大的公園。」）

□ 4 A「日曜日には　どこかへ　行きましたか。」
B「いいえ。＿＿＿＿　＿＿＿＿　＿★＿＿　＿＿＿＿でした。」

1　行きません　　　　　　　2　も
3　どこ　　　　　　　　　　4　へ

答〉いいえ。どこへも行きませんでした。
　（A：「星期天有沒有去了哪裡玩呢？」）（B：「沒有。哪裡都沒去。」）

□ 5 A「スポーツでは　なにが　すきですか。」
B「野球も　＿★＿＿　＿＿＿＿　＿＿＿＿　＿＿＿＿よ。」

1　すきですし　　　　　　　2　も
3　サッカー　　　　　　　　4　すきです

答〉野球も好きですしサッカーも好きですよ。
　（A：「你喜歡哪種運動呢？」）（B：「我既喜歡棒球也喜歡足球喔。」）

(解題) **1**　　　　　　　　　　　　　　　　　　　　(答案) (2)

由於詢問的是所在位置，所以回答「にあります／在～」。因此「あります／在」之前應填入選項1「２ばんめに／在第～格」。而選項2「ばんめ／第～格」是表示順序的詞語，所以前面必須填入可以呈現出從哪裡開始數算的語句，也就是「上から／從上面往下數」。接下來考慮是從什麼東西的「上から」，於是找出「むこうの本だなの上から／對面的書架從上面往下數」。所以正確的順序是「３→４→２→１」，而　★　的部分應填入選項2「上から」。

(解題) **2**　　　　　　　　　　　　　　　　　　　　(答案) (4)

本題是詢問考試當天應該帶什麼去應試。句尾的「か」前面應填入「きます／來」。「を」是接在名詞之後表示目的的助詞，因此是「何を」。所以正確的順序是「３→１→２→４」，而　★　的部分應填入選項4「きます」。

(解題) **3**　　　　　　　　　　　　　　　　　　　　(答案) (2)

「近くに／附近」的「に」是表示公園的所在位置，所以應填在「公園は／公園」之前。至於是哪裡的附近，就在「あなたの家の／你家」附近。如此一來，正確的順序是「３→２→１→４」，而　★　的部分應填入選項2「の」。

(解題) **4**　　　　　　　　　　　　　　　　　　　　(答案) (2)

由於B的回答是「いいえ／沒有」，所以句尾的「でした」前面應填入「行きません／沒去」。當被詢問「どこかへ～ましたか／去了哪裡～嗎」的時候，回答「いいえ」並且接上「どこへも～ませんでした／哪裡都沒去～」的句型。所以正確的順序是「３→４→２→１」，而　★　的部分應填入選項2「も」。

(解題) **5**　　　　　　　　　　　　　　　　　　　　(答案) (1)

當使用「○も～です△も～です／既～○也～△」的句型來列舉兩樣性質相同的事物時，請留意「○も～ですし△も～です」的句型中，前一項的「～」要用「し」。因此，本題第一個出現的「野球も」緊接著「すきですし／既喜歡」，而後半段接續的是「サッカーもすきですよ／也喜歡足球喔」。所以正確的順序是「１→３→２→４」，而　★　的部分應填入選項1「すきですし」。

◎ 問題 3 於閱讀下述文章之後，就整體文章的內容作答第 [1] 至 [5] 題，並從 1・2・3・4 選項中選出一個最適合的答案。

日本で べんきょうして いる 学生が、「わたしの かぞく」に ついて ぶんしょうを 書いて、クラスの みんなの 前で 読みました。

わたしの かぞくは、両親、わたし、妹の 4人です。父は 警官で、毎日 おそく [1] 仕事を して います。日曜日も あまり 家に [2]。母は、料理が とても じょうずです。母が 作る グラタンは かぞく みんなが おいしいと 言います。国に 帰ったら、また 母の グラタンを [3] です。

妹が 大きく なったので、母は 近くの スーパーで 仕事を [4]。妹は 中学生ですが、小さい ころから ピアノを 習って いますので、今では わたし [5] じょうずに ひきます。

在日本留學的學生以〈我的家庭〉為題名寫了一篇文章，並且在班上同學的面前誦讀給大家聽。

我的家人包括父母、我、妹妹共四個人。我爸爸是警察，每天都工作到很晚，連星期天也不常在家裡。我媽媽的廚藝很好，媽媽做的焗烤料理全家人都說好吃。等我回國以後，想再吃一次媽媽做的焗烤料理。

由於妹妹長大了，媽媽便開始在附近的超級市場裡工作。我妹妹雖然還是個中學生，但是從小就學鋼琴，所以現在已經彈得比我還好了。

□ **1**

1 だけ

2 て

3 まで

4 から

> 訳 1 只有
>
> 2 X
>
> 3 到
>
> 4 從

□ **2**

1 いません

2 います

3 あります

4 ありません

> 訳 1 （有生命的動物）不在
>
> 2 （有生命的動物）在
>
> 3 （無生命物或植物）有
>
> 4 （無生命物或植物）沒有

□ **3**

1 食^たべる

2 食^たべてほしい

3 食^たべたい

4 食^たべた

> 訳 1 吃
>
> 2 希望你吃
>
> 3 想吃
>
> 4 吃了

□ **4**

1 やめました

2 はじまりました

3 やすみました

4 はじめました

> 訳 1 辭掉
>
> 2 開始
>
> 3 休息
>
> 4 開始

□ **5**

1 では

2 より

3 でも

4 だけ

> 訳 1 那麼
>
> 2 比…
>
> 3 但是
>
> 4 只有

(解題) **1**

「まで」表示終點。例如:会社は9時から5時までです。(公司上班時間是9點到5點。)

其他 「遅く」就是「遅い時間」的意思。例如:彼は毎晩遅くまで起きています。(他每天到很晚都沒睡。)

答案 (3)

(解題) **2**

「あまり」後接否定形。由於主語是「父は」,因此後面應接「いません」而不是「ありません」。

答案 (1)

(解題) **3**

基本句是「私はグラタンを(　)です／我…焗烤料理」,這句話的「です」前可以填入選項2「食べてほしい／希望他吃」或3的「食べたい／想吃」。由於,表示「私は○○を食べたい／我想吃○○」時,吃東西的是說話人「私」。而表示「私は(人に)○○を食べてほしい／我希望(他人)吃○○」時,吃東西的是說話人自己以外的人「人」。因此,從文意來看,正確答案應是「食べたい」。

答案 (3)

(解題) **4**

「スーパーで／在超市」的「で」是表示動作的場所。選項1「(スーパーを)やめました／辭掉〈超市的工作〉」以及選項3「(スーパーを)休みましたは／〈向超市〉請假」都不是在超市裡的動作,所以不正確。「スーパーで」後面接的動作應該是選項2自動詞的「始まりました／開始」或選項3他動詞的「始めました／開始」。由於「仕事を」出現了目的語的助詞「を」,知道應該選擇3「始めました」。

答案 (4)

(解題) **5**

主語是「妹」。「妹は私(　)上手です／我～妹妹擅長。」這類比較的文就用「より／比較」來表示。

其他 選項4「だけ」表示只限於某範圍,除此以外沒有別的了。例如:今朝は果物だけ食べました。(早上只吃水果。)

答案 (2)

極めろ！
日本語能力試験 解説編

新制日檢！絶對合格 N1,N2,N3,N4,N5 文法全真模考三回 + 詳解

JAPANESE TESTING

LEVEL

項目	文法	中譯（功能）	讀書計畫
詞類的活用	こんな	這樣的、這麼的、如此的	
	そんな	那樣的	
	あんな	那樣的	
	こう	這樣、這麼	
	そう	那樣	
	ああ	那樣	
	ちゃ、ちゃう	ては、てしまう的縮略形式	
	～が	表後面的動作或狀態的主體	
	までに	在…之前、到…時候為止	
	數量詞＋も	多達…	
	ばかり	淨…、光…；總是…、老是…	
	でも	…之類的；就連…也	
	疑問詞＋でも	無論、不論、不拘	
	疑問詞＋か	表事態的不明確性	
	とか～とか	…啦…啦、…或…、及…	
	し	既…又…、不僅…而且…	
	の	…嗎	
	だい	…呢、…呀	
	かい	…嗎	
	な（禁止）	不准…、不要…	
	さ	表程度或狀態	
	らしい	好像…、似乎…；説是…、好像…；像…樣子、有…風度	
	がる（がらない）	覺得…（不覺得…）、想要…（不想要）	
	たがる（たがらない）	想…（不想…）	
	（ら）れる（被動）	被…	
	お～になる、ご～になる	表動詞尊敬語的形式	
	（ら）れる（尊敬）	表對對方或話題人物的尊敬	
	お＋名詞、ご＋名詞	表尊敬、鄭重、親愛	
	お～する、ご～する	表動詞的謙讓形式	

詞類的活用	お～いたす、ご～いたす	表謙和的謙讓形式	
	ておく	…著；先…、暫且…	
	名詞＋でございます	表鄭重的表達方式	
	（さ）せる	讓…、叫…	
	（さ）せられる	被迫…、不得已…	
	ず（に）	不…地、沒…地	
	命令形	給我…、不要…	
	の（は／が／を）	的是…	
	こと	做各種形式名詞用法	
	ということだ	聽説…、據説…	
	ていく	…去；…下去	
	てくる	…來；…起來、…過來；…（然後再）來…	
	てみる	試著（做）…	
	てしまう	…完	
句型	（よ）うとおもう	我想…、我要…	
	（よ）う	…吧	
	つもりだ	打算…、準備…	
	（よ）うとする	想…、打算…	
	ことにする	決定…；習慣…	
	にする	決定…、叫…	
	お～ください、ご～ください	請…	
	（さ）せてください	請允許…、請讓…做…	
	という	叫做…	
	はじめる	開始…	
	だす	…起來、開始…	
	すぎる	太…、過於…	
	ことができる	能…、會…	
	（ら）れる（可能）	會…；能…	
	なければならない	必須…、應該…	
	なくてはいけない	必須…	
	なくてはならない	必須…、不得不…	
	のに（目的・用途）	用於…、為了…	

	のに（逆接・對比）	明明…、卻…、但是…	
	けれど（も）、けど	雖然、可是、但…	
	てもいい	…也行、可以…	
	てもかまわない	即使…也沒關係、…也行	
	てはいけない	不准…、不許…、不要…	
	たことがある	曾…過	
	つづける	連續…、繼續…	
	やる	給予…、給…	
	てやる	給…（做…）	
	あげる	給予…、給…	
	てあげる	（為他人）做…	
	さしあげる	給予…、給…	
	てさしあげる	（為他人）做…	
	くれる	給…	
	てくれる	（為我）做…	
	くださる	給…、贈…	
句型	てくださる	（為我）做…	
	もらう	接受…、取得…、從…那兒得到…	
	てもらう	（我）請（某人為我做）…	
	いただく	承蒙…、拜領…	
	ていただく	承蒙…	
	てほしい	希望…、想…	
	ば	如果…的話、假如…、如果…就…	
	たら	要是…；如果要是…了、…了的話	
	たら〜た（確定條件）	原來…、發現…、才知道…	
	なら	要是…的話	
	と	一…就	
	まま	…著	
	おわる	結束、完了	
	ても、でも	即使…也	
	疑問詞＋ても、でも	不管（誰、什麼、哪兒）…；無論…	
	だろう	…吧	
	（だろう）とおもう	（我）想…、（我）認為…	

	とおもう	覺得…、認為…、我想…、我記得…
	といい	…就好了；最好…、、為好
	かもしれない	也許…、可能…
	はずだ	（按理説）應該…；怪不得…
	はずがない	不可能…、不會…、沒有…的道理
	ようだ	像…一樣的、如…似的；好像…
	そうだ	聽説…、據説…
	やすい	容易…、好…
	にくい	不容易…、難…
	と～と、どちら	在…與…中，哪個…
	ほど～ない	不像…那麼…、沒那麼…
	なくてもいい	不…也行、用不著…也可以
	なくてもかまわない	不…也行、用不著…也沒關係
	なさい	要…、請…
句型	ため（に）	以…為目的，做…、為了…；因為…所以…
	そう	好像…、似乎…
	がする	感到…、覺得…、有…味道
	ことがある	有時…、偶爾…
	ことになる	（被）決定…；也就是説…
	かどうか	是否…、…與否
	ように	請…、希望…；以便…、為了…
	ようにする	爭取做到…、設法使…；使其…
	ようになる	（變得）…了
	ところだ	剛要…、正要…
	ているところだ	正在…
	たところだ	剛…
	たところ	結果…、果然…
	について（は）、につき、についても、についての	有關…、就…、關於…

言語知識（文法）・読解

もんだい1（　　　）に 何を 入れますか。1・2・3・4から いちばん
いい ものを 一つ えらんで ください。

(例) わたしは 毎日 散歩（　　　）します。

    1　が　　　　　　2　を　　　　　　3　や　　　　　　4　に

(解答用紙)　| **(例)** | ① ● ③ ④ |

1　弟は 今朝 ご飯を 三杯（　　　）食べました。

    1　に　　　　　　2　も　　　　　　3　と　　　　　　4　を

2　外に だれが いる（　　　）見て きて ください。

    1　と　　　　　　2　の　　　　　　3　か　　　　　　4　も

3　だれでも 練習 すれ（　　　）できるように なります。

    1　や　　　　　　2　が　　　　　　3　たら　　　　　4　ば

4　明日、学校で 試験が（　　　）ます。

    1　行い　　　　　2　行われ　　　　3　行った　　　　4　行う

5　「早く（　　　）！ 学校に 遅れるよ！」

    1　起きる　　　　2　起きろ　　　　3　起きた　　　　4　起きない

6　A「この パンを（　　　）。おいしいよ。」
　　B「本当だ！ とても おいしい！」

    1　食べた とき　　2　食べながら　　3　食べないで　　4　食べて みて

7　「桃太郎」（　　　）お話を 知って いますか。

    1　と　　　　　　2　と いい　　　3　と いう　　　4　と 思う

　　　　　　　　　　　　　　　　　　　　Check □1 □2 □3

8 （レストランで）

小林「鈴木さんは　（　　　）?」

鈴木「私は　サンドイッチに　しよう。」

1　何と　する　　　2　何に　する　　　3　何を　した　　　4　何でした

9　かわいい　服が　あった（　　　）、高くて　買えませんでした。

1　のに　　　　　　2　から　　　　　　3　だけ　　　　　　4　ので

10　朝　起き（　　　）、もう　11時でした。

1　れば　　　　　　2　なら　　　　　　3　でも　　　　　　4　たら

11　先生に　分からない　問題を　教えて　（　　　）。

1　くださいました　　　　　　　　　2　いただきました

3　いたしました　　　　　　　　　　4　さしあげました

12　佐藤さんは　優しい　（　　　）、みんなから　好かれて　います。

1　ので　　　　　　2　まで　　　　　　3　けど　　　　　　4　ように

13　（電話で）

山田「もしもし。田中君は　今　何を　して　いますか。」

田中「今　お昼ご飯を　食べて　いる　（　　　）。」

1　と　思います　　　2　そうです　　　3　ところです　　　4　ままです

14　王さんは　林さん　（　　　）　足が　速く　ない。

1　まで　　　　　　2　ほど　　　　　　3　なら　　　　　　4　ので

15　食べ（　　　）　大きさに　野菜を　切って　ください。

1　ている　　　　　2　そうな　　　　　3　にくい　　　　　4　やすい

もんだい2 ___★___ に 入る ものは どれですか。1・2・3・4から いち ばん いい ものを 一つ えらんで ください。

1　A「もし 動物に ____ ____ _★_ ____ ですか。」

　　B「わたしは ねこが いいです。」

1 なりたい　　　2 なる　　　　3 何に　　　　4 なら

2　A「コンサートで ピアノを ひきます。聞きに きて いただけますか。」

　　B「すみません。____ ____ _★_ ____ 行けません。」

1 が　　　　　　2 用　　　　　3 ので　　　　4 ある

Check □1 □2 □3

3 「お電話で ＿＿＿＿ ＿＿＿＿ ★ ＿＿＿＿ ご説明いたします。」

1　お話し　　　　　2　ついて　　　　3　した　　　　　4　ことに

4 （デパートで）

店員「どんな　服を　おさがしですか。」

客「家で ＿＿＿＿ ＿＿＿＿ ★ ＿＿＿＿ もめんの　服を　さがして
います。」

1　せんたく　　　　2　ことが　　　　3　できる　　　　4　する

5 先生「あなたは　しょうらい ＿＿＿＿ ＿＿＿＿ ★ ＿＿＿＿ ですか。」

学生「まだ、考えて　いません。」

1　なり　　　　　　2　何　　　　　　3　たい　　　　　4　に

もんだい3　□1□ から □5□ に 何を 入れますか。文章の 意味を 考えて、
1・2・3・4から いちばん いい ものを 一つ えらんで く
ださい。

下の 文章は 「日本の 秋」に ついての 作文です。

「台風」

エイミー・ロビンソン

去年の 秋、わたしの 住む 町に 台風が きました。天気予報
では とても 大きい 台風だと 放送して いました。

アパートの となりの 人が、「部屋の 外に 置いて ある もの
が 飛んで いく □1□ から、部屋の 中に □2□ よ。」と 言
いました。わたしは、外に 出して ある ものが 飛んで □3□、
中に 入れました。

夜に なって、とても 強い 風が ずっと ふいて いました。
まどの ガラスが □4□、とても こわかったです。

朝に なって 外に 出ると、空は うその ように 晴れて い
ました。風に □5□ 飛んだ 木の葉が、道に たくさん 落ちて
いました。

1

1　と いい

2　かもしれない

3　はずが ない

4　ことに なる

2

1　入れようと する

2　入れて おくかもしれない

3　入れて おく はずです

4　入れて おいた ほうが いい

1 いくのに 2 いくらしいので
3 いかないように 4 いくように

1 われそうで 2 われないで
3 われるらしく 4 われるように

5

1 ふく 2 ふいて 3 ふかせて 4 ふかれて

《第一回 全真模考》

N4

言語知識（文法）・読解

もんだい1 （　　）に 何を 入れますか。1・2・3・4から いちばん
いい ものを 一つ えらんで ください。

（例）わたしは 毎日 散歩 （　　） します。

1　が　　　　　2　を　　　　　3　や　　　　　4　に

（解答用紙）　| （例） | ① ● ③ ④ |

1　A「今日は どこに 行った （　　）？」
　　B「お姉ちゃんと 公園に 行ったよ。」

1　に　　　　　2　の　　　　　3　が　　　　　4　ので

2　佐藤君 （　　） かさを 貸して くれました。

1　で　　　　　2　と　　　　　3　や　　　　　4　が

3　宿題は 5時 （　　） 終わらせよう。

1　までも　　　2　までは　　　3　までに　　　4　までか

4　まんが （　　） 読んで いないで 勉強しなさい。

1　でも　　　　2　も　　　　　3　ばかり　　　4　まで

5　夕方に なると 空の 色が （　　）。

1　変えて ください　　　　　2　変わって ください
3　変えて いきます　　　　　4　変わって いきます

6　母が 子どもに 部屋の そうじを （　　）。

1　しました　　　　　　　　　2　させました
3　されました　　　　　　　　4　して いました

　　　　　　　　　　　　　　　　Check □1 □2 □3

7 A「今から 一緒に 遊びませんか。」
　 B「ごめんなさい。今日は 母と 買い物に （　　　　）。」

　 1 行きなさい　　　　　　　　　　　　2 行きました
　 3 行く つもりです　　　　　　　　　4 行く はずが ありません

8 ベルが （　　　） 書くのを やめてください。

　 1 鳴ったら　　　 2 鳴ったと　　　 3 鳴るたら　　　 4 鳴ると

9 毎日 花に 水を （　　　）。

　 1 くれます　　　　　　　　　　　　 2 やります
　 3 もらいます　　　　　　　　　　　 4 いただきます

10 先生が 作文の 書き方を 教えて （　　　）。

　 1 いただきました　　　　　　　　　 2 さしあげました
　 3 くださいました　　　　　　　　　 4 なさいました

11 雨が 降り （　　　）。建物の 中に 入りましょう。

　 1 はじまりました　　　　　　　　　 2 つづきました
　 3 おわりました　　　　　　　　　　 4 だしました

12 授業中は 静かに （　　　）。

　 1 しそうだ　　　 2 しなさい　　　 3 したい　　　　 4 しつづける

13 京都の （　　　）は、思った以上でした。

　 1 暑さ　　　　 2 暑い　　　　 3 暑くて　　　　 4 暑いので

14 A「鈴木さんを 知って いますか。」
　 B「はい。ときどき 電車の 中で （　　　）。」

　 1 会わなくても いいです　　　　　 2 会う ことが あります
　 3 会うと 思います　　　　　　　　 4 会って みます

15 大学へ 行く （　　　）、一生懸命 勉強して います。

　 1 ところ　　　　 2 けれど　　　　 3 ために　　　　 4 からも

Check □1 □2 □3

もんだい2 　★　に 入る ものは どれですか。1・2・3・4から いち

ばん いい ものを 一つ えらんで ください。

A「＿＿＿ ＿＿＿ ＿★＿ ＿＿＿か。」

B「はい、だいすきです。」

1 すき　　　　2 ケーキ　　　　3 は　　　　　4 です

（答え方）

1. 正しい 文を 作ります。

> A「 ＿＿＿＿＿ ＿＿＿＿＿ ＿★＿＿ ＿＿＿＿か。」
> 　　　 2 ケーキ　 3 は　　　 1 すき　　 4 です
> B「はい、だいすきです。」

2. 　★　に 入る 番号を 黒く 塗ります。

（解答用紙）　| (例) | ● ② ③ ④ |

1　（駅で）

A「新宿に 行きたいのですが、どこから 電車に 乗れば よいですか。」

B「 ＿＿＿ ＿＿＿ ＿★＿ ＿＿＿ ください。」

1 3番線　　　　2 お乗り　　　　3 むこうの　　　　4 から

2　A「日曜日は ゴルフにでも 行きますか。」

B「そうですね。それでは ＿＿＿ ＿＿＿ ＿★＿ ＿＿＿ しましょう。」

1 に　　　　2 行く　　　　3 ゴルフ　　　　4 ことに

86　　　　　　　　　　　　　　　　　　　　　　　　Check □1 □2 □3

3 中村「本田さん、あすの　音楽会は　どこに　集まりますか。」

本田「6時に ＿＿＿ ＿＿＿ ★ ＿＿＿ どうでしょう。」

1 うけつけの　　　2 集まったら　　　3 会場の　　　　4 ところに

4 「あさっての ＿＿＿ ＿＿＿ ★ ＿＿＿ かならず　もって　くる

ように　ということです。」

1 なので　　　　　2 じしょが　　　3 必要　　　　　4 じゅぎょうには

5 A「学校の　よこの　食堂には　いつも　たくさん　客が　来て　います

ね。」

B「とても＿＿＿ ＿＿＿ ★ ＿＿＿よ。」

1 ひょうばんの　2 おいしいと　　　3 ようです　　　4 店の

もんだい3　　1　から　　5　に　何を　入れますか。文章の　意味を　考えて、
　　　　　　1・2・3・4から　いちばん　いい　ものを　一つ　えらんで　く
　　　　　　ださい。

下の　文章は　「買い物」に　ついての　作文です。

「夕方の買い物」

陳亭瑩

　夕方、母に　　1　　近くの　肉屋さんに　買い物に　行きまし
た。肉屋の　おじさんが、「今から　肉を　安く　しますよ。どうぞ
　2　。」と　言いました。
　私が、「ハンバーグを　作るので　牛のひき肉＊を　300 グラム　く
ださい。」と　言うと、おじさんは、「さっきまで　100 グラム　300
円だった　　3　　、夕方だから、200 円に　して　おくよ。」と　言
います。安いと　思ったので、その　肉を　400 グラム　買いました。
　家に　帰って　母に　その　話を　すると、母は　とても　うれし　4
「ありがとう。夕方に　なると、お肉や　お魚は　安く　なるのよ。
また、明日　　5　　夕方に　買い物に　行ってね。」と　言いました。

＊ひき肉：とても　細かく　切った肉

1

1　たのんで　　　　2　たのませて　　　3　たのまらせて　　4　たのまれて

2

1　買いますか　　　　　　　　　　2　買って　ください
3　買いましょう　　　　　　　　　4　買いませんか

3

1　だから　　　　　2　し　　　　　　3　けれど　　　　　4　のに

言語知識（文法）・読解

もんだい1 （ 　 ）に 何を 入れますか。1・2・3・4から いちばん
いい ものを 一つ えらんで ください。

（例）わたしは 毎日 散歩 （ 　 ）します。

    1 が   2 を   3 や   4 に

（解答用紙）　（例）　① ● ③ ④

1　A「君の お父さんの 仕事は 何 （ 　 ）。」
    B「トラックの 運転手だよ。」

    1 とか   2 にも   3 だい   4 から

2　（教室で）
    A「田中君は 今日は 学校を 休んで いるね。」
    B「風邪を ひいて いる （ 　 ）よ。」

    1 ので   2 とか   3 らしい   4 ばかり

3　電気を つけた （ 　 ） 寝て しまった。

    1 だけ   2 まま   3 まで   4 ばかり

4　弟は 何も （ 　 ） 遊びに 行きました。

    1 食べると   2 食べて   3 食べない   4 食べずに

5　冷蔵庫に あった ケーキを 食べた （ 　 ） 由美さんです。

    1 のは   2 のを   3 のか   4 のに

6　先生が （ 　 ） 本を 読ませて ください。

    1 お書きした   2 お書きに しない
    3 お書きに する   4 お書きに なった

Check □ 1 □ 2 □ 3

7 私は 李さんに いらなく なった 本を （　　　）。

1 くれました 　　　　　　　　2 くださいました

3 あげました 　　　　　　　　4 いたしました

8 授業が 始まったら 席を （　　　）。

1 立った ことが あります 　　2 立ち つづけます

3 立つ ところです 　　　　　　4 立っては いけません

9 A「交番は どこに ありますか。」
　 B「そこの 角を 右に 曲がる （　　　）、左側に あります。」

1 と 　　　　　2 が 　　　　　3 も 　　　　　4 な

10 宿題が 終わったので、弟と 遊んで （　　　）。

1 やりました 　　2 くれました 　　3 させました 　　4 もらいなさい

11 出かけ （　　　） したら 雨が 降って きた。

1 ないと 　　　　2 ように 　　　　3 ようと 　　　　4 でも

12 彼の ことが すきか （　　　） はっきりして ください。

1 どちらか 　　2 何か 　　　　3 どうして 　　4 どうか

13 （本屋で）
　 客「日本の 歴史に （　　　） 書かれた 本は ありますか。」
　 店員「それなら こちらの 棚に ございます。」

1 ために 　　　　2 ついての 　　　　3 ついて 　　　　4 つけて

14 A「次の 交差点を 左に 曲がると 近い かもしれません。」
　 B「じゃあ、左に 曲がって （　　　）。」

1 しまう 　　　　2 みよう 　　　　3 よう 　　　　4 おこう

15 友だちに 聞いた （　　　）、誰も 彼の ことを 知らなかった。

1 ところ 　　　　2 なら 　　　　3 ために 　　　　4 から

Check □1 □2 □3

もんだい2 ___★___に 入る ものは どれですか。1・2・3・4から いち
ばん いい ものを 一つ えらんで ください。

(問題例)
　　A「 _____ _____ __★__ _____ か。」
　　B「はい、だいすきです。」

　　1　すき　　　　2　ケーキ　　　　3　は　　　　　4　です

(答え方)
1.正しい 文を 作ります。

　　A「 _____ _____ ___★___ _____か。」
　　　　　2 ケーキ　　3 は　　　　1 すき　　　4 です
　　B「はい、だいすきです。」

2. ___★___に 入る 番号を 黒く 塗ります。

　　　　　(解答用紙)　(例)　● ② ③ ④

1　A「この 人が 出た _____ _____ __★__ _____ ありますか。
　　B「10年前に 一度 見ました。」

　　1　ことが　　　2　を　　　　3　見た　　　4　えいが

2　小川「らいしゅうの 月曜日に ひっこす 予定です。」
　　竹田「月曜日は じゅぎょうが ないので、_____ _____ __★__
　　　　_____ 。」

　　1　が　　　　　2　てつだって　　3　わたし　　4　あげましょう

3 A「その 仕事は いつ 終わりますか。」

B「午後 6時 ＿＿＿ ＿＿＿ ★ ＿＿＿ します。」

1 には 　　　 2 ように 　　 3 まで 　　　 4 終わる

4 A「何を して いるのですか。」

B「今、＿＿＿ ＿＿＿ ★ ＿＿＿ です。」

1 ところ 　　 2 いる 　　　 3 宿題を 　　 4 して

5 小川「竹田さん、アルバイトで ためた ＿＿＿ ＿＿＿ ★ ＿＿＿

ですか。」

竹田「世界中を 旅行したいです。」

1 何に 　　　 2 つもり 　　 3 つかう 　　 4 お金を

もんだい3 **1** から **5** に 何を 入れますか。文章の 意味を 考えて、1・2・3・4から いちばん いい ものを 一つ えらんで ください。

下の 文章は 松本さんが お正月に 留学生の チーさんに 送った メールです。

チーさん、あけまして おめでとう。
今年も どうぞ よろしく。
日本で 初めて **1** お正月ですね。どこかに 行きましたか。
わたしは 家族と いっしょに 祖母が いる いなかに 来て います。
　きのうは 1年の 最後の 日 **2** ね。
日本では この 日の ことを 「大みそか」と いって、みんな とても いそがしいです。午前中は、家族 みんなで 朝から 家じゅうの そうじを **3** なりません。そして、午後に なると お正月の 食べ物を たくさん 作ります。わたしも 毎年 妹と いっしょに、料理を 作るのを **4** 、今年は、祖母が 作った 料理を いただきました。
　5 、また 学校で 会おうね。

松本

1

1 だ　　　　2 の　　　　3 に　　　　4 な

2

1 なのです　　2 でした　　3 らしいです　　4 です

1　させられて　　2　しなくても　　3　しなくては　　4　いたして

4

1　てつだいますが　　　　　　2　てつだいますので
3　てつだわなくては　　　　　4　てつだったり

1　それから　　　2　そうして　　　3　それでも　　　4　それじゃ

《第三回　全真模考》
N4

◎ 問題 1 請從 1・2・3・4 之中選出一個最適合填入（　　　）的答案。

□ **1** 弟は 今朝 ご飯を 三杯 （　　　） 食べました。

    1 に　　　　　　　　　　2 も

    3 と　　　　　　　　　　4 を

    譯〉弟弟今天早上吃了（多達）三碗飯。
      1 向　　　　　　　　2 多達
      3 和　　　　　　　　4 以

□ **2** 外に だれが いる （　　　） 見て きて ください。

    1 と　　　　　　　　　　2 の

    3 か　　　　　　　　　　4 も

    譯〉誰在外面（呢）請去查看一下。
      1 和　　　　　　　　2 的
      3 呢　　　　　　　　4 也

□ **3** だれでも 練習 すれ （　　　） できるように なります。

    1 や　　　　　　　　　　2 が

    3 たら　　　　　　　　　4 ば

    譯〉無論是誰（只要）練習就可以做到。
      1 才剛　　　　　　　2 但是
      3 如果　　　　　　　4 只要

□ **4** 明日、学校で 試験が （　　　） ます。

    1 行い　　　　　　　　　2 行われ

    3 行った　　　　　　　　4 行う

    譯〉明天，考試將在學校（被舉行）。（亦即：明天將有考試在學校舉行。）
      1 舉行　　　　　　　2 被舉行
      3 舉行了　　　　　　4 舉行

(解題) **1**

(答案) (2)

要表達數量很多的時候，使用助詞「も／多達」。例如：彼は３台も車を持っています。（他擁有的車子多達３輛。）説話者可使用「も」來強調數量之多。若只是單純陳述事實，僅需説「おとうとは今朝ご飯を三杯（×）食べました／弟弟今天早上吃了三碗飯」，在「三杯／三碗」後面不必加入助詞。

(解題) **2**

(答案) (3)

因為句中出現疑問詞「だれ／誰」，所以相對應的助詞應該是「か／呢」。題目是由「外にだれがいますか／誰在外面呢」與「見てきてください／請去查看一下」兩個短句組合而成的長句。

當兩個短句結合成一個長句時，請注意句中的動詞變化！例如：「外にだれがいますか」（外面有誰在嗎）及「見てきてください」（請去看一下）→「外にだれがいるか見て来てください。」（請去看一下外面有誰在嗎？）

(解題) **3**

(答案) (4)

表示條件的助詞用「ば／只要～的話」。「Ａば、Ｂ／如果Ａ的話，Ｂ」，表示Ａ是Ｂ成立的必要條件。題目中「練習する／練習」和「できるようになる／可以做到」兩句的關係是「為了可以做到，練習是必須的」。例如：春になれば、桜が咲きます。（只要到了春天，櫻花就會盛開。）

(其他) 「だれでも／無論是誰」指的是任何人全部都是。「疑問詞＋でも／無論」用於表示統統包括在內，沒有例外。例如：いつでも遊びにきてください。（歡迎隨時來玩。）

(解題) **4**

(答案) (2)

正確答案是「行う／舉行」的被動形「行われる／被舉行」。題目的主語是「試験／考試」。以這一題來説，舉行考試的雖然是「先生／老師」，但由於這項訊息並不重要，因此將「試験」視為主語，而動詞則用被動形來表示。

(其他) 選項１的若題目不是「試験が」而是「試験を」，「行います／舉行」則為正確答案。此時的主語是「私／我」或「先生／老師」等舉行考試的人。這種情形的主語通常也會被省略。

《第一回 全真模考》問題一

□ **5** 「早^{はや}く　（　　　）！　学校^{がっこう}に　遅^{おく}れるよ！」

1　起^おきる　　　　　　　　2　起^おきろ

3　起^おきた　　　　　　　　4　起^おきない

> 譯〉「快點（起床啦）！上學要遲到了哦！」
>
> 　　1　起床　　　　　　　　2　起床啦
>
> 　　3　起床了　　　　　　　4　不起床

□ **6** A「この　パンを　（　　　）。おいしいよ。」

　　B「本当^{ほんとう}だ！とても　おいしい！」

1　食^たべた　とき　　　　　2　食^たべながら

3　食^たべないで　　　　　　4　食^たべて　みて

> 譯〉A:「你（吃吃看）這個麵包。很好吃哦！」
>
> 　　B:「真的耶！好吃極了！」
>
> 　　1　吃的時候　　　　　　2　一邊吃
>
> 　　3　不要吃　　　　　　　4　吃吃看

□ **7** 「桃太郎^{ももたろう}」　（　　　）　お話^{はなし}を　知^しって　いますか。

1　と　　　　　　　　　　2　と　いい

3　と　いう　　　　　　　4　と　思^{おも}う

> 譯〉你知道（有個叫做）《桃太郎》的故事嗎？
>
> 　　1　和　　　　　　　　　2　就好了
>
> 　　3　有個叫做　　　　　　4　我覺得

□ **8** （レストランで）

　　小林^{こばやし}「鈴木^{すずき}さんは　（　　　）？」

　　鈴木^{すずき}「私^{わたし}は　サンドイッチに　しよう。」

1　何^{なん}と　する　　　　　2　何^{なに}に　する

3　何^{なに}を　した　　　　　4　何^{なん}でした

> 譯〉（在餐廳裡）
>
> 　　小林：「鈴木先生要（點什麼）？」
>
> 　　鈴木：「我點三明治吧。」
>
> 　　1　那可怎麼好　　　　　2　點什麼
>
> 　　3　做了什麼　　　　　　4　究竟是什麼

(解題) **5**

(答案) (2)

由於對話中是向對方説「学校に遅れるよ／上學要遲到了哦！」，所以應該選擇能夠表達嚴厲指示的「起きろ／起床」。「起きろ」是第 2 類動詞（一段活用動詞）「起きる」的命令形。例如：君に用はない。帰れ。（沒你的事，快滾！）

其他 「遅れるよ／要遲到了哦」的「よ／哦」用於表達説話者要提醒對方、給對方忠告。例如：たばこは体によくないよ。（抽菸有害身體健康哦！）

(解題) **6**

(答案) (4)

「食べてみてください／請吃吃看這個麵包」的「ください／請～」被省略。「（動詞て形）てみる／嘗試」用於表示嘗試做某事，也具有確認好或不好、做得到或做不到的意味。

其他 由於題目是以「このパンを（　）。／這個麵包」的句子開頭，最後劃下「。」，由此得知整句話到此結束了。選項 1 和 2 並不是以這種形式結束句子，所以不是正確答案。而選項 3 和 4 後面同樣都省略了「ください／請」。從題意判斷，選項 4 才是正確答案。

(解題) **7**

(答案) (3)

「（名詞）という～／叫做～」用於當説話者或對方不太清楚名稱或者姓名的時候。例如：

こちらの会社に下田さんという方はいらっしゃいますか。（貴公司是否有一位姓下田的先生？）

『昔の遊び』という本を借りたいのですが。（我想借一本書，書名是《往昔的消遣》。）

(解題) **8**

(答案) (2)

「（名詞）にする／決定」用於從多個選項挑出其中一個選項的時候。例如：店員「こちらのかばんは軽くて使い易いですよ。」（這個包包既輕巧又方便喔！）客「じゃ、これにします。」（那，我買這個。）

其他 鈴木的答句「私はサンドイッチにしよう／我點三明治」，句中的「しよう／點吧」是「する／做」的意向形，而「しようと思います／我想做（點）」的「と思います／想」被省略了。

□ 9 かわいい　服が　あった（　　　　）、高くて　買えませんでした。

1　のに
2　から
3　だけ
4　ので

譯〉（明明）有可愛的衣服，卻因為太貴了而沒有買。
　　1　明明
　　2　因為
　　3　只有
　　4　由於

□ 10 朝　起き　（　　　　）、もう　11 時でした。

1　れば
2　なら
3　でも
4　たら

譯〉早上起床（一看），已經 11 點了。
　　1　若是
　　2　如果
　　3　即使
　　4　一看

□ 11 先生に　分からない　問題を　教えて　（　　　　）。

1　くださいました
2　いただきました
3　いたしました
4　さしあげました

譯〉（承蒙）老師指導了我不懂的問題。
　　1　給了
　　2　承蒙
　　3　做了
　　4　獻給了

□ 12 佐藤さんは　優しい　（　　　　）、みんなから　好かれて　います。

1　ので
2　まで
3　けど
4　ように

譯〉（因為）佐藤小姐很親切，所以被大家喜愛。
　　1　因為
　　2　之前
　　3　雖然
　　4　為了

(解題) **9**　　　　　　　　　　　　　　　　　　　　　　　(答案) (1)

因為「かわいい服がありました／有可愛的衣服」與「買えませんでした／沒有買」這兩句話的意思是相互對立的，所以應該選逆接助詞「のに／明明」。例如：薬を飲んだのに、熱が下がりません。（藥都已經吃了，高燒還是沒退。）

(其他)　當後半段的句子是「買いました／買了」的時候，則用順接助詞「ので／因為」來表示原因或理由。例如：かわいい服があったので、買いました。（看到可愛的衣服就買了。）

(解題) **10**　　　　　　　　　　　　　　　　　　　　　　　(答案) (4)

「(動詞た形)たら、～た／一～，才發現」的句型可用於表達做了前項動詞的行為之後，發現了「～」這件事的意思。通常用來表示驚訝的意思。例如：カーテンを開けたら、外は雪だった。（一拉開窗簾，原來外面下雪了。）

(其他)　「(動詞辭書形)と、～た／一～就」也是相同的意思。

(解題) **11**　　　　　　　　　　　　　　　　　　　　　　　(答案) (2)

主語「私は／我」被省略了。完整的句子是「私は先生に～を教えてもらいました／請老師教我～」。「もらいます／接受」的謙讓語是「いただきます／接受」。

(其他)　選項1的「くださいます／為我（做）」是「くれます／為我（做）」的尊敬語。選項2的「いたします／做」是「します／做」的謙讓語。選項3的「差し上げます／獻給」是「あげます／給」的謙讓語。

(解題) **12**　　　　　　　　　　　　　　　　　　　　　　　(答案) (1)

應填入表示原因或理由的助詞「ので／因為」。

(其他)　選項3的「けど／雖然」是表達反論的口語說法。選項4的「ように／為了」的使用方法。例如：

みんなに聞こえるように大きな声で話します。（提高聲量以便讓大家聽清楚。）〈表目的〉

日本語が話せるようになりました。（日語已經講得很流利了。）〈表狀況的變化〉

健康のために野菜を食べるようにしています。（為了健康而盡量多吃蔬菜。）〈表習慣、努力〉

□ **13** (電話で)

山田「もしもし。田中君は 今 何を して いますか。」

田中「今 お昼ご飯を 食べて いる （　　　）。」

1 と 思います　　　　　2 そうです

3 ところです　　　　　4 ままです

譯〉（在電話中）

山田：「喂？你現在在做什麼？」

田中：「我現在（正在）吃午餐。」

　1 我認為　　　　　2 據説

　3 正在　　　　　　4 照那樣

□ **14** 王さんは 林さん （　　　） 足が 速く ない。

1 まで　　　　　　　2 ほど

3 なら　　　　　　　4 ので

譯〉王先生不如林先生跑得（那樣地）快。

　1 直到　　　　　　2 那樣地

　3 如果　　　　　　4 因為

□ **15** 食べ（　　　） 大きさに 野菜を 切って ください。

1 ている　　　　　　2 そうな

3 にくい　　　　　　4 やすい

譯〉請將蔬菜切成（容易）入口的大小。

　1 正在　　　　　　2 好像

　3 困難　　　　　　4 容易

解題 **13**　　　　　　　　　　　　　　　　　　　　　　　答案 (3)

「（動詞て形）ている＋ところです／正在」表示進行中的動作。例如：来月結婚するので、今アパートを探しているところです。（下個月就要結婚了，所以目前正在找房子。）

其他　選項1的「と思います／我認為」表示推測選項2「（辭書形）そうです／據說」表示傳聞。題目的對話因為田中先生是回答自身的事，所以用推測或傳聞的形式回答顯然不合理。選項4的「まま／照那樣」則連接た形表示狀態沒有改變。

□ **14**　　　　　　　　　　　　　　　　　　　　　　　　答案 (2)

「AはBほど〜ない／A不如B〜」表示比較，意思是在「Aは〜ない／A不〜」的前提下，將主語A和B做比較。從題目中得知的訊息是林先生跑得快，以及王先生跑得比林先生慢（與林先生速度不同）。例如：私は兄ほど勉強ができない。（我不像哥哥那麼會唸書。）

解題 **15**　　　　　　　　　　　　　　　　　　　　　　　答案 (4)

「（動詞ます形）やすい／容易」表示做動詞的動作很簡單。⇔「（動詞ます形）にくい／困難」表示做動詞的動作很困難。例如：この本は字が大きくて、読みやすい。（這本書字體較大，易於閱讀。）

其他　選項1的「（動詞ます形）ている／正在」表示進行式。選項2的「（動詞ます形）そうだ／好像」表示樣態。例如：風で木が倒れそうです。（樹木快被風吹倒了。）選項3的「（動詞ます形）にくい／困難」表示做動詞的動作很困難。由題目的意思判斷，正確答案是選項4。

◎ 問題 2 下文的＿＿＿★＿＿＿中該填入哪個選項，請從 1・2・3・4 之中選出一個最適合的答案。

□ 1　A「もし　動物に　＿＿＿＿　＿＿＿＿　＿★＿＿　＿＿＿＿　ですか。」
　　　B「わたしは　ねこが　いいです。」

　　　1　なりたい　　　　　　　　　2　なる
　　　3　何に　　　　　　　　　　　4　なら

　　答〉もし動物になるなら何になりたいですか。
　　　（A：「如果要變成動物，你希望變成什麼呢？」）
　　　（B：「我想變成貓。」）

□ 2　A「コンサートで　ピアノを　ひきます。聞きに　きて　いただけますか。」
　　　B「すみません。＿＿＿＿　＿＿＿＿　＿★＿＿　＿＿＿＿　行けません。」

　　　1　が　　　　　　　　　　　　2　用
　　　3　ので　　　　　　　　　　　4　ある

　　答〉すみません。用があるので行けません。
　　　（A：「我將在音樂會演奏鋼琴，你願意來聽嗎？」）
　　　（B：「不好意思，我有事所以沒辦法去。」）

□ 3　「お電話で　＿＿＿＿　＿＿＿＿　＿★＿＿　＿＿＿＿　ご説明いたします。」

　　　1　お話し　　　　　　　　　　2　ついて
　　　3　した　　　　　　　　　　　4　ことに

　　答〉お電話でお話したことについてご説明いたします。
　　　（請容我説明關於曾在電話裡提到的那件事。）

□ 4　（デパートで）
　　　店員「どんな　服を　おさがしですか。」
　　　客「家で　＿＿＿＿　＿＿＿＿　＿★＿＿　＿＿＿＿　もめんの　服を　さがして　います。」

　　　1　せんたく　　　　　　　　　2　ことが
　　　3　できる　　　　　　　　　　4　する

　　答〉家で洗濯することができるもめんの服を探しています。
　　　（在百貨公司裡）
　　　（店員：「請問您在找什麼樣的衣服呢？」）
　　　（顧客：「我在找可以在家洗的棉質衣服。」）

(解題) **1**　　　　　　　　　　　　　　　　　　　(答案) (3)

因為句子一開始有「もし／如果」，可以想見應該是「もし～なら／如果的話」的條件句型。由於沒有「なる＋ですか」的用法，所以句末的「ですか／嗎」之前應填入「なりたい＋ですか／想變成＋嗎」。「もし動物に～なら／如果～動物的話」的「～」應填入「なる／變成」成為「もし動物になるなら／如果變成動物的話」，而之後則填入疑問詞「何に／哪種」變成「何になりたいですか／想變成哪種呢」。所以正確的順序是「2→4→3→1」，而★的部分應填入選項3「何に／什麼」。

(解題) **2**　　　　　　　　　　　　　　　　　　　(答案) (4)

B回答「すみません／不好意思」，所以這之後應説明無法去演唱會的理由。表示理由的助詞「ので／所以」應填入「行けません／沒辦法去」之前，變成「～ので、行けません／因為～所以沒辦法去」。「～」的部分則填入理由「用がある（ので）／（因為）有事」，所以正確的順序是「2→1→4→3」，而★的部分應填入選項4「ある」。

(解題) **3**　　　　　　　　　　　　　　　　　　　(答案) (4)

「ついて／關於」的用法是「（名詞)について」，表示對話中談論的對象，因此順序應為「ことについてご説明いたします／來説明關於」。由於句子一開始提到了「お電話で／在電話裡」，因此緊接著應該填入「お話した／提到的那件事」。至於「（名詞)について」的（名詞）的部分則是「お電話でお話したこと／您在電話中提到的那件事」。所以正確的順序是「1→3→4→2」，而★的部分應填入選項4「ことに」。

(解題) **4**　　　　　　　　　　　　　　　　　　　(答案) (2)

第一個考慮的排列組合是「洗濯＋できる／洗＋可以」，但這樣其他選項就會剩下「ことが」和「する」。考慮到「洗濯する／洗衣」是個する動詞，應該是表示可能形的用法「（動詞)ことができる／可以」。「家で洗濯することができる／可以在家洗的」的後面應填入「（もめんの）服／（棉質）衣服」。所以正確的順序是「1→4→2→3」，而★的部分應填入選項2「ことが」。

翻譯與解題

□ 5 先生「あなたは　しょうらい ＿＿＿＿ ＿＿＿＿ ★ ＿＿＿＿ ですか。」

学生「まだ、考えて　いません。」

1　なり　　　　　　　　2　何

3　たい　　　　　　　　4　に

答〉あなたは将来何になりたいですか。

　　（老師：「你將來希望成為什麼呢？」）

　　（學生：「我還沒想那麼多。」）

表示希望的用法「～たい／想～」的前面應填入動詞ます形，因此填入「なる／變成」的ます形「なり」，變成「なりたい／想成為」。句末應該是「何ですか／什麼呢」或「なりたいですか／想成為～嗎」的其中一個，「何ですか」無法成為合理的句子，因此句末應是「なりたいですか」，而其前面則應填入「何に／什麼」。所以正確的順序是「２→４→１→３」，而★的部分應填入選項１「なり」。

◎ 問題 3 於閱讀下述文章之後，就整體文章的內容作答第 ⬚ 1 ⬚ 至 ⬚ 5 ⬚ 題，
　　並從 1・2・3・4 選項中選出一個最適合的答案。

　　下の　文章は　「日本の　秋」に　ついての　作文です。

「台風」

エイミー・ロビンソン

　　去年の　秋、わたしの　住む　町に　台風が　きました。天気予報では　とて
も　大きい　台風だと　放送して　いました。

　　アパートの　となりの　人が、「部屋の　外に　置いて　ある　ものが　飛ん
で　いく　⬚ 1 ⬚　から、部屋の　中に　⬚ 2 ⬚　よ。」と　言いました。わた
しは、外に　出して　ある　ものが　飛んで　⬚ 3 ⬚、中に　入れました。

　　夜に　なって、とても　強い　風が　ずっと　ふいて　いました。まどの　ガ
ラスが　⬚ 4 ⬚、とても　こわかったです。

　　朝に　なって　外に　出ると、空は　うその　ように　晴れて　いました。風
に　⬚ 5 ⬚　飛んだ　木の葉が、道に　たくさん　落ちて　いました。

下方的文章是以「日本的秋天」為主題所寫的文章。

〈颱風〉

艾咪・羅賓森

去年秋天，颱風侵襲了我居住的城鎮。電視上的氣象預報說這是一個威力非常強大的颱風。

當時，公寓的鄰居告訴我：「放在屋外的東西說不定會飛走，最好先把東西搬進屋裡吧。」為了不讓東西飛走，我把放在外面的東西搬到了屋內。

到了晚上，強風不斷吹襲。窗戶的玻璃簡直快裂開了，我非常害怕。

天亮後到外面一看，晴朗的天空彷彿什麼事都沒發生過似的。滿地掉的都是被風吹落的樹葉。

1　と　いい　　　　　　　　2　かもしれない

3　はずが　ない　　　　　　4　ことに　なる

> 譯　1　就好了　　　　　　2　説不定
> 　　3　不可能　　　　　　4　決定

1　入れようと　する

2　入れて　おくかもしれない

3　入れて　おく　はずです

4　入れて　おいた　ほうが　いい

> 譯　1　試著放進去　　　　2　或許搬進去
> 　　3　應該搬進去了　　　4　最好先搬進去

1　いくのに　　　　　　　　2　いくらしいので

3　いかないように　　　　　4　いくように

> 譯　1　都要飛走了　　　　2　因為似乎會飛走
> 　　3　不讓東西飛走　　　4　讓東西飛走

(解題) **1**　　　　　　　　　　　　　　　　　　　　　　　(答案) (2)

文中提到由於颱風而導致「～ものが飛んでいく（　）／東西飛走」，所以應該選擇具有「可能」含意的選項「かもしれない／可能、也許」。

其他　選項1的「東西飛走」應該往「不好」的方向思考，但是選項1「といい／～就好了」與文意相反，所以不是正確答案。選項3的「はずがない／不可能」表示不具有可能性，與本文文意不符，所以不是正確答案。選項4的「ことになる／決定」表示這件事已經（於非出自本人意願的情況下）是既成事實了。

(解題) **2**　　　　　　　　　　　　　　　　　　　　　　　(答案) (4)

「　2　よ／喔」語尾助詞「よ」可用於告知對方某些訊息的時候。因為颱風要來了，所以公寓的鄰居建議並教我，「部屋の外に置いてあるものを、部屋の中に入れる／把在外面的東西搬到屋內」。

其他　「（動詞た形）ほうがいい／最好」用於向對方提議或建議的時候。「（動詞て形）おきます／（事先）做好」用於準備或整理的時候。

(解題) **3**　　　　　　　　　　　　　　　　　　　　　　　(答案) (3)

「（動詞辭書形／ない形）ように／為了不」用於表達目的。根據文章的意思，希望「外に出してあるものが飛でいかない／不讓放在外面的東西飛走」，所以正確答案是選項3。例如：子供にも読めるように、ひらがなで書きます。（為了讓孩童易於閱讀，標上平假名。）

□ **4**

1　われそうで　　　　　　2　われないで

3　われるらしく　　　　　4　われるように

譯〉1　簡直快裂開了　　　　2　不讓玻璃裂開
　　3　好像要裂了　　　　　4　為了讓玻璃裂開

□ **5**

1　ふく　　　　　　　　　2　ふいて

3　ふかせて　　　　　　　4　ふかれて

譯〉1　吹　　　　　　　　　2　吹
　　3　讓風吹　　　　　　　4　被風吹

「(動詞ます形)そうだ／簡直～似的」用於表達狀態，形容看到一個情境，覺得好像快要變成某一種狀態了。正確答案是「ガラスが割れそうで／窗戶的玻璃簡直快裂開了」，意思是「(我)覺得窗戶的玻璃好像就要裂開了」，而並非真的裂開了。

其他▶ 因為文章裡寫的是「とてもこわかった／我非常害怕」，所以不能選擇選項 2 的「割れないで／不讓玻璃裂開」。選項 3 的「～らしい／好像～」是表示根據及傳聞，兩種解釋都與題目的文意不符，所以不正確。選項 4 的「(動詞辭書形)ように／為了」用於表達目的。

基本句是「木の葉が道に落ちていました／滿地掉的都是被風吹落的樹葉」，而「風に ☐5☐ 飛んだ／被風吹落」是修飾「木の葉／樹葉」的句子，兩個句子組合起來變成「木の葉が風に ☐5☐ 飛んだ／樹葉被風吹落」。由於「木の葉」是主語，所以答案應該選「ふく／吹落」的被動形「ふかれる／被吹落」。

翻譯與解題

◎ 問題 1 請從 1・2・3・4 之中選出一個最適合填入（　　）的答案。

□ **1** A「今日は どこに 行った（　　）？」
　　 B「お姉ちゃんと 公園に 行ったよ。」

　　 1 に　　　　　　　　　　　 2 の
　　 3 が　　　　　　　　　　　 4 ので

　　 譯 A：「你今天去了哪裡（呢）？」
　　　　 B：「和姊姊一起去公園了哦。」
　　　　 1 向　　　　　　　　　 2 呢
　　　　 3 但　　　　　　　　　 4 因為

□ **2** 佐藤君（　　）　かさを 貸して くれました。

　　 1 で　　　　　　　　　　　 2 と
　　 3 や　　　　　　　　　　　 4 が

　　 譯 佐藤同學將傘借給了我。
　　　　 1 在　　　　　　　　　 2 和
　　　　 3 或　　　　　　　　　 4 ×

□ **3** 宿題は 5時（　　　）　終わらせよう。

　　 1 までも　　　　　　　　　 2 までは
　　 3 までに　　　　　　　　　 4 までか

　　 譯 五點（之前）把作業完成吧！
　　　　 1 即使到了　　　　　 2 直到
　　　　 3 之前　　　　　　　 4 到了（程度）

□ **4** まんが（　　　）　読んで いないで 勉強しなさい。

　　 1 でも　　　　　　　　　　 2 も
　　 3 ばかり　　　　　　　　　 4 まで

　　 譯 別（光是）看漫畫，快去念書！
　　　　 1 即使　　　　　　　 2 也
　　　　 3 光是　　　　　　　 4 直到

疑問句「～行きましたか／去了呢」是丁寧體（禮貌形），其普通體（普通形）是「～行ったの？／去了呢」。

解題 **2**　答案 (4)

因為述語是「～てくれました／（為我）做～」，由此可知主語不是「私／我」而是「佐藤君／佐藤同學」。表示主語的助詞是「が」。而題目中的目的語（私に／為我）則被省略了。

→請順便學習「～てくれる／給」和「～てもらう／得到」的用法吧。例如：

父が（私に）時計を買ってくれました。（爸爸買了手錶〈給我〉。）

（私は）父に時計を買ってもらいました。（〈我〉請爸爸〈幫我〉買了手錶。）

解題 **3**　答案 (3)

「までに／在～之前」是表現期限或截止時間的用法。例如：レポートは金曜までに出してください。（報告請在星期五前交出來。）此例句意思為星期三或星期四都可以，但最晚星期五要提交的意思。

其他 選項 2 的「までは／到～為止」是「まで／到～為止」的強調形。請順便記住「まで／到～為止」和「までに／在～之前」的差別吧。「まで」表示範圍。例如：

駅から家まで 10 分です。（從車站到我家需要 10 分鐘。）

雨が止むまで待ちます。（等到雨停。）

解題 **4**　答案 (3)

「ばかり／光是」是指「淨是做某事，其他都不做」的意思。例如：

妹はお菓子ばかり食べている。（妹妹總是愛吃零食。）

今日は失敗ばかりだ。（今天總是把事情搞砸。）

□ **5** 夕方に なると 空の 色が （　　　）。

1 変えて ください 　　　　　　2 変わって ください

3 変えて いきます 　　　　　　4 変わって いきます

譯〉一到傍晚，天空的顏色就會（出現變化）。

　　1 請改變 　　　　　　　　　　2 請變化

　　3 做出改變 　　　　　　　　　4 出現變化

□ **6** 母が 子どもに 部屋の そうじを （　　　）。

1 しました 　　　　　　　　　　2 させました

3 されました 　　　　　　　　　4 して いました

譯〉媽媽（要求了）孩子打掃房間。

　　1 做了 　　　　　　　　　　　2 要求了

　　3 被做了 　　　　　　　　　　4 已經在做了

□ **7** A「今から 一緒に 遊びませんか。」

　　B「ごめんなさい。今日は 母と 買い物に （　　　）。」

1 行きなさい 　　　　　　　　　2 行きました

3 行く つもりです 　　　　　　4 行く はずが ありません

譯〉A：「要不要現在跟我一起去玩呢？」

　　B：「對不起，今天（要）和媽媽（去）買東西。」

　　1 請去 　　　　　　　　　　　2 去了

　　3 要去 　　　　　　　　　　　4 不可能去

□ **8** ベルが （　　　） 書くのを やめてください。

1 鳴ったら 　　　　　　　　　　2 鳴ったと

3 鳴るたら 　　　　　　　　　　4 鳴ると

譯〉鈴聲（一響）請停筆。

　　1 一響 　　　　　　　　　　　2 響了就

　　3 如果正在響的話 　　　　　　4 一響就

解題 **5**　　　　　　　　　　　　　　　　　　　　　　　答案 (4)

由於「空の色／天空的顏色」是主語，因此述語應該選擇自動詞的「変わる／變化」。「〜ていきます／〜下去」表示繼續。

其他 請留意自動詞「変わる」與他動詞「変える／改變」的使用方法。例如：彼の言葉を聞いて、彼女の顔色が変わった。（聽完他的話，她臉色都變了。）〈主語是「彼女の顔色／她的臉色」〉彼の言葉を聞いて、彼女は顔色を変えた。（聽完他的話，她變了臉色。）〈主語是「彼女／她」〉

解題 **6**　　　　　　　　　　　　　　　　　　　　　　　答案 (2)

由於句中提到「母が子どもに／媽媽要求了孩子」，應該想到使役形的句子，所以選擇「します／做」的使役形「させます／要求做」。

其他 使役形的句子用於表達使別人動作的人（下述例子中的媽媽）和實際動作的人（下述例子中的小孩）的行動。請注意使役形句中助詞的差異。

他動詞的例子：母は子に掃除をさせます。

（媽媽叫孩子打掃。）〈「します／做」是他動詞〉

自動詞的例子：母は子を学校へ行かせます。

（媽媽讓孩子去上學。）〈「行きます／去」是自動詞〉

解題 **7**　　　　　　　　　　　　　　　　　　　　　　　答案 (3)

「今から／現在」是講述未來的事，因此選項 2 的「〜ました／了（過去式）」並不正確。從文意上來看，選項 1 的命令形「〜なさい／要」和表示可能形否定的選項 4「〜はずがありません／不可能」也都不對。正確答案是表示預定用法的選項 3「〜つもりです／打算」。

解題 **8**　　　　　　　　　　　　　　　　　　　　　　　答案 (1)

「ベルが鳴る／鈴聲一響」→「書くのをやめる／停筆」是表示條件的句子。選項中表示條件的用法有選項 1「鳴ったら／一響」和選項 4「鳴ると／一〜就」，但是「〜と／一〜就」無法表現說話者的意志或請託。例如：

春になったら、旅行しよう。（要是到了春天，就去旅行吧。〈× 一到春天就去旅行〉）

疲れたら、休んでください。（如果累了的話，就休息吧。〈× 一累就休息〉）

請一併學習「と／一〜就」的使用方法。例如：春になると、桜が咲きます。

（每逢春天，櫻花盛開。）

《第二回 全真模考》 問題一

□ 9 毎日 花に 水を （　　　）。

　1　くれます　　　　　　　2　やります

　3　もらいます　　　　　　4　いただきます

　譯〉毎天（給）花澆水。
　　　1　給（我）　　　　　　2　給（花）
　　　3　得到　　　　　　　　4　領受

□ 10 先生が 作文の 書き方を 教えて （　　　）。

　1　いただきました　　　　2　さしあげました

　3　くださいました　　　　4　なさいました

　譯〉老師教（給了我）寫作文的方法。
　　　1　承蒙　　　　　　　　2　獻給了
　　　3　給了　　　　　　　　4　做了

□ 11 雨が 降り （　　　）。建物の 中に 入りましょう。

　1　はじまりました　　　　2　つづきました

　3　おわりました　　　　　4　だしました

　譯〉下（起）雨（來了）。快進去建築物裡面吧！
　　　1　開始了　　　　　　　2　當時持續了
　　　3　結束了　　　　　　　4　起來

□ 12 授業中は 静かに （　　　）。

　1　しそうだ　　　　　　　2　しなさい

　3　したい　　　　　　　　4　しつづける

　譯〉上課中（要）保持安靜！
　　　1　似乎　　　　　　　　2　要
　　　3　想做　　　　　　　　4　繼續做

(解題) **9**　(答案) (2)

主語「わたしは／我」被省略了。如果要表達「我澆花」，應該使用含有「あげます／給予」意思的「やります／給」。給比自己身份低的弟弟、妹妹、小朋友、動物、植物等人事物的時候，不用「あげる／給」而是用「やる／給」。

其他▶ 選項4的的「いただきます／領受」是選項3「もらいます／得到」的謙讓語，兩者意思相同。選項1的的「くれます／給（我）」，雖然物品移動的方向和「もらいます」一樣（對方→我），但是主語並不是「我」，而是對方。

(解題) **10**　(答案) (3)

選項1的「いただきました／承蒙」是「もらいました／接受了」的謙讓語。選項2的「さしあげました／獻給了」是「あげました／給了」的謙讓語。選項3的「くださいました／給了」是「くれました／給了」的謙讓語。選項4的「なさいました／做了」是「しました／做了」的尊敬語。題目的主語是「先生／老師」，所以選擇選項3的「くださいました」。

(解題) **11**　(答案) (4)

「（動詞ます形）出す／起來」表示開始某件事。例如：昔の話をしたら、彼女は泣き出した。（一聊起往事，她就哭了起來。）

其他▶ 選項1如果是「（降り）始めました／開始（下）」則正確。選項2表示雨一直下了（一整天）。沒有選項3的「降り終わる」這種敘述方式。正確說法是：雨は3時に止みました。（3點時雨停了。）

(解題) **12**　(答案) (2)

「（動詞ます形）なさい／要」是命令形的丁寧形（禮貌形）。例如：
次の質問に答えなさい。（要回答以下的問題。）
たかし、早く起きなさい。（小隆，快起床了！）

《第二回 全真模考》 問題一

119

□ **13** 京都の　（　　　）は、思った以上でした。

1　暑さ　　　　　　　　2　暑い

3　暑くて　　　　　　　4　暑いので

譯〉 京都（炎熱的程度）超乎我的想像。
　　 1　炎熱的程度　　　　2　熱
　　 3　熱得簡直～　　　　4　因為熱

□ **14** A「鈴木さんを　知って　いますか。」

B「はい。ときどき　電車の　中で　（　　　）。」

1　会わなくても　いいです　2　会う　ことが　あります

3　会うと　思います　　　　4　会って　みます

譯〉 A：「你認識鈴木先生嗎？」
　　 B：「認識。偶爾在電車裡（遇到他）。」
　　 1　不見面也無所謂　　　2　（偶爾）遇到
　　 3　我覺得會見面　　　　4　試著見面

□ **15** 大学へ　行く　（　　　）、一生懸命　勉強して　います。

1　ところ　　　　　　　2　けれど

3　ために　　　　　　　4　からも

譯〉 （為了）上大學而拚命用功讀書。
　　 1　正當～的時候　　　2　可是
　　 3　為了　　　　　　　4　由～來判斷

解題 13   答案 (1)

「(形容詞語幹)さ/的程度」可將表示程度的形容詞予以名詞化。例如：箱の大き
さを測ります。（測量箱子的大小。）由於題目是「京都の（　　）は、～
/京都的」，（　　）之中應填入名詞。所以選項２、３、４都無法填入。

其他 ※「(形容動詞語幹)さ/的程度」也同樣是將表示程度的形容詞予以名詞化。
例如:命の大切さを知ろう。（你要了解生命的可貴！）

解題 14   答案 (2)

「(動詞辭書形)ことがある/偶爾」表示「不是每次都會這樣，但偶爾會這
樣」的情況。

其他 選項３的「会うと思います/我覺得會見面」是表示推測、預想的用
法，所以不正確。「（動詞た形）ことがある/曾經」表示經驗，和「（動
詞辭書形）ことがある」的意思不一樣，要多注意！例如：私は飛行機に
乗ったことがあります。（我有搭乘過飛機。）

解題 15   答案 (3)

本題要選表示目的「ために/為了」。「ために」的前面要用表示意志的
動詞。例如：
大会で優勝するために、毎日練習しています。（為了在大賽中獲勝，每
天勤於練習。）

其他 選項１表示現在正往大學的路上。選項２的「けれど/可是」是逆接
的口語用法。例如：私は行ったけれど、彼は来なかった。（雖然我去了，
他卻沒來。）選項４的「から/因為」用於表示理由。

◎ 問題 2 下文的＿＿＿★＿＿＿中該填入哪個選項，請從 1・2・3・4 之中選出一個最適
合的答案。

□ 1 （駅_{えき}で）

A「新宿_{しんじゅく}に 行_いきたいのですが、どこから 電車_{でんしゃ}に 乗_のれば よいですか。」

B「 ＿＿＿＿ ＿＿＿＿ ★ ＿＿＿＿ ください。」

1 3番線_{ばんせん}　　2 お乗_のり　　3 むこうの　　4 から

答 むこうの3番線からお乗りください。
　（在車站內）
　（A：「我想去新宿，該從哪裡搭車才好呢？」）
　（B：「請從對面的三號月台搭乘。」）

□ 2 A「日曜日_{にちようび}は ゴルフにでも 行_いきますか。」

B「そうですね。それでは ＿＿＿＿ ＿＿＿＿ ★ ＿＿＿＿ しましょう。」

1 に　　　　2 行_いく　　　3 ゴルフ　　　4 ことに

答 それではゴルフに行くことにしましょう。
　（A：「星期天要不要去打高爾夫球呢？」）
　（B：「說的也是。那麼就決定去打高爾夫球了。」）

□ 3 中村_{なかむら}「本田_{ほんだ}さん、あすの 音楽会_{おんがくかい}は どこに 集_{あつ}まりますか。」

本田_{ほんだ}「6時_じに ＿＿＿＿ ＿＿＿＿ ★ ＿＿＿＿ どうでしょう。」

1 うけつけの　　　　　　2 集_{あつ}まったら
3 会場_{かいじょう}の　　　　　　4 ところに

答 6時に会場の受付のところに集まったらどうでしょう。
　（中村：「本田先生，明天的音樂會要在哪裡集合呢？」）
　（本田：「六點在會場的櫃台處集合如何？」）

□ 4 「あさっての ＿＿＿＿ ＿＿＿＿ ★ ＿＿＿＿ かならず もって くるよう
に ということです。」

1 なので　　2 じしょが　　3 必要_{ひつよう}　　　4 じゅぎょうには

答 あさっての授業には辞書が必要なので必ず持って来るようにということです。
　（由於後天的課程必須用到辭典，請務必帶來。）

□ 5 A「学校_{がっこう}の よこの 食堂_{しょくどう}には いつも たくさん 客_{きゃく}が 来_きて いますね。」

B「とても＿＿＿＿ ＿＿＿★＿＿＿ ＿＿＿＿よ。」

1 ひょうばんの　　　　　2 おいしいと
3 ようです　　　　　　　4 店_{みせ}の

答 とてもおいしいと評判の店のようですよ。
　（A：「學校旁的餐館隨時都有很多客人上門呢。」）
　（B：「聽說人人都稱讚那家店非常好吃哦！」）

(解題) **1**

因為被詢問「どこから電車に乗ればよいですか/該從哪裡搭車才好呢」，所以可以推測回答應該是「（場所）から乗ります/從（場所）搭乘」或「（場所）から乗ってください/請從（場所）搭乘」。由於句尾是「ください/請」，因此可知要用敬語的「お乗りください/請搭乗」。「から/從」前應填入表示場所的名詞，所以是「むこうの３番線から/從對面的三號月台」。因此正確的順序是「３→１→４→２」，而★的部分應填入選項４「から」。

(解題) **2**

「（動詞辭書形）ことにします/決定」用於表達希望依照自己的意志做決定。「～行くことにしましょう/就決定去～吧」中「～」的部分應填入「ゴルフに/打高爾夫球」，所以正確的順序是「３→１→２→４」，而★的部分應填入選項２「行く」。

其他 A說「ゴルフにでも/打高爾夫球」的「でも」是舉出主要選項的說法。

(解題) **3**

而本題句尾使用的是「～たらどうでしょう/～如何呢」這一提議的說法。本題以「（場所）に集まる/在（場所）集合」來表示場所，所以是「～ところに集まったら/在～集合的話呢」。而剩下的選項「うけつけの/櫃臺」和「会場の/會場的」，可知會場中有一個櫃臺（會場＞櫃臺），因此變成「会場のうけつけのところに/在會場的櫃台處」。所以正確的順序是「３→１→４→２」，而★的部分應填入選項４「ところに」。

(解題) **4**

從語意考量，接在「あさっての/後天」後面的應是「授業には/課程」。而「辞書が/辭典」後面應該接「必要/必須」。而在這之後則填入表示理由的「なので/由於」來連接前後文。所以正確的順序是「４→２→３→１」，而★的部分應填入選項３「必要」。

(解題) **5**

句尾應該要填入「ようです/聽説」。而「ようです」的前面只有兩個選擇，不是「評判の（ようです）/人人都稱讚（聽説）」就是「店の（ようです）/店（聽説）」。從「あの店はおいしいと評判です/稱讚那家店好吃」的語意考量，此句應是「おいしいと評判の店/稱讚那家店好吃」。所以正確的順序是「２→１→４→３」，而★的部分應填入選項４「店の」。

◎ 問題 3 於閱讀下述文章之後，就整體文章的內容作答第 ⬚ 1 ⬚ 至 ⬚ 5 ⬚ 題，並從 1・2・3・4 選項中選出一個最適合的答案。

下の 文章は 「買い物」に ついての 作文です。

「夕方の買い物」

陳亭瑩

夕方、母に ⬚ 1 ⬚ 近くの 肉屋さんに 買い物に 行きました。肉屋の おじさんが、「今から 肉を 安く しますよ。どうぞ ⬚ 2 ⬚ 。」と 言いました。

私が、「ハンバーグを 作るので 牛のひき肉＊を 300 グラム ください。」と 言うと、おじさんは、「さっきまで 100 グラム 300 円だった ⬚ 3 ⬚ 、夕方だから、200 円に して おくよ。」と 言います。安いと 思ったので、その 肉を 400 グラム 買いました。

家に 帰って 母に その 話を すると、母は とても うれし ⬚ 4 ⬚ 、「ありがとう。夕方に なると、お肉や お魚は 安く なるのよ。また、明日 ⬚ 5 ⬚ 夕方に 買い物に 行ってね。」と 言いました。

＊ひき肉：とても細かく切った肉

下方的文章是以「購物」為主題所寫的文章。

〈傍晚的購物〉

陳亭瑩

傍晚，被母親託付（亦即：母親託我）到附近的肉攤買東西。肉攤的大叔說：「肉品從現在開始降價哦！歡迎多多選購！」

「家裡要做牛肉餅，請給我 300 克的牛絞肉。」大叔聽我這樣說，告訴我：「到剛才 100 克還是賣 300 圓，既然到傍晚了，就算你 200 圓吧！」我覺得很便宜，就買了 400 克。

回家後把這件事告訴媽媽，媽媽看起來很高興，對我說了：「謝謝！每到傍晚，肉和魚都會降價呢。你明天也幫忙傍晚時去買東西吧。」

＊絞肉：切得非常細碎的肉

(解題) **1**

(答案) (4)

題目的前後文是「わたしは母に（買い物を）たのまれて、～／我被母親託付（買東西）～」。「たのまれる／被請託」是「たのむ／請託」的被動形。。

(解題) **2**

(答案) (2)

「どうぞ／請」用於拜託別人或建議別人時。「どうぞ」之後常接「～（て）ください／請」、「～お願いします／請」等。例如：どうぞ座ってください。（請坐。）

(解題) **3**

(答案) (3)

應選擇能夠連接「さっきまで300円だった／到剛才都還是300圓」和「200円にしておくよ／就算你200圓吧」的詞語。而「けれど／雖然」屬於「Aけれど、B／雖然A，但是B」的句型，用於表達A和B的內容不同甚至相反時所使用的逆接助詞。

其他 選項4的「のに／明明」雖然也是表示逆接的用法，但「AのにB／明明A，還是B」用於A預期的內容和B不同。

(解題) **4**

(答案) (1)

「（形容詞語幹）そうだ／看起來」表達説話者説出所看到的或感覺到的想法。要表示我自己很高興可以用「私は嬉しいです／我很高興」，若要表示看到媽媽高興的樣子，則可用「母は嬉しそうです／媽媽看起來很高興」。

其他 選項4的「嬉しすぎて／太高興」和「とても嬉しくて／非常高興」一樣，是用來表達自己的感覺，若要表達他人的感覺或想法時，要用「～そうだ」。

(解題) **5**

(答案) (4)

因為媽媽説「また、明日（ ）～／明天也～」，表示要「今日と同じ／和今天一樣」，因此要選「も／也」。例如：私は学生です。ハンさんも学生です。（我是學生，樊先生也是學生。）

翻譯與解題

◎ 問題 1 請從 1・2・3・4 之中選出一個最適合填入（　　　）的答案。

□ **1** A「君の　お父さんの　仕事は　何　（　　　）。」
　　B「トラックの　運転手だよ。」

　　1　とか　　　　　　　　　　2　にも

　　3　だい　　　　　　　　　　4　から

　　譯〉 A：「你爸的工作是啥？」
　　　　B：「卡車司機啦！」
　　　　1　之類　　　　　　　2　也是
　　　　3　啥　　　　　　　　4　因為

□ **2** （教室で）
　　A「田中君は　今日は　学校を　休んで　いるね。」
　　B「風邪を　ひいて　いる　（　　　）　よ。」

　　1　ので　　　　　　　　　　2　とか

　　3　らしい　　　　　　　　　4　ばかり

　　譯〉（在教室裡）
　　　　A：「田中同學今天向學校請假了呢。」
　　　　B：「（聽說）他感冒了喔。」
　　　　1　因為　　　　　　　2　說是
　　　　3　聽說　　　　　　　4　老是

□ **3** 電気を　つけた　（　　　）　寝て　しまった。

　　1　だけ　　　　　　　　　　2　まま

　　3　まで　　　　　　　　　　4　ばかり

　　譯〉 還亮著燈（就這樣）睡著了。
　　　　1　只有　　　　　　　2　就這樣
　　　　3　到　　　　　　　　4　才剛

□ **4** 弟は　何も　（　　　）　遊びに　行きました。

　　1　食べると　　　　　　　　2　食べて

　　3　食べない　　　　　　　　4　食べずに

　　譯〉 弟弟什麼都（沒吃）就去玩了。
　　　　1　吃了的話　　　　　2　吃下
　　　　3　不吃　　　　　　　4　沒吃

(解題) 1　　　　　　　　　　　　　　　　　　　　　　　　**答案 (3)**

「何だい？／是啥」是「何ですか／什麼呢」的普通體、口語形式。「何ですか」的普通體是「何？／什麼」，但是「（疑問詞）＋だい／啥」更強調質問的意味，通常只有成年男性使用，也屬於比較老派的用法。例如：なんで分かったんだい？（怎麼知道的呢？）

(解題) 2　　　　　　　　　　　　　　　　　　　　　　　　**答案 (3)**

應該選擇根據看見或聽到的訊息作出判斷的「らしい／聽説」。依照題目的敘述，B 是從田中同學或其他人那裡直接或間接得知田中同學感冒了。

其他 選項 1 的雖然「ので／因為」是用來表示理由，但是「ので」後面不會接「よ／喔」。選項 2 的「とか／説是」就像「らしい／聽説」，也是轉述從別人那裡聽到的訊息，但「とか」後面不會接「よ」。選項 3 的「風邪をひいてばかりいる／老是感冒」的意思是時常感冒，表示頻率的用法。但是「ひいているばかり」的敘述方式並不通順。

(解題) 3　　　　　　　　　　　　　　　　　　　　　　　　**答案 (2)**

「（動詞た形）まま／就這樣」表示持續同一個狀態。例如：くつを履いたまま、家に入らないでください。（請不要穿著鞋子走進家門。）

其他 選項 1 的「だけ／只有」是表示限定的用法。選項 3 的「まで／到」表示範圍和目的地。選項 4 的「（動詞た形）ばかり／才剛～」表示時間沒過多久。例如：さっき来たばかりです。（我才剛到。）

(解題) 4　　　　　　　　　　　　　　　　　　　　　　　　**答案 (4)**

「何も／什麼都」後面接否定形。選項中屬於否定形的有選項 3「食べない／不吃」以及選項 4「食べずに／沒吃」，但可以連接「遊びに行きました／就去玩了」的只有選項 4。選項 3 如果是「食べないで／沒吃」則為正確的敘述方式。

其他 「（動詞ない形）ないで／不～」和「（動詞ない形）ずに／不～」語意相同，後面接動詞句，意思是「不做～的狀態下，做～」。「～ずに」是書面用語，比「～ないで」説法更為拘謹。

□ **5** 冷蔵庫に あった ケーキを 食べた （　　） 由美さんです。

1　のは　　　　　　　　　　　　2　のを

3　のか　　　　　　　　　　　　4　のに

譯〉把放在冰箱裡的蛋糕吃掉（的是）由美小姐。
　　　1　的是　　　　　　　　　2　X
　　　3　X　　　　　　　　　　4　分明

□ **6** 先生が （　　） 本を 読ませて ください。

1　お書きした　　　　　　　　　2　お書きに しない

3　お書きに する　　　　　　　　4　お書きに なった

譯〉請讓我拜讀老師（所撰寫）的書。
　　　1　撰寫了　　　　　　　　2　不撰寫
　　　3　撰寫　　　　　　　　　4　所撰寫

□ **7** 私は 李さんに いらなく なった 本を （　　　）。

1　くれました　　　　　　　　　2　くださいました

3　あげました　　　　　　　　　4　いたしました

譯〉我把不需要的書（給了）李先生。
　　　1　給我了　　　　　　　　2　給我了
　　　3　給了　　　　　　　　　4　做了

□ **8** 授業が 始まったら 席を （　　）。

1　立った ことが あります　　2　立ち つづけます

3　立つ ところです　　　　　　4　立っては いけません

譯〉開始上課後（不可以站起來）座位上。（亦即：開始上課後不可以離開座位。）
　　　1　曾經站立過　　　　　　2　持續站立
　　　3　就在站立的時候　　　　4　不可以站起來

□ **9** A「交番は どこに ありますか。」

B「そこの 角を 右に 曲がる （　　　）、左側に あります。」

1　と　　　　　2　が　　　　　3　も　　　　　4　な

譯〉A：「請問派出所在哪裡呢？」
　　B：「在那個轉角右轉（後），派出所（就）在左側。」
　　　1　後～就（完成～之後，即可～）　2　X
　　　3　也　　　　　　　　　　　　　4　X

「のは／的是」的「の／的」用於代替名詞。如此一來，不必重複前面出現過的名詞，只要用「の」替換即可。例如：この靴が欲しいんですが、もっと小さいのはありますか。（我想要這雙鞋，請問有更小號的嗎？）「の」指的是鞋子。

（解題）6

答案 (4)

用「お（動詞ます形）になる／您做〜」表示尊敬。例如：
先生はもうお帰りになりました。（老師已經回家了。）
何時にお出かけになりますか。（您何時出門呢？）

（解題）7

答案 (3)

接在「私は李さんに／我把〜李先生」之後的應該是「あげました／給了」。
其他 選項1表示「李先生給了我」。選項2的「くださいました／給我了」是「くれました／給我了」的謙讓用法。選項4的「いたしました／做了」是「しました／做了」的謙讓用法。而「本をしました／做了書」這一語意並不通順。

（解題）8

答案 (4)

句型「（動詞①た形）たら、動詞②文／一（動詞①），就（動詞②）」，表示在動詞①（未來的事）完成之後，從事動詞②的行為。但這種句型沒有「もし／假如」假設的意思。題目要表達的是，現在可以站著，但是開始上課後就不可以站起來離開座位。
其他 選項1「（動詞た形）ことがあります／曾經」表示過去的經驗。選項2「席を立ち続ける／持續站起在座位上」的語意並不通順（「席を立つ／站起」是一瞬間的動作，沒辦法持續）。選項3「（動詞辭書形）ところです／就在〜的時候」表示正準備開始進行某個動作之前。

（解題）9

答案 (1)

句型「（動詞①辭書形）と、動詞②／只要、一旦（動詞①），就會（動詞②）」，表示在動詞①之後，必定會發生動詞②的情況。例如：このボタンを押すと、お釣りが出ます。（只要按下這顆按鈕，找零就會掉出來。）

□ **10** 宿題が　終わったので、弟と　遊んで（　　　）。

1　やりました　　　　　2　くれました

3　させました　　　　　4　もらいなさい

譯〉做完作業了，所以（陪了）弟弟一起玩。
1　陪了　　　　　　　　2　給了我
3　讓他做了　　　　　　4　接受

□ **11** 出かけ（　　　）　したら　雨が　降って　きた。

1　ないと　　　　　　　2　ように

3　ようと　　　　　　　4　でも

譯〉正（打算）出門，就下雨了。
1　如果不　　　　　　　2　像那樣
3　打算　　　　　　　　4　即使

□ **12** 彼の　ことが　すきか　（　　　）　はっきりして　ください。

1　どちらか　　　　　　2　何か

3　どうして　　　　　　4　どうか

譯〉請説清楚，你到底喜歡他（與否）。
1　是哪一個　　　　　　2　什麼
3　為什麼　　　　　　　4　與否

□ **13** （本屋で）
客「日本の　歴史に　（　　　）　書かれた　本は　ありますか。」
店員「それなら　こちらの　棚に　ございます。」

1　ために　　　　　　　2　ついての

3　ついて　　　　　　　4　つけて

譯〉（在書店裡）
顧客：「請問有（關於）日本歴史的書嗎？」
店員：「那類書籍陳列在這邊的書架。」
1　為了　　　　　　　　2　關於的
3　關於　　　　　　　　4　帶上

(解題) **10** (答案) (1)

主語「私は／我」被省略了。「私は弟と遊んで（　）／我跟弟弟一起玩」後面應該接「やりました／陪了」。

其他 選項2的句型「くれました／給了我」的主語是其他人而不是自己。選項3的「させました／讓他做了」是「しました／做了」的使役形。選項4的「もらいなさい／接受」是「もらいます／收下」的命令形。父母告訴孩子「勉強が分からないときは、先生に教えてもらいなさい／課業有不懂的地方，就去請教老師」，這句話裡教導的人是老師，而得到指導的是孩子。

(解題) **11** (答案) (3)

句型「（動詞意向形）（よ）うとする／正打算～」表示正當想要做某事之前的狀態或行為無法進行。例如：帰ろうとしたら、電話がかかってきた。（正打算回家的時候，一通電話打了過來。）

(解題) **12** (答案) (4)

「～かどうか～／與否～」是在句子中插入疑問句的用法。題目的意思是「彼のことが好きですか、それとも好きじゃありませんか、はっきりしてください／你喜歡他，還是不喜歡他，請明確的說出來」。例如：吉田さんが来るかどうか分かりません。（吉田先生究竟來還是不來，我也不清楚。）

其他 當在句中插入含有疑問詞的疑問句時，要用「（疑問詞）か～／嗎」的形式。例如：あの店がいつ休みか知っていますか。（那家店什麼時候休息你知道嗎？）

(解題) **13** (答案) (3)

「（名詞)について／關於」表示敘述的對象。例如：家族について、作文を書きます。（寫一篇關於家人的作文。）題目的句子是以「日本の歴史について書かれた／記載了關於日本歷史的」來修飾「本／書」。「書かれた／（被）記載了」是被動形。

其他 選項2如果是「日本の歴史についての本／關於日本歷史的書」則為正確的敘述方式。

□ **14** A「次の　交差点を　左に　曲がると　近い　かもしれません。」

B「じゃあ、左に　曲がって　（　　　　）。」

1　しまう　　　　　　　　　　2　みよう

3　よう　　　　　　　　　　　4　おこう

> 譯 A：「在下個路口左轉，或許比較近。」
> B：「那麼，就左轉（看看）吧！」
> 　　1　完了　　　　　　　2　（嘗試）看看
> 　　3　的樣子　　　　　　4　就這樣吧

□ **15** 友だちに　聞いた　（　　　　）、誰も　彼の　ことを　知らなかった。

1　ところ　　　　　　　　　　2　なら

3　ために　　　　　　　　　　4　から

> 譯 問了朋友後（得知），沒有任何人認識他。
> 　　1　結果　　　　　　　2　既然
> 　　3　為了　　　　　　　4　因為

(解題) **14**　　　　　　　　　　　　　　　　　　　　　　　　(答案) (2)

「（動詞て形）てみる／嘗試～看看」表示嘗試做某事。例如：日本に行ったら、
泉に入ってみたいです。（如果去了日本，想去試一試泡溫泉）

其他 選項1的「（動詞て形）てしまう／～（動詞）了」表示完結或失敗。
例如：その本はもう読んでしましました。（那本書已經讀完了。）選項
4的「（動詞て形）ておく／預先～好、（做）～好」表示準備。例如：ビー
ルは冷蔵庫に入れておきます。（啤酒已經放進冰箱裡。）

(解題) **15**　　　　　　　　　　　　　　　　　　　　　　　　(答案) (1)

「（動詞た形）ところ、～／結果～」表示做了某個動作之後，得到了某個結果的偶
然契機。例如：ホテルに電話したところ、週末は予約でいっぱいだと言われ
た。（打了電話到飯店，結果櫃檯說週末已經預約額滿了。）動作和結果
並沒有直接的因果關係，變成這種狀態純屬偶然。

其他 選項2的「なら／既然～」表示條件。選項3「ために／為了」和選項
4「から／因為」都是表示原因和理由。

◎ 問題 2 下文的 ___ ★ ___ 中該填入哪個選項，請從 1・2・3・4 之中選出一個最適合的答案。

□ 1 A「この 人が 出た ＿＿＿ ＿＿＿ ★ ＿＿＿ ありますか。
　　B「10 年前に 一度 見ました。」

　　1 ことが　　　2 を　　　　　3 見た　　　　4 えいが

　答〉この人が出た映画を見たことがありますか。
　　　（A：「你曾看過這個人演出的電影嗎？」）
　　　（B：「十年前看過一次。」）

□ 2 小川「らいしゅうの 月曜日に ひっこす 予定です。」
　　竹田「月曜日は じゅぎょうが ないので、 ＿＿ ＿＿ ★ ＿＿ 。」

　　1 が　　　　　　　　　　　2 てつだって

　　3 わたし　　　　　　　　　4 あげましょう

　答〉月曜日は授業がないので、わたしが手伝ってあげましょう。
　　　（小川：「我準備下周一搬家。」）
　　　（竹田：「星期一沒課，我去幫忙吧！」）

□ 3 A「その 仕事は いつ 終わりますか。」
　　B「午後 6時 ＿＿＿ ＿＿ ★ ＿＿ します。」

　　1 には　　　2 ように　　　3 まで　　　4 終わる

　答〉午後6時までには終わるようにします。
　　　（A：「那件工作什麼時候可以完成呢？」）
　　　（B：「盡量在晚上6點之前完成。」）

□ 4 A「何を して いるのですか。」
　　B「今、 ＿＿＿ ＿＿＿ ★ ＿＿ です。」

　　1 ところ　　　2 いる　　　3 宿題を　　　4 して

　答〉今、宿題をしているところです。
　　　（A：「你在做什麼？」）
　　　（B：「現在正在做作業。」）

□ 5 小川「竹田さん、アルバイトで ためた ＿＿＿ ＿＿＿ ★ ＿＿ ですか。」
　　竹田「世界中を 旅行したいです。」

　　1 何に　　　2 つもり　　　3 つかう　　　4 お金を

　答〉アルバイトでためたお金を何に使うつもりですか。
　　　（小川：「竹田先生，你打工存下來的錢打算怎麼使用呢？」）
　　　（竹田：「我想去環遊世界。」）

(解題) **1**　(答案) (3)

因為 B 説「見ました／看過」，由此可知「えいが」即為「映画／電影」。因為「（動詞た形）ことがあります／曾經」表示經驗，所以「あります／有」前面應填入「見たことが／曾看過」。「見たことがあります／曾看過」的目的語（何を／什麼）是「映画を／電影」。「この人が出た／這個人出演」是修飾「映画／電影」的詞句。

(解題) **2**　(答案) (2)

主語「わたし／我」的助詞要用「が」。從選項可知句尾是「あげましょう／給～吧」，因此在這之前應填入「てつだって／幫忙」。「（動詞て形）てあげます／（為他人）做～」用於表達自己想為對方做某件事。
「～てあげます／（為他人）做～」是上位者對下位者的表述方式，聽起來讓人感到失禮。

(解題) **3**　(答案) (4)

雖然直覺想用「終わります／完成」作為句尾，但題目句尾已經是「します／做」，所以「終わるします」的敘述方式並不正確。「（動詞辭書形）ようにします／盡量」表示為達成某目標而努力或留意，因此「終わるようにします／盡量完成」是正確的敘述方式。「午後 6 時／晚上 6 點」後面應該接表示期限或截止時間的「までには／在～之前」。

(解題) **4**　(答案) (2)

「（動詞て形）ているところです／正在（動詞）～」表示正在進行某事。

(解題) **5**　(答案) (3)

「ためた／存（錢）了」是「ためる／存（錢）」的過去式。在「アルバイトでためた／打工所存的」之後應填入「お金を／錢」。由於句尾的「ですか／呢」前面無法接「何に／怎麼」或「使う／使用」，所以只能填「つもりですか／打算～呢」。至於「何に使う／怎麼使用」則填在「つもり／打算」的前面。「何に使う／怎麼用」用於詢問對方使用目的或對象。

問題二

《第三回 全真模考》

137

◎ 問題 3 於閱讀下述文章之後，就整體文章的內容作答第 1 至 5 題，並從 1・2・3・4 選項中選出一個最適合的答案。

　　下の　文章は　松本さんが　お正月に　留学生の　チーさんに　送った　メールです。

　チーさん、あけまして　おめでとう。

　今年も　どうぞ　よろしく。

　日本で　初めて　1　お正月ですね。どこかに　行きましたか。わたしは　家族と　いっしょに　祖母が　いる　いなかに　来て　います。

　きのうは　1年の　最後の　日　2　ね。

　日本では　この　日の　ことを　「大みそか」と　いって、みんな　とても　いそがしいです。午前中は、家族　みんなで　朝から　家じゅうの　そうじを　3　なりません。そして、午後に　なると　お正月の　食べ物を　たくさん　作ります。わたしも　毎年　妹と　いっしょに、料理を　作るのを　4　、今年は、祖母が　作った　料理を　いただきました。

　5　、また　学校で　会おうね。

松本

下方的文章是松本先生在新年時寄給留學生祁先生的信。

祁先生，新年快樂。

今年也請多多指教。

這是您在日本度過的第一個新年呢！您去了哪裡嗎？我和家人一起來到了奶奶住的鄉下。昨天正是一整年的最後一天呢。

在日本，這一天被稱作「除夕」，每個人都非常忙碌。上午，全家人都必須從一大早打掃房子。然後，到了下午就開始烹煮很多道年菜。我每年也都和妹妹一起幫忙做菜，可是今年享用的是奶奶已經做好的年菜。

那麼，我們學校見囉！

松本

□ 1

1 だ	2 の
3 に	4 な

譯〉
1 就是	2 的
3 在	4 不許

□ 2

1 なのです	2 でした
3 らしいです	4 です

譯〉
1 就是	2 正是
3 似乎	4 是

□ 3

1 させられて	2 しなくても
3 しなくては	4 いたして

譯〉
1 被迫	2 即使不做也
3 不做不行	4 做

□ 4

1 てつだいますが	2 てつだいますので
3 てつだわなくては	4 てつだったり

譯〉
1 幫忙	2 因為幫忙
3 不幫忙不行	4 或者幫忙

□ 5

1 それから	2 そうして
3 それでも	4 それじゃ

譯〉
1 其後	2 然後
3 即使如此	4 那麼

(解題) **1**

本題在說明對祁先生而言，這個新年具有什麼樣的意義。這是他「日本で初めて迎えるお正月／在日本過的第一個新年」。「初めて／第一次」是副詞。例如：初めての海外旅行は、シンガポールに行きました。（第一次出國旅遊去了新加坡。）

答案 (2)

(解題) **2**

因為是在講述昨天的事，所以答案要選過去式。

答案 (2)

(解題) **3**

由於後面接的是「なりません／不」，所以答案應該選「しなくては／不做」，也就是「なくてはならない／必須」的句型。

其他 選項1的「させられて／被迫做」是「して／做」的使役被動形。選項4「いたして／做」是「して」的謙讓語。「して」的後面不能接「なりません」。選項2的「しなくても／即使不做也」後面應該接「いいです／沒關係」。

答案 (3)

(解題) **4**

請思考「私は毎年、料理を作るのを手伝います／我每年都會幫忙做菜」和「今年は祖母が作った料理をいただきました／可是今年享用的是奶奶已經做好的年菜」這兩句話的關係。也就是把「毎年／每年」和「今年／今年」拿來做比較，由此聯想到「毎年（は）〜が、今年は〜／每年都是〜，但今年則是〜」的句型。

答案 (1)

(解題) **5**

這是在說出道別語之前的用詞。其他還有「それでは／那麼」「では／那麼」「じゃ／那」等等的用法。例如：それでは、さようなら。（那麼，再見囉。）

答案 (4)

《第三回 全真模考》 問題三

極めろ！
日本語能力試験 解説編

新制日檢！絕對合格 N1,N2,N3,N4,N5 文法全真模考三回 + 詳解

JAPANESE TESTING

五十音順	文法		中譯	讀書計畫
い	いっぽうだ		一直…、不斷地…、越來越…	
う	うちに		趁…、在…之內…	
お	おかげで、おかげだ		多虧…、托您的福、因為…	
	おそれがある		恐怕會…、有…危險	
か	かけ（の）、かける		剛…、開始…；對…	
	がちだ、がちの		容易…、往往會…、比較多	
	から…	からにかけて	從…到…	
		からいうと、からいえば、からいって	從…來說、從…來看、就…而言	
		から（に）は	既然…、既然…，就…	
	かわりに		代替…	
き	ぎみ		有點…、稍微…、…趨勢	
	（っ）きり		只有…；全心全意地…；自從…就一直…	
	きる、きれる、きれない		…完、完全、到極限；充分…、堅決…	
く	くせに		雖然…，可是…、…，卻…	
	くらい…	くらい（ぐらい）はない、ほどはない	沒什麼是…、沒有…像…一樣、沒有…比…的了	
		くらい（だ）、ぐらい（だ）	幾乎…、簡直…、甚至…	
		くらいなら、ぐらいなら	與其…不如…、要是…還不如…	
こ	こそ		正是…、才（是）…；唯有…才…	
	こと…	ことか	多麼…啊	
		ことだ	就得…、應當…、最好…；非常…	
		ことにしている	都…、向來…	
		ことになっている、こととなっている	按規定…、預定…、將…	
		ことはない	用不著…；不是…、並非…；沒…過、不曾…	
さ	さい…	さい（は）、さいに（は）	…的時候、在…時、當…之際	
		さいちゅうに、さいちゅうだ	正在…	
	さえ…	さえ、でさえ、とさえ	連…、甚至…	
		さえば、さえたら	只要…（就）…	
	（さ）せてください、（さ）せてもらえますか、（さ）せてもらえませんか		請讓…、能否允許…、可以讓…嗎？	
使役形	使役形＋もらう、くれる、いただく		請允許我…、請讓我…	
し	しかない		只能…、只好…、只有…	
せ	せい…	せいか	可能是（因為）…、或許是（由於）…的緣故吧	
		せいで、せいだ	由於…、因為…的緣故、都怪…	

五十音順	文法		中譯	讀書計畫
た	だけ…	だけしか	只…、…而已、僅僅…	
		だけ（で）	只是…、只不過…；只要…就…	
	たと…	たとえても	即使…也…、無論…也…	
		（た）ところ	…，結果…	
		たとたん（に）	剛…就…、剎那就…	
	たび（に）		每次…、每當…就…	
	たら…	たら、だったら、かったら	要是…、如果…	
		たらいい（のに）なあ、といい（のに）なあ	…就好了	
		だらけ	全是…、滿是…、到處是…	
		たらどうですか、たらどうでしょう（か）	…如何、…吧	
つ	ついでに		順便…、順手…、就便…	
	っけ		是不是…來著、是不是…呢	
	って…	って	他說…人家說…；聽說…、據說…	
		って（いう）、とは、という（のは）（主題・名字）	所謂的…、…指的是；叫…的、是…、這個…	
	っぱなしで、っぱなしだ、っぱなしの		…著	
	っぽい		看起來好像…、感覺像…	
て	ていらい		自從…以來、就一直…、…之後	
	てからでないと、てからでなければ		不…就不能…、不…之後，不能…、…之前，不…	
	てくれと		給我…	
	てごらん		…吧、試著…	
	て（で）たまらない		非常…、…得受不了	
	て（で）ならない		…得受不了、非常…	
	て（で）ほしい、てもらいたい		想請你…	
	てみせる		做給…看；一定要…	
と	命令形＋と		引用用法	
	という…	ということだ	聽說…、據說…；…也就是說…、這就是…	
		というより	與其說…，還不如說…	
	といっても		雖說…，但…、雖說…，也並不是很…	
	とおり（に）		按照…、按照…那樣	
	どおり（に）		按照、正如…那樣、像…那樣	
	とか		好像…、聽說…	
	ところ…	ところだった	（差一點兒）就要…了、險些…了；差一點就…可是…	
		ところに	…的時候、正在…時	
		ところへ	…的時候、正當…時，突然…、正要…時，（…出現了）	
		ところを	正…時、…之時、正當…時…	

145

五十音順	文法		中譯	讀書計畫
と	として…	として、としては	以…身份、作為…；如果是…的話、對…來說	
		としても	即使…，也…、就算…，也…	
	とすれば、としたら、とする		如果…、如果…的話、假如…的話	
	とともに		與…同時，也…；隨著…；和…一起	
な	ない…	ないこともない、ないことはない	並不是不…、不是不…	
		ないと、なくちゃ	不…不行	
		ないわけにはいかない	不能不…、必須…	
	など…	など	怎麼會…、才（不）…	
		などと（なんて）いう、などと（なんて）おもう	多麼…呀；…之類的…	
	なんか、なんて		…之類的、…什麼的	
に	において、においては、においても、における		在…、在…時候、在…方面	
	にかわって、にかわり		替…、代替…、代表…	
	にかんして（は）、にかんしても、にかんする		關於…、關於…的…	
	にきまっている		肯定是…、一定是…	
	にくらべて、にくらべ		與…相比、跟…比較起來、比較…	
	にくわえて、にくわえ		而且…、加上…、添加…	
	にしたがって、にしたがい		伴隨…、隨著…	
	にして…	にしては	照…來説…、就…而言算是…、從…這一點來説，算是…的、作為…，相對來説…	
		にしても	就算…，也…、即使…，也…	
	にたいして（は）、にたいし、にたいする		向…、對（於）…	
	にちがいない		一定是…、准是…	
	につき		因…、因為…	
	につれ（て）		伴隨…、隨著…、越…越…	
	にとって（は／も／の）		對於…來説	
	にともなって、にともない、にともなう		伴隨著…、隨著…	
	にはんして、にはんし、にはんする、にはんした		與…相反…	
	にもとづいて、にもとづき、にもとづく、にもとづいた		根據…、按照…、基於…	
	によって（は）、により		因為…；根據…；由…；依照…	
	による…	による	因…造成的…、由…引起的…	
		によると、によれば	據…、據…説、根據…報導…	
	にわたって、にわたる、にわたり、にわたった		經歷…、各個…、一直…、持續…	
の	（の）ではないだろうか、（の）ではないかとおもう		不就…嗎；我想…吧	
は	ばほど		越…越…	
	ばかりか、ばかりでなく		豈止…，連…也…、不僅…而且…	
	はもちろん、はもとより		不僅…而且…、…不用説，…也…	

五十音順	文法		中譯	讀書計畫
は	ばよかった		…就好了	
	はんめん		另一面…、另一方面…	
へ	べき、べきだ		必須…、應當…	
ほ	ほかない、ほかはない		只有…、只好…、只得…	
	ほど		越…越；…得、…得令人	
ま	までには		…之前、…為止	
み	み		帶有…、…感	
	みたい（だ）、みたいな		好像…；想要嘗試…	
む	むきの、むきに、むきだ		朝…；合於…、適合…	
	むけの、むけに、むけだ		適合於…	
も	もの…	もの、もん	因為…嘛	
		ものか	哪能…、怎麼會…呢、決不…、才不…呢	
		ものだ	過去…經常、以前…常常	
		ものだから	就是因為…，所以…	
		もので	因為…、由於…	
よ	よう…	ようがない、ようもない	沒辦法、無法…；不可能…	
		ような	像…樣的、宛如…一樣的…	
		ようなら、ようだったら	如果…、要是…	
		ように	為了…而…；希望…、請…；如同…	
		ように（いう）	告訴…	
		ようになっている	會…	
	より（ほか）ない、ほか（しかたが）ない		只有…、除了…之外沒有…	
わ	句子＋わ		…啊、…呢、…呀	
	わけ…	わけがない、わけはない	不會…、不可能…	
		わけだ	當然…、難怪…；也就是説…	
		わけではない、わけでもない	並不是…、並非…	
		わけにはいかない、わけにもいかない	不能…、不可…	
	わりに（は）		（比較起來）雖然…但是…、但是相對之下還算…、可是…	
を	をこめて		集中…、傾注…	
	をちゅうしんに（して）、をちゅうしんとして		以…為重點、以…為中心、圍繞著…	
	をつうじて、をとおして		透過…、通過…；在整個期間…、在整個範圍…	
	をはじめ、をはじめとする、をはじめとして		以…為首、…以及…、…等等	
	をもとに、をもとにして		以…為根據、以…為參考、在…基礎上	
ん	んじゃない、んじゃないかとおもう		不…嗎、莫非是…	
	んだ…	んだって	聽説…呢	
		んだもん	因為…嘛、誰叫…	

言語知識（文法）・読解

問題1　つぎの文の（　　）に入れるのに最もよいものを、1・2・3・4から一
つえらびなさい。

1 新しい家が買える（　　）一生懸命がんばります。

　1　ように　　　　　2　ために　　　　　3　ことに　　　　4　といっても

2 A「先生に相談に行ったの？」

　B「そうなの。将来の（　　）ご相談したいことがあって。」

　1　ほうを　　　　　2　ためを　　　　　3　ことで　　　　4　なんか

3 （デパートで服を見ながら）

　竹田「長くてかわいいスカートが欲しいんですが。」

　店員「それでは、これ（　　）いかがでございますか？」

　1　が　　　　　　　2　など　　　　　　3　ばかり　　　　4　に

4 子ども「えーっ、今日も魚？ぼく、魚、きらいなんだよ。」

　母親「そんなこと言わないで。おいしいから食べて（　　）よ。」

　1　みる　　　　　　2　いる　　　　　　3　みて　　　　　4　ばかり

5 学生「先生、来週の日曜日、先生のお宅に（　　）よろしいでしょうか。」

　先生「ああ、いいですよ。」

　1　伺って　　　　　2　行かれて　　　　3　参られて　　　4　伺われて

6 このパンは、小麦粉と牛乳（　　）できています。

　1　が　　　　　　　2　を　　　　　　　3　に　　　　　　4　で

Check □1 □2 □3

| 7 | （会社で） |

A「課長はお出かけですか？」

B「いえ、会議中です。3時（　　　　）終わると思います。」

1　まででは　　　　2　では　　　　　3　までには　　　4　ごろから

| 8 | 母親「あら、お姉さんはまだ帰らないの？」 |

妹「お姉さん、友だちとご飯食べて帰る（　　　　）よ。」

1　らしい　　　　　2　つもり　　　　3　そうなら　　　4　ような

| 9 | ほかほかでおいしそうだな。温かい（　　　　）食べようよ。 |

1　うえに　　　　　2　うちに　　　　3　ころに　　　　4　ように

| 10 | 彼に理由を聞いた（　　　　）、彼は、何にも知らないと言っていたよ。 |

1　なら　　　　　　2　って　　　　　3　ところ　　　　4　ばかりで

| 11 | 初めて自分でお菓子を作りました。どうぞ（　　　　）ください。 |

1　いただいて　　　2　いただかせて　3　食べたくて　　4　召し上がって

| 12 | A「ハワイ旅行、どうだった？」 |

B「日本人（　　　　）で、外国じゃないみたいだったよ。」

1　みたい　　　　　2　ばかり　　　　3　ほど　　　　　4　まで

| 13 | 子ども「ねえ、お母さん、僕の手袋、知らない？」 |

母親「ああ、青い手袋ね。玄関の棚の上に置いて（　　　　）わ。」

1　おく　　　　　　2　みる　　　　　3　いた　　　　　4　おいた

問題2　つぎの文の＿★＿に入る最もよいものを、1・2・3・4から一つえらび
　　　　なさい。

（問題例）

A「＿＿＿　＿＿＿　＿★＿　＿＿＿　か。」
B「はい、だいすきです。」
1　すき　　　　2　ケーキ　　　　3　は　　　　4　です

（解答のしかた）

1. 正しい答えはこうなります。

A「＿＿＿＿　＿＿＿＿　＿★＿＿　＿＿＿＿　か。」
　　2　ケーキ　　3　は　　1　すき　　4　です
B「はい、だいすきです。」

2.＿★＿に入る番号を解答用紙にマークします。

（解答用紙）　（例）　●　②　③　④

1　母親「明日試験＿＿＿　＿＿＿　＿★＿　＿＿＿　つもりなの？」
　　子ども「これからしようと思ってたんだよ。」

1　ちっとも　　　2　勉強しないで　　3　なのに　　　4　どうする

2　自分で文章を書いてみて初めて、正しい＿＿＿　＿★＿　＿＿＿　＿＿＿わ
　　かりました。

1　どれほど　　　2　難しいかが　　3　書くのが　　　4　文章を

3　私は映画が好きなので、これから＿＿＿　＿＿＿　＿★＿　＿＿＿思ってい
　　ます。

1　研究しようと　2　関して　　　　3　映画に　　　　4　世界の

Check　□1　□2　□3

4 A「この本をお借りしていいですか？」

B「すみません。この本は、私が_____　_____　_____　＿★＿ですので、しばらく待っていただけますか。」

1　読もうと　　　2　いる　　　　3　思って　　　4　ところ

5 今日は母が病気でしたので、母の_____　＿★＿　_____　_____作りました。

1　姉が　　　　　2　おいしい　　3　かわりに　　4　夕御飯を

問題3 次の文章を読んで、文章全体の内容を考えて、 1 から 5 の中に入る最もよいものを、1・2・3・4から一つえらびなさい。

下の文章は、日本に留学したワンさんが、帰国後に日本語の先生に書いた手紙である。

山下先生、ごぶさたしております。 1 後、いかがお過ごしでしょうか。

日本にいる間は、本当にお世話になりました。帰国後しばらくは生活のリズムが 2 ため、食欲がなかったり、ねむれなかったりしましたが、おかげさまで今では 3 元気になり、新しい会社に就職をして、家族で楽しく暮らしています。

国に帰ってからも先生が教えてくださったことをよく思い出します。漢字の勉強を始めたばかりの頃は苦労しましたが、授業で練習の方法を習って、わかる漢字が増えると、しだいに楽しくなりました。また、最後の授業で聞いた、「枕草子※」の話も 4 印象に残っています。私もいつか私の国の四季について、本を書いてみたいです。 5 、先生が私の国にいらっしゃったら、ゆっくりお話をしながら、いろいろな美しい場所にご案内したいと思っています。

もうすぐ夏ですね。どうぞお体に気をつけてお過ごしください。

またお目にかかる時を心から楽しみにしています。

ワン・ソンミン

※枕草子…10～11世紀ごろに書かれた日本の有名な文学作品

1

1 あの　　　　2 その　　　　3 あちらの　　　4 そちらの

2

1 変わる　　　2 変わった　　3 変わりそうな　4 変わらなかった

3

1 すっかり　　2 ゆっくり　　3 すっきり　　　4 がっかり

4

1 大きく　　　2 短く　　　　3 深く　　　　　4 長く

5

1 そして　　　2 でも　　　　3 しかし　　　　4 やはり

言語知識（文法）・読解

問題1　つぎの文の（　　）に入れるのに最もよいものを、1・2・3・4から一つえらびなさい。

1　こんなに部屋がきたないんじゃ、友だちを（　　）そうもない。

　　1　呼び　　　　　2　呼べ　　　　　3　呼べる　　　　4　呼ぶ

2　A「ねえ、あなたの（　　）どんな人？」
　　B「普通の人だよ。なに、興味あるの？」

　　1　お兄さんが　　2　お兄さんに　　3　お兄さんって　　4　お兄さんでも

3　私も（　　）一人でヨーロッパに行ってみたいと思っています。

　　1　いつか　　　　2　いつ　　　　　3　間もなく　　　　4　いつに

4　A「どこかいい歯医者さん知らない？」
　　B「あら、歯が痛いの。駅前の田中歯科に（　　）。」

　　1　行くことでしょう　　　　　　　　2　行ってみせて
　　3　行ってもどうかな　　　　　　　　4　行ってみたらどう

5　あら、風邪？熱が（　　）、病院に行ったほうがいいわよ。

　　1　高いと　　　　　2　高いようなら　　3　高いらしいと　　4　高いからって

6　弟「お父さんは最近すごく忙しそうで、いらいらしてるよ。」
　　兄「そうか、じゃ、温泉に行こうなんて、（　　）。」

　　1　言わないほうがよさそうだね　　　2　言わないほうがいいそうだね
　　3　言わなかったかもしれないね　　　4　言ったほうがいいね

7　たとえ明日雨が（　　）遠足は行われます。

　　1　降っても　　　2　降ったら　　　3　降るので　　　4　降ったが

Check □1 □2 □3

8 彼女と別れるなんて、想像する（　　　）悲しくなるよ。

1 ので 　　　　 2 から 　　　　 3 だけで 　　　　 4 なら

9 水（　　　）あれば、人は何日か生きられるそうです。

1 ばかり 　　　　 2 は 　　　　 3 から 　　　　 4 さえ

10 A「夏休みはどうするの？」

B「僕は田舎のおじさんの家に行く（　　　）。」

1 らしいよ 　　　　　　　　　 2 ことになっているんだ

3 ようだよ 　　　　　　　　　 4 ことはないよ

11 A「具合がわるそうね。医者に行ったの？」

B「うん。お酒をやめる（　　　）言われたよ。」

1 からだと 　　　 2 ようだと 　　　 3 ように 　　　 4 ことはないと

12 大変だ、弟が犬に（　　　）よ。

1 かんだ 　　　 2 かまられた 　　　 3 かみられた 　　　 4 かまれた

13 先生は、何を研究（　　　）いるのですか。

1 されて 　　　　 2 せられて 　　　　 3 しられて 　　　　 4 しれて

問題2　つぎの文の＿★＿に入る最もよいものを、1・2・3・4から一つえらびなさい。

1　日本の＿＿＿＿　＿＿＿＿　＿★＿＿　＿＿＿＿　見事な花を咲かせます。

　　1　3月末から　　　2　かけて　　　　3　桜は　　　　　4　4月初めに

2　母が、私の＿＿＿＿　＿★＿＿　＿＿＿＿　＿＿＿＿　よくわかりました。

　　1　どんなに　　　　2　ことを　　　　3　心配して　　　4　いるか

3　先生に＿★＿＿　＿＿＿＿　＿＿＿＿　＿＿＿＿　難しくてできなかった。

　　1　とおりに　　　2　みたが　　　　3　教えられた　　4　やって

4　気温が急に高くなった＿＿＿＿　＿★＿＿　＿＿＿＿　＿＿＿＿　どうもよくない。

　　1　体の　　　　　　2　か　　　　　　3　せい　　　　　4　調子が

5　妹は＿＿＿＿　＿＿＿＿　＿★＿＿　＿＿＿＿　母にそっくりだ。

　　1　ば　　　　　　　2　ほど　　　　　3　見る　　　　　4　見れ

Check □1 □2 □3

問題3　次の文章を読んで、文章全体の内容を考えて、　1　から　5　の中に入る最もよいものを、1・2・3・4から一つえらびなさい。

下の文章は、ある高校生が「野菜工場」を見学して書いた作文である。

　先日、「野菜工場」を見学しました。　1　工場では、室内でレタスなどの野菜を作っています。工場内はとても清潔でした。作物は、土を使わず、肥料※1を溶かした水で育てます。日照量※2や、肥料・CO2の量なども、コンピューターで決めるそうです。

　工場のかたの説明によると、「野菜工場」の大きな課題は、お金がかかることだそうです。しかし、一年中天候に影響されずに生産できることや、農業労働力の不足など日本の農業が抱えている深刻な問題が　2　と思われることから、近い将来、大きなビジネスになると期待されているということでした。

　私は、工場内のきれいなレタスを見ながら、　3　、家の小さな畑のことを思い浮かべました。両親が庭の隅に作っている畑です。そこでは、土に汚れた小さな野菜たちが、太陽の光と風を受けて、とても気持ちよさそうにしています。両親は、野菜についた虫を取ったり、肥料をやったりして、愛情をこめて育てています。私もその野菜を食べると、日光や風の味がするような気がします。

　　4　、「野菜工場」の野菜には、土や日光、風や水などの自然の味や、育てた人の愛情が感じられるでしょうか。これからさらに技術が進歩すれば、野菜は　5　という時代が来るのかもしれません。しかし、私は、やはり、自然の味と生産者の愛情が感じられる野菜を、これからもずっと食べたいと思いました。

※1 肥料…植物や土に栄養を与えるもの。

※2 日照量…太陽が出すエネルギーの量。

1

1　あの　　　　　2　あれらの　　　3　この　　　　　4　これらの

2

1　解決される　　2　増える　　　　3　変わる　　　　4　なくす

3

1　さっと　　　　2　きっと　　　　3　かっと　　　　4　ふと

4

1　それから　　　2　また　　　　　3　それに　　　　4　いっぽう

5

1　畑で作るもの　　　　　　　　2　工場で作るもの
3　人が作るもの　　　　　　　　4　自然が作るもの

言語知識（文法）・読解

問題1　つぎの文の（　　）に入れるのに最もよいものを、1・2・3・4から一つえらびなさい。

1 A「この引き出しには、何が入っているのですか。」
　　B「写真だけ（　　　）入っていません。」

1　ばかり　　　　　2　が　　　　　　　3　しか　　　　　　4　に

2 ああ、喉が乾いた。冷たいビールが（　　　）。

1　飲めたいなあ　　2　飲みたいなあ　　3　飲もうよ　　　　4　飲むたいなあ

3 A「この会には誰でも入れるのですか。」
　　B「ええ、手続きさえ（　　　）、どなたでも入れますよ。」

1　して　　　　　　2　しないと　　　　3　しないので　　　4　すれば

4 A「英語は話せますか。」
　　B「そうですね。話せる（　　　）話せますが、自信はないです。」

1　ことに　　　　　2　ことは　　　　　3　ことが　　　　　4　ものの

5 調査の結果を（　　　）、新しい計画が立てられた。

1　もとに　　　　　2　もとで　　　　　3　さけて　　　　　4　もって

6 A「なぜ、この服が好きなの。」
　　B「かわいい（　　　）、着やすいからよ。」

1　だけで　　　　　2　ので　　　　　　3　だけでなく　　　4　までで

7 クラスの代表（　　　）、恥ずかしくないようにしっかりがんばります。

1　とすると　　　　2　だけど　　　　　3　なんて　　　　　4　として

8 始めは泳げなかったのですが、練習するに（　　　）上手になりました。

1　して　　　　　　2　したがって　　　3　なって　　　　　4　よれば

9 A「中村さんは？」

B「あら、たった今、（　　　）よ。まだその辺にいるんじゃない。」

1 帰ったとたん　　2 帰るばかり　　3 帰ったばかり　　4 帰るはず

10 A館のこの入場券は、B館に入る（　　　）必要ですので、なくさないようにしてくださいね。

1 際にも　　　　　2 際は　　　　　3 間に　　　　　4 うちにも

11 来週の土曜日に佐久間教授に（　　　）のですが、ご都合はいかがでしょうか。

1 拝見したい　　　　　　　　　2 お目にかかりたい

3 いらっしゃる　　　　　　　　4 お会いしていただきたい

12 A「明日の山登りには、お弁当と飲み物を持って行けばいいですね。」

B「そうですね。ただ、明日は雨が降る（　　　）ので、傘は持っていったほうがいいですね。」

1 予定な　　　　　　　　　　2 ことになっている

3 おそれがある　　　　　　　4 つもりな

13 先生はどんなことを研究（　　　）いるのですか。

1 せられて　　　　2 なさられて　　　3 されて　　　　4 させられて

問題2 つぎの文の ★ に入る最もよいものを、1・2・3・4から一つえらび
なさい。

（問題例）

　　A「＿＿＿＿ ＿＿＿＿ ＿★＿ ＿＿＿ か。」
　　B「はい、だいすきです。」
　　1 すき　　　　　2 ケーキ　　　　3 は　　　　　　4 です

（解答のしかた）

1. 正しい答えはこうなります。

　┌─────────────────────────────────┐
　│A「＿＿＿＿＿ ＿＿＿＿＿ ＿★＿＿ ＿＿＿＿ か。」│
　│　　2 ケーキ　3 は　　1 すき　　4 です　　　　│
　│B「はい、だいすきです。」　　　　　　　　　　　│
　└─────────────────────────────────┘

2. ＿★＿に入る番号を解答用紙にマークします。

　　　（解答用紙）　│（例）│　● ② ③ ④ │

---

1 このスカートは少し小さいですので、＿＿＿ ＿＿＿ ＿★＿ ＿＿＿替え
　　ていただけますか。

　1 大きい　　　　　2 もっと　　　　3 に　　　　　　4 の

2 あの店は、曜日＿＿＿ ＿★＿ ＿＿＿ ＿＿＿電話で聞いてみたほうがい
　　いですよ。

　1 よって　　　　2 閉まる時間が　3 に　　　　　　4 違うから

3 この鏡は、＿＿＿ ＿＿＿ ＿★＿ ＿＿＿きれいにならない。

　1 磨いて　　　　2 ちっとも　　　3 も　　　　　　4 いくら

4 彼　★_____　_____　_____と思います。

　1　立派な　　　　2　ほど　　　　3　いない　　　4　人は

5 明日は、いつもより少し_____　_____　★_____　_____のですが。

　1　たい　　　　　2　早く　　　　3　いただき　　　4　帰らせて

Check □1 □2 □3

問題 3 つぎの文章を読んで、文章全体の内容を考えて、 | 1 | から | 5 | の中に
入る最もよいものを、1・2・3・4から一つえらびなさい。

下の文章は、日本に来た外国人が書いた作文である。

　　私が 1 回目に日本に来たのは 15 年ほど前である。その当時の日本人は周
りの人にも　| 1 |　接し、礼儀正しく親切で、私の国の人々に比べてまじめだ
と感じた。　| 2 |　、今回の印象はかなり違う。いちばん驚いたのは、電車の
中で、人々が携帯電話に夢中になっていることである。特に若い人たちは、
混んだ電車の中でもいち早く座席に座り、座るとすぐに携帯電話を取り出し
てメールをしたりしている。周りの人を見ることもなく、みな同じような顔
をして、同じように携帯の画面を見ている。　| 3 |　日本人たちから、私は、
他の人々を寄せ付けない冷たいものを感じた。

　　来日 1 回目のときの印象は、違っていた。満員電車に乗り合わせた人たち
は、お互いに何の関係もないが、そこに、見えないつながりのようなものが
感じられた。座っている自分の前にお年寄りが立っていると、席を譲る人が
多かったし、混み合った電車の中でも、「毎日大変ですね…」といった共感[※]
のようなものがあるように思った。

　　これは、日本社会が変わったからだろうか、　| 4 |　、私の見方が変わった
のだろうか。

　　どこの国にもさまざまな問題があるように、日本にもいろいろな社会問
題があり、それに伴って社会や人々の様子も少しずつ変化するのは当然であ
る。日本も 15 年前とは変わったが、それにしてもやはり、日本人は現在の
ところ、他の国に比べれば礼儀正しく、また、社会の秩序もしっかり守られ
ている。そのことは、とても　| 5 |　。これらの日本人らしさは、変わらない
でほしいと思う。

※共感…自分もほかの人も同じように感じること。

1

  1　つめたく　　　　2　さっぱり　　　　3　温かく　　　　4　きびしく

2

  1　また　　　　　　2　そして　　　　　3　しかし　　　　4　それから

3

  1　こういう　　　　2　そんな　　　　　3　あんな　　　　4　どんな

4

  1　それとも　　　　2　だから　　　　　3　なぜ　　　　　4　つまり

5

  1　いいことだろうか　　　　　　　　2　いいことにはならない
  3　いいことだと思われる　　　　　　4　いいことだと思えない

Check □1 □2 □3

MEMO

翻譯與解題

◎ 問題1 請從1・2・3・4之中選出一個最適合填入（　　　）的答案。

□ **1** 新しい家が買える（　　　）一生懸命がんばります。

1 ように 　　　　　　　　2 ために

3 ことに 　　　　　　　　4 といっても

譯〉（為了）買新房子而拚命努力。
1 為了 　　　　　　　　2 因為
3 總是 　　　　　　　　4 雖説

□ **2** A「先生に相談に行ったの？」
B「そうなの。将来の（　　　）ご相談したいことがあって。」

1 ほうを 　　　　　　　　2 ためを

3 ことで 　　　　　　　　4 なんか

譯〉A：「你去找老師談過了嗎？」
B：「是啊，想和老師商量（關於）未來的（出路）。」
1 方面 　　　　　　　　2 為了
3 （關於）～之事 　　　　4 什麼的

□ **3** （デパートで服を見ながら）
竹田「長くてかわいいスカートが欲しいんですが。」
店員「それでは、これ（　　　）いかがでございますか？」

1 が 　　　2 など 　　　3 ばかり 　　　4 に

譯〉（在百貨公司挑選衣服）
竹田：「我想找可愛的長裙。」
店員：「那麼，（類似）這種款式您喜歡嗎？」
1 × 　　　2 類似 　　　3 光是 　　　4 在

□ **4** 子供「えーっ、今日も魚？ぼく、魚、きらいなんだよ。」
母親「そんなこと言わないで。おいしいから食べて（　　　）よ。」

1 みる 　　　2 いる 　　　3 みて 　　　4 ばかり

譯〉小孩：「唉唷，今天又吃魚？我討厭魚啦！」
母親：「不要説這種話。很好吃的，你吃吃（看）嘛！」
1 試 　　　2 正在 　　　3 試試看 　　　4 才剛

166

(解題) 1

「ように／為了」表示目的、願望等，後面可以接辭書形以及「ない形」。

其他 選項2「ために／為了」表示原因、理由，其句型是「名詞＋の～ために／為了」，所以不正確。選項3「ことに／總是」表示習慣。選項4「といっても／雖說」表示假定條件。例句：駅まで遠いといっても、自転車で行けばすぐだ。（雖說到車站很遠，但騎腳踏車的話很快就到了。）如果填入選項3或選項4，句子的意思並不通順，所以不正確。

(解題) 2

答案 (3)

「ことで／（關於）～之事」換個說法也就是「ことについて／關於～之事」。

其他 選項1「ほうを／的方面」的意思是「いくつかあるうちで、一つの方法／幾個選項的其中一個方法」。選項2「ためを／為了」是「利益になること。役に立つこと／可得到利益的事。可得到幫助的事」。選項4「なんか／什麼的」是表達「意外な気持ちや、否定の気持ち／意外的感覺或否定的心情」。「なんか」之後多接否定用詞。也可以用「なんて／似乎是」。例句：なみだなんか、出すものか。（我才不會輕易流淚呢！）

(解題) 3

答案 (2)

「など／類似」是「從眾多選項中舉出一例，委婉告訴對方要不要這個決定時使用表達」。題目中，店員用「これなどいかがでございますか／類似這種款式您喜歡嗎」的句型推薦。例句：デザートにケーキなどいかがですか。（甜點吃蛋糕好嗎？）

(解題) 4

答案 (3)

「みる／試試看」是「以『～てみる／試試看』的句型表達『ためしに～する／嘗試做～』的意思」。（　）之後的「よ／嘛」是邀請對方的用法。本題的「みる」要用「て形」，因此選項3「みて／試試看」才是正確答案。

其他 選項1「みる／試」是辭書形所以不正確。例句：新しくできたパン屋へ行ってみる。（去新開的麵包店瞧瞧。）

□ 5　学生「先生、来週の日曜日、先生のお宅に（　　　　）よろしいでしょうか。」
　　　先生「ああ、いいですよ。」

　　1　伺って　　　　　　　　　　2　行かれて

　　3　参られて　　　　　　　　　4　伺われて

譯〉學生：「老師，下周日可以去老師家（拜訪）嗎？」
　　老師：「哦，可以啊。」
　　1　拜訪　　2　前去　　3　✗　　　4　✗

□ 6　このパンは、小麦粉と牛乳（　　　　）できています。

　　1　が　　　　　　　　　　　　2　を

　　3　に　　　　　　　　　　　　4　で

譯〉這種麵包是（用）麵粉和牛奶製成的。
　　1　✗　　　　　　　　　　2　✗
　　3　在　　　　　　　　　　4　用

□ 7　（会社で）

　　A「課長はお出かけですか？」
　　B「いえ、会議中です。3時（　　　　）終わると思います。」

　　1　まででは　　　　　　　　　2　では

　　3　までには　　　　　　　　　4　ごろから

譯〉（公司裡）
　　A：「請問科長出去了嗎？」
　　B：「不，科長在開會。我想3點（之前）會結束。」
　　1　在～之前　　　　　　　2　在～方面
　　3　之前　　　　　　　　　4　大約從～開始

□ 8　母親「あら、お姉さんはまだ帰らないの？」
　　　妹「お姉さん、友だちとご飯食べて帰る（　　　　）よ。」

　　1　らしい　　　　　　　　　　2　つもり

　　3　そうなら　　　　　　　　　4　ような

譯〉母親：「唉呀，姐姐還沒回來嗎？」
　　妹妹：「姐姐（好像）要和朋友吃過晚餐才會回來哦！」
　　1　好像　　　　　2　打算
　　3　如果那樣　　　4　像～一樣的

解題 **5**

答案 **(1)**

因為是學生向老師說話，要表現出對老師的尊敬，（　）的部分應填入「行く／去」、「訪問する／拜訪」的謙讓語。「行く」的謙讓語是「伺う／打擾」或「参る／拜訪」，但是選項３「参られて」以及選項４「伺われて」並沒有這樣的說法，所以不正確。選項２「行かれて／前去」是「行く」的尊敬語因此不正確。所以，選項１的「伺って／拜訪」才是正確答案。例句：明日、私は部長のお宅に伺う予定です。（明天我會去經理的府上拜訪。＜謙讓表現＞）。

其他 選項３、４是不適切的說法。

解題 **6**

答案 **(4)**

表示材料的助詞是「で／用」，可用「～を使って／使用～」來替代，也就是「小麦粉と牛乳を使って／使用麵粉和牛奶」。例句：紙でふくろを作る。（用紙做袋子。）

其他 選項１的「が」用於表示後面敘述的動作是什麼。例句：犬が鳴いている。（狗在吠。）選項２的「を」表示動作開始的場所。例句：電車を降りる。（下電車。）選項３的「に／在」表示時間。例句：毎朝、７時に起きる。（每天早上７點起床。）

解題 **7**

答案 **(3)**

「３時までには／３點之前」表示會議結束的時間「３時より遅くなることはない／不會晚於３點」，為「３時までに／３點之前」的加強語氣用法。例句：昼までにはレポートをまとめて、提出します。（在中午前把報告整理好並提交上來。）

其他 選項４「ごろから／大約從～開始」的「から／從～」是「表示開始時間的用詞」，所以不正確。例句：７時ごろからラッシュが始まる。（從７點左右開始塞車。）

解題 **8**

答案 **(1)**

妹妹猜測「（姉は）はっきりはわからないが、ご飯を食べてから帰るだろう／雖然不確定（姐姐）的行程，但是應該會吃完飯再回來」。選項１「らしい／好像」可用於表達覺得大概是這樣。例句：彼は会社をやめるらしいよ。（他好像要辭職唷。）

其他 選項２「つもり／打算」是表達自己打算這樣做，所以不正確。請留意「つもり」的用法。例句：わたしは将来医者になるつもりよ。（我打算將來成為醫師喔。）選項４「ような／像～一樣的」是錯誤的活用用法。

□ **9**　ほかほかでおいしそうだな。温かい（　　　）食べようよ。

1　うえに　　　　　　　　　　　2　うちに

3　ころに　　　　　　　　　　　4　ように

> 譯〉熱騰騰的看起來好好吃哦！（趁）熱吃吧！
> 1　不僅　　　　　　　　　2　趁～時
> 3　在～的時候　　　　　　4　像～一樣的

□ **10**　彼に理由を聞いた（　　　）、彼は、何にも知らないと言っていたよ。

1　なら　　　　　　　　　　　　2　って

3　ところ　　　　　　　　　　　4　ばかりで

> 譯〉問了他理由，（可是）他說他什麼都不知道呀。
> 1　如果～的話　　　　　2　（就）是
> 3　可是～　　　　　　　4　才剛

□ **11**　初めて自分でお菓子を作りました。どうぞ（　　　）ください。

1　いただいて　　　　　　　　　2　いただかせて

3　食べたくて　　　　　　　　　4　召し上がって

> 譯〉這是我第一次自己做點心，請（享用）。
> 1　吃　　　　　　　　　　2　被請吃
> 3　想吃　　　　　　　　　4　享用

□ **12** A「ハワイ旅行、どうだった？」
　　　B「日本人（　　　）で、外国じゃないみたいだったよ。」

1　みたい　　　　　　　　　　　2　ばかり

3　ほど　　　　　　　　　　　　4　まで

> 譯〉A：「去夏威夷旅行，好玩嗎？」
> 　　B：「（到處都是）日本人，完全不像到了國外呢。」
> 1　像是　　　　　　　　　2　光是
> 3　左右　　　　　　　　　4　到

解題 **9**　　　　　　　　　　　　　　　　　　　　答案 (2)

「うちに／趁〜時；在〜之內」一詞表示「在特定的時間內」。「温かいうちに／趁熱」也就是「在還是熱的狀態下」。例句：今日のうちにそうじをすませよう。（今天之內打掃完吧。）

其他 選項1「うえに」是「不但〜，而且」的意思。例句：このレストランは安いうえにおいしい。（這家餐廳不但便宜又好吃。）選項3「ころ／在〜的時候」表示「粗略的時間」。例句：子どものころの写真を見る。（看小時候的照片。）選項4「ように／像〜一樣的」意思是「某個東西像另外一個東西」。例句：彼は魚のようにすいすい泳いでいる。（他像魚兒似的自在悠游。）

解題 **10**　　　　　　　　　　　　　　　　　　　答案 (3)

「ところ／可是〜」用於表示「彼に理由を聞いた／了他理由」之後的結果，也就是「〜したけれど／可是〜」的意思。例句：友だちに電話したところ、留守だった。（打電話給朋友，可是他不在家。）

其他 選項1「なら／如果〜的話」，表達如果這樣的話的意思。選項2「って／（就）是」也就是「〜というのは。とは／就是。是」的意思。例句：これって、あなたが書いた本なの。（這個就是你撰寫的書嗎？）選項4「ばかりで／才剛」，表示還沒過多少時間。

解題 **11**　　　　　　　　　　　　　　　　　　　答案 (4)

向客人推薦料理時，要用「食べる／吃」的尊敬語。「食べる」的尊敬語是「召し上がる／享用」。因為後面接的是「ください／請」，所以應該用「て形」，變成「召し上がって／請享用」。因此，選項4為正確答案。例句：夕食は何を召し上がりますか。（晚餐想吃什麼呢？）

其他 選項1「いただいて／吃」是「食べる」的謙讓語，所以不正確。

解題 **12**　　　　　　　　　　　　　　　　　　　答案 (2)

題目以「日本人ばかり／到處都是日本人」表示有許多日本人。這時候「ばかり／全都是」也可以替換成「だけ／只有」。例句：言うばかりで、実行しない。（光說不練。）

其他 選項1的「みたい／像是」是指「〜のようだ／就像是」。例句：これ、ほんものみたいだ。（這個好像是真的。）選項3「ほど／左右」表示大概的數目。例句：会議は五十人ほど出席します。（大約有五十人左右將要出席會議。）選項4「まで／到」表示到達的場所。

《第一回 全真模考》 問題一

171

□ **13** 子ども「ねえ、お母さん、僕の手袋、知らない？」

　　　母親「ああ、青い手袋ね。玄関の棚の上に置いて（　　　）わ。」

　　1　おく　　　　　　　　　2　みる

　　3　いた　　　　　　　　　4　おいた

　譯〉小孩：「媽媽，我問一下，妳知道我的手套在哪裡嗎？」

　　　母親：「喔，你想找藍色的手套吧。（就）擺在門口的架子上啊。」

　　1　（事先）做好～　　　2　試試看

　　3　已經～了　　　　　　4　（已經事先）做好～了

解題 13　　　　　　　　　　　　　　　　　　　　　　答案 (4)

（　）的部分是「～ておく／（事先）做好～」的句型，應填入具有「事先準備好」之語意的「おく」，但本題的情況是母親已經做完的事了，所以要用「過去式（た形）」，請特別留意。因此，正確案是選項4「おいた」。

其他　選項1「おく／（事先）做好～」是辭書形所以不正確。例句：明日の予習をしておく。（先做好明天的預習。）

這個例句是指接下來要做的事，所以用辭書形即可。選項3是「ていた／」的句型，它接在表示動作的詞語之後，表示該動作持續進行的狀態。例句：妹が寝ていた。（妹妹已經睡著了。）

◎ 問題 2 下文的＿＿★＿＿中該填入哪個選項，請從 1・2・3・4 之中選出一個最適合的答案。

□ **1** 母親「明日試験＿＿＿＿　＿＿＿＿　＿＿★＿＿　＿＿＿＿　つもりなの？」

子ども「これからしようと思ってたんだよ。」

　　1　ちっとも　　　　　　　　2　勉強しないで

　　3　なのに　　　　　　　　　4　どうする

答〉母親「明日試験なのにちっとも勉強しないでどうするつもりなの？」
　（母親：「明天明明就要考試了還一點都不念書，你打算怎麼辦？」）
　（小孩：「我現在就要念了啦！」）

□ **2** 自分で文章を書いてみて初めて、正しい＿＿＿＿　＿＿★＿＿　＿＿＿＿　＿＿＿＿わかりました。

　　1　どれほど　　　　　　　　2　難しいかが

　　3　書くのが　　　　　　　　4　文章を

答〉自分で文章を書いてみて初めて、正しい文章を書くのがどれほど難しいかがわかりました。
　（自己開始嘗試寫文章以後，才知道要寫出正確的文章有多麼困難。）

□ **3** 私は映画が好きなので、これから＿＿＿＿　＿＿＿＿　＿＿★＿＿　＿＿＿＿思っています。

　　1　研究しようと　　　　　　2　関して

　　3　映画に　　　　　　　　　4　世界の

答〉私は映画が好きなので、これから世界の映画に関して研究しようと思っています。
　（因為我很喜歡電影，所以今後希望著手研究關於全世界的電影。）

□ **4** A「この本をお借りしていいですか？」

B「すみません。この本は、私が＿＿＿＿　＿＿＿＿　＿＿＿＿　＿＿★＿＿ですので、しばらく待っていただけますか。」

　　1　読もうと　　2　いる　　　3　思って　　　4　ところ

答〉B「すみません。この本は、私が読もうと思っているところですので、しばらく待っていただけますか。」
　（A：「請問可以借我這本書嗎？」）
　（B：「不好意思，因為我正想著要讀這本書，你可以稍等一下嗎？」）

(解題) **1** (答案) **(2)**

「試験／考試」是名詞。名詞之後應該是接助動詞「だ（な）」＋助詞「の
に／明明」。此外，「つもり／打算」之前應填入動詞的連體形。另外還要
注意「ちっとも～ない／一點都不」的用法。「ちっとも／一點都」後面應
該接否定形，由此可知應是「ちっとも勉強しないで／一點都不念書」。
如此一來順序就是「3→1→2→4」，___★___應填入選項2的「勉強しな
いで」。

(解題) **2** (答案) **(3)**

空格的前面「正しい／正確的」是「い形容詞」。「い形容詞」的後面應接名詞，
因此該填入「文章を／文章」。在「文章を」之後應該填入表達「該怎麼做」的
動詞「書くのが／要寫出」。另外，「どれほど／有多麼」之後應填入的是「い形
容詞」，所以是「どんなに難しいかが／有多麼困難」，意思是非常困難。題目
最後有「わかりました」，由此可知應是「～がわかりました／才知道」的句型。
如此一來順序就是「4→3→1→2」，___★___的部分應填入選項3「書
くのが」。

(解題) **3** (答案) **(2)**

由於題目最後是「思っています／希望」，因此這之前應填入表示引用的
助詞「と」，變成「研究しようと思っています／希望著手研究」。另外，
「関して／關於」之前應是「名詞＋に」的句型，所以是「映画に関して
／關於電影」。「世界の／世界」的「の」是表示連體修飾的用法，後面
應連接名詞，由於名詞的選項只有「映画／電影」，所以是「世界の映画
に関して／關於全世界的電影」。
如此一來順序就是「4→3→2→1」，___★___的部分應填入選項2「関
して」。

(解題) **4** (答案) **(4)**

本題應從後面開始解題。由於空格的後面是表示斷定的助動詞「です／是」，
因此這之前應填入名詞的「ところ／正」。「ところ」之前應填入連體形的
動詞，連起來是「いるところ／正～著」。「いる／～著」屬於「～ている」
句型的一部分，所以是「思っているところ／正想著」。另外「思う／想」
多半隨著表示引用的「と」，因此此是「読もうと思っているとこと」。
如此一來順序就是「1→3→2→4」，___★___的部分應填入選項4「ところ」。

□ 5 今日は母が病気でしたので、母の＿＿＿＿　＿★＿　＿＿＿＿　＿＿＿＿作りました。

1 姉が

2 おいしい

3 かわりに

4 夕御飯を

答〉 今日は母が病気でしたので、母のかわりに姉がおいしい夕御飯を作りました。

（今天媽媽生病了，於是姐姐代替媽媽煮了好吃的晚餐。）

解題 **5**　　　　　　　　　　　　　　　　　　　　答案 **(1)**

「かわりに／代替」之前是「な形容詞＋な）」，也就是説要注意「名詞＋の」
的用法，由此可知此句是「母のかわりに／代替媽媽」。因為要表達「母で
はなく～が／不是媽媽而是～」的意思，所以「～」處應填入和人物有關的
「姉が」，也就是「母ではなく姉が／不是媽媽而是姐姐」之意。另外，い
形容詞的「おいしい」之後應接名詞，而名詞的選項有「姉」及「夕御飯」，
但接在「おいしい」後面並且語意正確的是「おいしい夕御飯」。題目的最
後是「作りました」，所以要找究竟煮了什麼東西（對象），發現應該是「夕
御飯を」。

如此一來順序就是「３→１→２→４」，＿＿★＿＿的部分應填入選項１「姉が」。

翻譯與解題

◎ 問題 3 於閱讀下述文章之後，就整體文章的內容作答第 ⬚1⬚ 至 ⬚5⬚ 題，並從 1・2・3・4 選項中選出一個最適合的答案。

下の文章は、日本に留学したワンさんが、帰国後に日本語の先生に書いた手紙である。

山下先生、ごぶさたしております。 ⬚ 1 ⬚ 後、いかがお過ごしでしょうか。日本にいる間は、本当にお世話になりました。帰国後しばらくは生活のリズムが ⬚ 2 ⬚ ため、食欲がなかったり、ねむれなかったりしましたが、おかげさまで今では ⬚ 3 ⬚ 元気になり、新しい会社に就職をして、家族で楽しく暮らしています。

国に帰ってからも先生が教えてくださったことをよく思い出します。漢字の勉強を始めたばかりの頃は苦労しましたが、授業で練習の方法を習って、わかる漢字が増えると、しだいに楽しくなりました。また、最後の授業で聞いた、「枕草子 ※」の話も ⬚ 4 ⬚ 印象に残っています。私もいつか私の国の四季について、本を書いてみたいです。 ⬚ 5 ⬚ 、先生が私の国にいらっしゃったら、ゆっくりお話をしながら、いろいろな美しい場所にご案内したいと思っています。

もうすぐ夏ですね。どうぞお体に気をつけてお過ごしください。

またお目にかかる時を心から楽しみにしています。

ワン・ソンミン

※ 枕草子…10 〜 11 世紀ごろに書かれた日本の有名な文学作品

以下文章是曾至日本留學的王先生於回國之後，寫給日文老師的信。

山下老師，許久沒有向您請安，其後是否別來無恙？

待在日本的那段期間，非常感謝老師的照顧。回國後，由於生活作息改變了，導致食欲不佳，也睡不著覺，所幸託您的福，現在已經完全恢復正常，也到新公司工作了，全家過著和樂融融的生活。

即便回國以後，我還是時常想起老師的教導。剛開始學習漢字的那段日子雖然辛苦，但隨著上課時學到練習的方法，使得認識的漢字逐漸增加，覺得愈來愈有意思了。還有，在最後一堂課聽到的《枕草子※》的故事，也深刻地留在我的腦海裡。我以後也想寫一本書，描述介紹我國的四季嬗遞。並且，如果老師日後來到我的國家，希望一同盡情暢談，並且帶您遊覽許多美麗的風景名勝。

夏天很快就要來了，請務必保重身體。

由衷盼望早日再見。

王　松銘

※ 枕草子：第十至十一世紀間的日本知名文學作品。

□ **1**

1 あの   2 その

3 あちらの   4 そちらの

譯〉 1 那個
    2 其（自從道別）
    3 那邊的（離自己或對方較遠）
    4 那邊的（離自己或對方較近）

□ **2**

1 変わる   2 変わった

3 変わりそうな   4 変わらなかった

譯〉 1 改變   2 改變了
    3 好像變了   4 沒有改變

□ **3**

1 すっかり   2 ゆっくり

3 すっきり   4 がっかり

譯〉 1 完全   2 緩慢
    3 清爽的   4 失望

〔解題〕**1**　〔答案〕**(2)**

選項 2「その/其（自從道別）」指的是前面曾經提及的事情。「その後/其後」是指「自～之後、自從～以來、～以後」的意思。也就是説，王先生想知道和山下先生最後一次見面之後，山下先生的相關消息。

其他 選項 1「あの/那個」指的是説話者和聽話者都知道的事情。選項 3「あちらの/那邊的」指的是離説話者和聽話者較遠處或較遠的物品。選項 4「そちらの/那邊的（離自己或對方較近）」是指聽話者周圍的事物，後面不會接「後/以後」所以都不正確。

〔解題〕**2**　〔答案〕**(2)**

由於空格後面接的是「なかったり/也不」與過去式（「た形」），因此空格處也必須使用過去式。

其他 選項 1「変わる/改變」以及選項 3「変わりそうな/好像變了」都不是過去式，所以不正確。另外，「食欲がなくなったり/食欲不佳」、「ねむれなかったり/也睡不著覺」的原因都是由於「生活のリズム/生活作息」的變化所造成的，因此選項 4「変わらなかった/沒有改變」不合邏輯。

〔解題〕**3**　〔答案〕**(1)**

表示變得非常活力充沛的副詞是「すっかり/完全」。例句：論文はすっかり書き終わった。（論文終於全部完成了。）

其他 選項 2「ゆっくり/緩慢」是「不著急的樣子」，選項 3「すっきり/爽快」是「神清氣爽心情好的樣子」。例句：よく寝たので、頭がすっきりしている。（因為睡得很好，頭腦格外清晰。）選項 4「がっかり/失望」是事情不如預想而失落的樣子。例句：試合に負けて、がっかりした。（比賽輸了，令人失落。）都不符合文意，所以不正確。

□ **4** 1 大_{おお}きく　　　　　2 短_{みじか}く
　　 3 深_{ふか}く　　　　　　4 長_{なが}く

　譯〉1 大大地　　　　　2 短的
　　　3 深刻地　　　　　4 長的

□ **5** 1 そして　　　　　　2 でも

　　 3 しかし　　　　　　4 やはり

　譯〉1 並且　　　　　　2 可是
　　　3 然而　　　　　　4 果然

解題 **4**

「印象／印象」是指「把所看見的所聽見的是烙印在心理」。常用於「印象を残す／留下印象」、「印象をあたえる／給的印象」等句子。符合這個用法的副詞是選項 3「深く／深刻地」。另外，「強く／強烈地」也是常用的副詞。副詞的使用會受到不同詞語的限制，請特別留意。例句：その本を読んで、深く感動した。（看了這本書之後，深深地撼動了我。）

解題 **5**

空格前面是「本を書いてみたい／想寫一本書」，並且後面又提到了「ご案内したい／描述介紹」。因此要找符合順接（前面敘述的事情和後面敘述的事情是自然無轉折，意思一致連接下來的）用法的接續詞。順接的接續詞是選項 1「そして／並且」。

其他 選項 2「でも／可是」和選項 3「しかし／然而」是逆接（表示前後意思對立不一致）的接續詞，所以不正確。而選項 4「やはり／果然」是用來歸納前面事項的結語，所以也不正確。

《第一回 全真模考》問題三

◎ 問題 1 請從 1・2・3・4 之中選出一個最適合填入（　　）的答案。

□ **1** こんなに部屋がきたないんじゃ、友だちを（　　）そうもない。

1 呼び
2 呼べ
3 呼べる
4 呼ぶ

> 譯〉房間這麼髒亂，看來是沒辦法（邀請）朋友來玩了。
> 1 邀請
> 2 邀請
> 3 邀請
> 4 邀請

□ **2** A「ねえ、あなたの（　　）どんな人？」
B「普通の人だよ。なに、興味あるの？」

1 お兄さんが
2 お兄さんに
3 お兄さんって
4 お兄さんでも

> 譯〉A：「我問你，你（哥哥他是）什麼樣的人？」
> B：「很普通啊。怎麼，你有興趣嗎？」
> 1 哥哥
> 2 對哥哥
> 3 哥哥他是
> 4 即使是哥哥

□ **3** 私も（　　）一人でヨーロッパに行ってみたいと思っています。

1 いつか
2 いつ
3 間もなく
4 いつに

> 譯〉（總有一天）我也要嘗試一個人去歐洲。
> 1 總有一天
> 2 何時
> 3 不久
> 4 何時

□ **4** A「どこかいい歯医者さん知らない？」
B「あら、歯が痛いの。駅前の田中歯科に（　　）。」

1 行くことでしょう
2 行ってみせて
3 行ってもどうかな
4 行ってみたらどう

> 譯〉A：「你知道哪裡有不錯的牙醫嗎？」
> B：「唉呀，牙痛嗎？（去）車站前的田中牙科（看看如何呢）？」
> 1 不是要去嗎
> 2 去給看
> 3 就算去了恐怕也
> 4 去～看看如何呢

解題 **1**　　　　　　　　　　　　　　　　　　　　　　　答案 (2)

（　）中要填入帶有「呼ぶことができる／可以邀請」意思的可能動詞。「呼ぶ／邀請」的可能動詞是「呼べる／可以邀請」，但是要注意（　）後面有「そう／看來是」。這時候，必須以連用形放在具有「そのように思われる／被這樣想」意思的「そう（だ）」前面，而「呼べる／邀請」的連用形是選項2「呼べ／邀請」。例句：日本の小説は読めそうもない。（日本的小說恐怕讀不懂。）此例句的「読める／可以讀」是可能動詞的連用形。

其他 選項3「呼べる」是終止形也是連體形，所以不正確。

解題 **2**　　　　　　　　　　　　　　　　　　　　　　　答案 (3)

「あなたのお兄さんは／你的哥哥是」的口語形是「あなたのお兄さんって／你哥哥他是」。因此正確答案是選項3。例句：A「あなたのお父さんって、何をしている人？」（你爸爸他是做什麼的？）B「父はエンジニアだよ。」（我爸是工程師哦。）

解題 **3**　　　　　　　　　　　　　　　　　　　　　　　答案 (1)

（　）中要表達「はっきり言えないが近いうちのある時／沒辦法明確說明，但那是最近的事」，因此填入選項1「いつか／總有一天」。例句：いつか着物をきてみたい。（總有一天想穿上和服。）

其他 選項2「いつ／何時」用於詢問不確定的時間。例句：いつ日本へ来ましたか。（你何時來到日本的呢？）選項4「いつ／何時」是後接表示時間「に」的形式。例句：いつになったら暖かくなるのか。（要到什麼時候才開始變暖呢？）選項2、4都要用在疑問句，所以不正確。選項3「間もなく／不久」表示從某個時刻起算尚未太久。

解題 **4**　　　　　　　　　　　　　　　　　　　　　　　答案 (4)

請記住「V（動詞）＋たらどう？／要不要～呢」的用法。首先「行く／去」接上有「ためしに～する／嘗試」意思的「みる／試看看」，變成「行ってみる／去看看」。然後，接在「たら／的話」後面變成「行ってみたら／去看看的話」。另外在句子的最後接上「どう／如何」。「どう」是「どうですか／如何呢」的簡略說法，含有推薦對方的意思。選項4「行ってみたらどう／去看看的話如何呢」也就是推薦對方前往的語氣。例句：京都のお寺に行ってみたらどう（ですか）？（去看看京都的寺院如何？）

□ **5** あら、風邪？熱が（　　　）、病院に行ったほうがいいわよ。

1　高いと　　　　　　　　2　高いようなら

3　高いらしいと　　　　　4　高いからって

> 譯▷唉呀，感冒了嗎？（如果）發燒的溫度（很高），還是去醫院比較好哦。
> 　　1　很高時　　　　　　2　如果很高
> 　　3　似乎很高　　　　　4　雖說很高

□ **6** 弟「お父さんは最近すごく忙しそうで、いらいらしてるよ。」
　　兄「そうか、じゃ、温泉に行こうなんて、（　　　）。」

1　言わないほうがよさそうだね

2　言わないほうがいいそうだね

3　言わなかったかもしれないね

4　言ったほうがいいね

> 譯▷弟弟：「爸爸最近好像很忙，情緒很焦躁哦。」
> 　　哥哥：「這樣啊，那麼，想去溫泉旅行這種事（還是不要提比較好吧）。」
> 　　1　還是不要提比較好吧　　2　還是不要提才像好的吧
> 　　3　可能沒有說過吧　　　　4　說了比較好呢

□ **7** たとえ明日雨が（　　　）遠足は行われます。

1　降っても　　　　　　　2　降ったら

3　降るので　　　　　　　4　降ったが

> 譯▷（即使）明天（下）雨，（還是）要去遠足
> 　　1　即使下…還是　　　2　如果下
> 　　3　因為下　　　　　　4　雖下了

□ **8** 彼女と別れるなんて、想像する（　　　）悲しくなるよ。

1　ので　　　　　　　　　2　から

3　だけで　　　　　　　　4　なら

> 譯▷和她分手這種事，（光是）想像就覺得很傷心。
> 　　1　因為　　　　　　　2　由於
> 　　3　光是　　　　　　　4　如果

（解題）**5** （答案）**(2)**

只要接上「なら／如果」變成條件句。接上「なら」可表達「もしそうで
あれば／假如是那樣的話」的意思。選項2「高いようなら／如果很高」
的「よう／那樣」是表示樣態的用法。例句：遠いようなら電車で行きま
しょう。（如果很遠就搭電車去吧。）

其他 選項1「高いと／很高時」是「高い時は／很高的時候」的意思，但
若使用「と」，請注意和「行ったほうがいいですよ／去比較好喔」一樣，
不能用在表達説話者的意志、請託、命令、願望、禁止等意思的句子中。

（解題）**6** （答案）**(1)**

由於父親「いらいら／焦躁」，由此可知「言わないほうがよい（いい）／
不要提比較好」。在這裡請記住「形容詞＋そう（だ）／好像」的用法。「そ
うだ／好像」是「いかにもそのように思われる／一般認為確實是那樣」
的意思（樣態）。「いい／好」後面連接「そうだ」的時候要改為「よさそ
うだ／比較好」。因此選項1是正確答案。

其他 選項2是「いいそうだね／才像好的吧」連接處錯誤。選項4錯誤的
部分則是「言ったほうが／説了比較」。

（解題）**7** （答案）**(1)**

請注意句首的「たとえ／即使」。本題考的是「たとえ～ても／即使…還是」
這一用法。「～ても／即使…也」是用於逆接的句型，意思就是「たとえ～
であろうと／即使～是這樣」。整句話的意思是「たとえ、雨が降ろうとも、
遠足は行われる／即使下雨，還是要去遠足」，因此正確答案是選項1。

其他 選項2「降ったら／如果下」和選項3「降るので／因為下」，後面
都沒辦法接「遠足は行われます／要去遠足」。選項4「降ったが／雖下了」
則因為本題敘述的是明天的事情，不用過去式，所以都不正確。

（解題）**8** （答案）**(3)**

題目要表達「想像する、それだけで悲しくなる／光是想像就覺得很悲傷」
的意思。「だけ／光是」是表現範圍的用法。因此選項3「だけで／光是」
才是正確答案。例句：見るだけで、買わない。（見る、それだけで買わ
ない。）（只是看看，不買。〈看看而已，不買。〉）

《第一回 全真模考》 問題一

□ **9** 水（　　　）あれば、人は何日か生きられるそうです。

　　1　ばかり　　　　　　　　2　は

　　3　から　　　　　　　　　4　さえ

譯〉聽説人（只要）有水，就可以存活好幾天。
　　1　全是　　　　　　　　　2　×
　　3　因為　　　　　　　　　4　只要

□ **10** A「夏休みはどうするの？」

　　B「僕は田舎のおじさんの家に行く（　　　）。」

　　1　らしいよ　　　　　　　2　ことになっているんだ

　　3　ようだよ　　　　　　　4　ことはないよ

譯〉A：「暑假打算怎麼過？」
　　B：「我（要）去鄉下的叔叔家。」
　　1　似乎　　　　　　　　　2　要
　　3　好像　　　　　　　　　4　不必

□ **11** A「具合がわるそうね。医者に行ったの？」

　　B「うん。お酒をやめる（　　　）言われたよ。」

　　1　からだと　　　　　　　2　ようだと

　　3　ように　　　　　　　　4　ことはないと

譯〉A：「狀況似乎不太好哦。看過醫生了嗎？」
　　B：「嗯。醫生（要）我戒酒。」
　　1　因為　　　　　　　　　2　似乎
　　3　要　　　　　　　　　　4　不必

□ **12** 大変だ、弟が犬に（　　　）よ。

　　1　かんだ　　　　　　　　2　かまられた

　　3　かみられた　　　　　　4　かまれた

譯〉糟糕，弟弟（被）狗（咬了）！
　　1　咬了　　　　　　　　　2　×
　　3　×　　　　　　　　　　4　被咬了

188

(解題) **9** (答案) **(4)**

請注意（　　）後面的「あれば／有」。以「～さえ～ば／只要…就」的句型表示「それ一つあれば他のものは求めない／只要這一樣，不求其他的」的意思。可以用「～だけ／只要」替換。因此選項 4「さえ／只要」是正確答案。例句：パソコンさえあれば、1人でもたいくつしない。（只要有電腦，即使單獨一人也不覺得無聊。）

其他 選項 1「ばかり／全是」、選項 2「は」、選項 3「から／因為」後面都無法接「～ば」的句型。

(解題) **10** (答案) **(2)**

當已經預先決定的時候，可用「～ことになっている／（決定）要」的句型。「ことになっている」的前面要用辭書形或「ない形」。「行くことになっている／要去」也就是「行くことに決まっている／決定要去」的意思。例句：明日、振り込みをすることになっているんだ。（振り込みをすることが決まっている。）（明天將會轉帳。〈確定會轉帳。〉）

(解題) **11** (答案) **(3)**

帶有輕微命令語氣的詞語是選項 3「ように／要」。「ように」的前面要用辭書形或是「ない形」。因此意思是「お酒をやめなさい／不要喝酒」。如果是選項 4「ことはない／不必」，意思會變成「お酒をやめなくてもいい／不必戒酒也沒關係」。

其他 選項 1「から／因為」表示原因。例句：友だちに、太ったのは、運動をしないからだと言われた。（朋友説我變胖都是因為沒運動。）選項 2「ようだ／似乎，好像」表示樣態或比喻。例句：姉は、風邪をひいたようだと言った。（姐姐説她似乎感冒了。）

(解題) **12** (答案) **(4)**

題目的意思是「犬が弟をかんだ／狗咬了弟弟」。當主語是弟弟的時候，「かむ／咬」必須使用被動形。「かむ」的被動形是「かまれる／被咬」。因此正確答案是選項 4「かまれた／被咬了」。

其他 選項 1「かんだ／咬了」的主語是狗，所以不正確。選項 2「かまられた」以及選項 3「かみられた」則是被動式的錯誤變化。

□ 13 先生は、何を研究（　　　）いるのですか。

1　されて　　　　　　　　　2　せられて

3　しられて　　　　　　　　4　しれて

譯〉老師正在（做）什麼研究呢？
　　1　做　　　　　　　　　2　X
　　3　X　　　　　　　　　4　X

(解題) **13**　　　　　　　　　　　　　　　　　　　　　　　(答案) **(1)**

　　因為是在敘述關於老師的事，所以要用尊敬語。「する／做」的尊敬語是「される／做」。因此正確答案是選項1「されて」。例句：先生はどんな本を書かれているのですか。（請問老師正在撰寫什麼樣的書呢？）「書かれて」是「書く／寫」的尊敬形式。

(其他) 選項2「せられて」、選項3「しられて」、選項4「しれて」都是敬語的錯誤變化，所以不正確。

◎ 問題 2 下文的_____★_____中該填入哪個選項，請從 1・2・3・4 之中選出一個最適合的答案。

□ **1** 日本の_____ _____ __★__ _____ 見事な花を咲かせます。

1 ３月末から　　　　　　　　2 かけて

3 桜は　　　　　　　　　　　4 ４月初めに

答〉日本の桜は３月末から４月初めにかけて見事な花を咲かせます。
（日本的櫻花從三月底到四月初之間會綻放出美麗的花。）

□ **2** 母が、私の_____ __★__ _____ _____ よくわかりました。

1 どんなに　　　　　　　　　2 ことを

3 心配して　　　　　　　　　4 いるか

答〉母が、私のことをどんなに心配しているかよくわかりました。
（我已經明白媽媽有多麼擔心我了。）

□ **3** 先生に__★__ _____ _____ _____ 難しくてできなかった。

1 とおりに　　　　　　　　　2 みたが

3 教えられた　　　　　　　　4 やって

答〉先生に教えられたとおりにやってみたが難しくてできなかった。
（我試著按照老師所教導的那樣去做，但是太難了無法成功。）

□ **4** 気温が急に高くなった_____ __★__ _____ _____ どうもよくない。

1 体の　　　　　　　　　　　2 か

3 せい　　　　　　　　　　　4 調子が

答〉気温が急に高くなったせいか体の調子がどうもよくない。
（不知道是不是氣溫忽然升高的緣故呢，身體的狀況似乎不太好。）

□ **5** 妹は_____ _____ __★__ _____ 母にそっくりだ。

1 ば　　　　　　　　　　　　2 ほど

3 見る　　　　　　　　　　　4 見れ

答〉妹は見れば見るほど母にそっくりだ。
（妹妹越看越像媽媽。）

(解題) **1** (答案) **(4)**

由於題目的句首是「日本の／日本的」，所以後面應該接名詞。名詞的選項有「３月末／從三月底」、「桜／櫻花」、「４月初め／到四月初」，但是符合文意的只有「桜」。「かけて／之間」的意思是「～から～に／從～到～」的句型，所以是「３月末から４月初めにかけて／從三月底到四月初之間」。此外，本題的述語是「咲かせます／使綻放」，主語是「桜は／櫻花」。

(解題) **2** (答案) **(1)**

由於空格的前面是「私の／我（的）」，後面應該接名詞的「ことを／事情」。而「（よく）わかりました／已經明白」的前面應填入「～か（が）」，所以是「いるかよくわかりました／已經明白～著呢」。另外請注意「～ている」，可知應是「心配しているか／擔心著呢」。至於表示程度的「どんなに／多麼」應該接動詞，所以變成「どんなに心配しているか／有多麼擔心著呢」。

(解題) **3** (答案) **(3)**

「とおり／按照」可接在動詞連體形、過去形（「た形」）、名詞＋「の」之後。因此是「教えられたとおりに／按照所教導的那樣」。因為句首是「先生に／老師」，由此可知是「先生に（よって）教えられたとおりに／按照老師所教導的那樣」。接著請留意「やってみる／試著」，可以得知是「やってみたが／試著去做」。

(解題) **4** (答案) **(2)**

「せいか／緣故」是「ために／因為」的意思。因為「せいか」應接在普通形之後，由此可知是接在題目的「高くなった／升高」後面。另外，也請記住「体の調子がよい（よくない・悪い）／身體的狀況好（不好）」的習慣用法。

(解題) **5** (答案) **(3)**

請注意「～ば～ほど／越～越～」的用法。這樣種用法的動詞句型是「假定型（「ば形」）＋辭書形＋ほど／越～越～」，所以是「見れば見るほど／越看越」，意思是「仔細一看就更」。

◎ 問題3 於閱讀下述文章之後，就整體文章的內容作答第　1　至　5　題，
並從1・2・3・4選項中選出一個最適合的答案。

下の文章は、ある高校生が「野菜工場」を見学して書いた作文である。

先日、「野菜工場」を見学しました。　1　工場では、室内でレタスなどの
野菜を作っています。工場内はとても清潔でした。作物は、土を使わず、肥料※1 を
溶かした水で育てます。日照量※2 や、肥料・CO2 の量なども、コンピューターで
決めるそうです。

工場のかたの説明によると、「野菜工場」の大きな課題は、お金がかかること
だそうです。しかし、一年中天候に影響されずに生産できることや、農業労働力
の不足など日本の農業が抱えている深刻な問題が　2　と思われることから、
近い将来、大きなビジネスになると期待されているということでした。

私は、工場内のきれいなレタスを見ながら、　3　、家の小さな畑のことを
思い浮かべました。両親が庭の隅に作っている畑です。そこでは、土に汚れた小
さな野菜たちが、太陽の光と風を受けて、とても気持ちよさそうにしています。
両親は、野菜についた虫を取ったり、肥料をやったりして、愛情をこめて育てて
います。私もその野菜を食べると、日光や風の味がするような気がします。

　4　、「野菜工場」の野菜には、土や日光、風や水などの自然の味や、育
てた人の愛情が感じられるでしょうか。これからさらに技術が進歩すれば、野菜
は　5　という時代が来るのかもしれません。しかし、私は、やはり、自然の
味と生産者の愛情が感じられる野菜を、これからもずっと食べたいと思いました。

※1 肥料…植物や土に栄養を与えるもの。
※2 日照量…太陽が出すエネルギーの量。

以下文章是某位高中生去參觀「蔬菜工廠」所寫下的作文。

前幾天，我去參觀了「蔬菜工廠」。這家工廠在室內培育萵苣之類的蔬菜。工廠內非常乾淨。作物不需要土壤，而是使用溶入肥料 [※1] 的水來栽培。據說這裡的日照量 [※2]、肥料和二氧化碳量的多寡，全都透過電腦管控。

根據工廠人員的說明，「蔬菜工廠」最大的課題，就是需要大量的資金。不過蔬菜工廠可以解決日本農業所面臨的嚴重問題，像是能夠不受一年四季天氣變化的影響而得以順利收成、緩解農業勞力的不足等等。期待在不久的將來，蔬菜工廠能夠帶來龐大的商機。

我一邊觀賞工廠內青翠的萵苣，忽然想起了家裡的那塊小菜圃。那是爸媽在庭院一角開闢的小菜圃。在那裡，沾著土壤的那些小菜苗享受著陽光和風，感覺十分舒服。爸媽會幫蔬菜抓蟲和施肥，灌注愛心來培育蔬菜。我吃到那些蔬菜的時候，彷彿也能感受到陽光和風的味道。

與此同時，「蔬菜工廠」裡的蔬菜，能讓人感受到土壤和陽光、風和水等大自然的味道，以及栽種者的感情嗎？今後若技術益發進步，也許在工廠裡栽培蔬菜的時代將會來臨。但是，我以後還是希望能繼續吃到有大自然的味道，以及栽種者的感情的蔬菜。

※1 肥料：給予植物和土壤養分的東西。
※2 日照量：太陽散發出的能量的多寡。

□ 1

1 あの	2 あれらの
3 この	4 これらの

譯〉
1 那個	2 那些的
3 這個	4 這些的

□ 2

1 解決される	2 増える
3 変わる	4 なくす

譯〉
1 可以得到解決	2 增加
3 改變	4 失去

□ 3

1 さっと	2 きっと
3 かっと	4 ふと

譯〉
1 迅速地	2 一定
3 突然發怒	4 忽然

□ 4

1 それから	2 また
3 それに	4 いっぽう

譯〉
1 然後	2 另外
3 而且	4 與此同時

（解題）**1**

因為是在講述自己去「蔬菜工廠」的事情，所以選項
3的「この／這個」較為適切。也可以使用「その／
那個」。

其他 選項1「あの／那個」和選項2「あれらの／那
些的」都是指說話者以及聽話者都知道的事情，所以
不正確。另外，選項2是指複數事項的指示語，所以
不正確。選項4「これらの／這些的」也是指複數事
項的指示語，同樣不正確。

（答案）**(3)**

（解題）**2**

由於是「日本の農業が抱えている深刻な問題／日本
農業所面臨的嚴重問題」即將消失，順著文意，應以
選項1「解決される／可以得到解決」最為適切。

其他 選項2「増える／增加」與內容意思相反，所以
不正確。選項3「変わる／改變」與文意不符。選項
4「なくす／失去」是他動詞所以不正確，必須改成
自動詞的「なくなる／消失」才正確。

（答案）**(1)**

（解題）**3**

能夠放在「思い浮かべました／想起」前面的副詞是
選項4「ふと／忽然」，也就是「なんなく／不自覺地」
的意思。

其他 選項1「さっと／迅速地」是表示「非常迅速的
樣子」的副詞，選項2「きっと／一定」是表示「必
ず／一定」的副詞，選項3「かっと／突然發怒」是
表示「很激動的樣子」的副詞，所以都不正確。

（答案）**(4)**

（解題）**4**

空格前面是在講述自己的父母種植蔬菜的事，而空格
的後面接著講述與此有關的另一件事，也就是「蔬菜
工廠」。能夠連接這兩件事的連接詞是選項4「いっ
ぽう／與此同時」。

其他 選項1「それから／後來」是連接前一件事和接
下來發生的另一件事的連接詞，所以不正確。選項2
「また／又」是用於表示並列或附加的連接詞，所以
不正確。選項3「それに／而且」是對前面敘述的事
附加說明的連接詞，所以不正確。

（答案）**(4)**

□ **5**

1 畑で作るもの   2 工場で作るもの

3 人が作るもの   4 自然が作るもの

譯〉 1 在田裡耕種   2 在工廠裡栽培

     3 人為栽培   4 自然栽種

這篇文章的主題是「蔬菜工廠」，而「蔬菜工廠」是指在室內種植蔬菜，因此以選項2的「工場で作るもの／在工廠裡栽培」較為適切。

（其他）由於空格之後就是「～という時代が来るのかもしれません／也許～的時代將會來臨」，所以應該填入今後種植蔬菜的方法。選項1「畑で作るもの／在田裡耕種」和選項3「人が作るもの／人為栽培」是從過去到目前的種植方法，所以不正確。選項4「自然が作るもの／自然栽種」與內容不符，所以不正確。

翻譯與解題

◎ 問題 1 請從 1・2・3・4 之中選出一個最適合填入（　　）的答案。

□ **1** A「この引き出しには、何が入っているのですか。」
B「写真だけ（　　）入っていません。」

1　ばかり　　　　　　　　2　が
3　しか　　　　　　　　　4　に

譯 A：「這個抽屜裡放了什麼呢？」
B：「（只）放了照片」
1　全是　　　　　　　　　2　×
3　只　　　　　　　　　　4　在

□ **2** ああ、喉が乾いた。冷たいビールが（　　　）。

1　飲めたいなあ　　　　　2　飲みたいなあ
3　飲もうよ　　　　　　　4　飲むたいなあ

譯 哎，口好渴。（好想喝）冰啤酒啊！
1　×　　　　　　　　　　2　想喝
3　喝吧　　　　　　　　　4　×

□ **3** A「この会には誰でも入れるのですか。」
B「ええ、手続きさえ（　　　）、どなたでも入れますよ。」

1　して　　　　　　　　　2　しないと
3　しないので　　　　　　4　すれば

譯 A：「請問不管是誰都可以入會嗎？」
B：「是的，（只要）辦理手續，任何人都可以入會。」
1　做　　　　　　　　　　2　不做的話
3　因為不做　　　　　　　4　只要做〜的話

□ **4** A「英語は話せますか。」
B「そうですね。話せる（　　　）話せますが、自信はないです。」

1　ことに　　　　　　　　2　ことは
3　ことが　　　　　　　　4　ものの

譯 A：「你會説英文嗎？」
B：「這個嘛，説（是）會説，但是沒有把握。」
1　的是　　　　　　　　　2　是
3　×　　　　　　　　　　4　儘管

解題 1　　　　　　　　　　　　　　　　　　　　　　　**答案 (3)**

請注意「だけしか～ない／僅僅只有」的用法。「だけ／僅僅」後面接「しか／只有」用於強調「だけ／僅僅」。「写真だけしか入っていない／僅僅放了照片」是指「写真だけ入っている／只放了照片」。請注意，「だけしか／僅僅只有」後面的動詞必須是否定形。例句：そのことは母だけが知っている。（那件事只有媽媽知道。）そのことは母だけしか知らない。（那件事僅僅只有媽媽知道。）

其他▶ 選項1「ばかり／全是」不會接「しか／只有」。

解題 2　　　　　　　　　　　　　　　　　　　　　　　**答案 (2)**

表達自己的希望時用「たい／想」，而「たい」前面的動詞需接「ます形（連用形）」。例句：寒いね。温かいココアが飲みたいなあ。（好冷哦。好想喝熱可可啊！）

其他▶ 選項1「飲めたい」、選項4「飲むたい」不是「ます形」，所以不正確。選項3「飲もう／喝吧」是勧誘的説法。例句：寒いね。喫茶店で温かいココアを飲もうよ。（好冷哦。去咖啡廳喝熱可可吧！）

解題 3　　　　　　　　　　　　　　　　　　　　　　　**答案 (4)**

這題要考的是表示假定的「～ば／如果～的話」的用法。「する／做」的假定形是選項4的「すれば／只要做～的話」。請注意假定形的活用變化。例句：薬さえ飲めば、熱は下がるでしょう。（只要吃藥，就會退燒了吧！）「飲めば」是「飲む／喝」的假定形。

其他▶ 選項2「しないと／不做的話」後面不會接「さえ／只要…就行」。

解題 4　　　　　　　　　　　　　　　　　　　　　　　**答案 (2)**

這是「～ことは～が／是～但～」的句型應用。題目表示雖然沒有否認會説英語，但是沒有自信。也就是在沒有否定前項的前提之下，連接後文的句子。例句：ギターは、弾けることは弾けるが、上手じゃない。（吉他嘛，彈是會彈，但彈得不好。）這個例句沒有否定會彈吉他的事實。

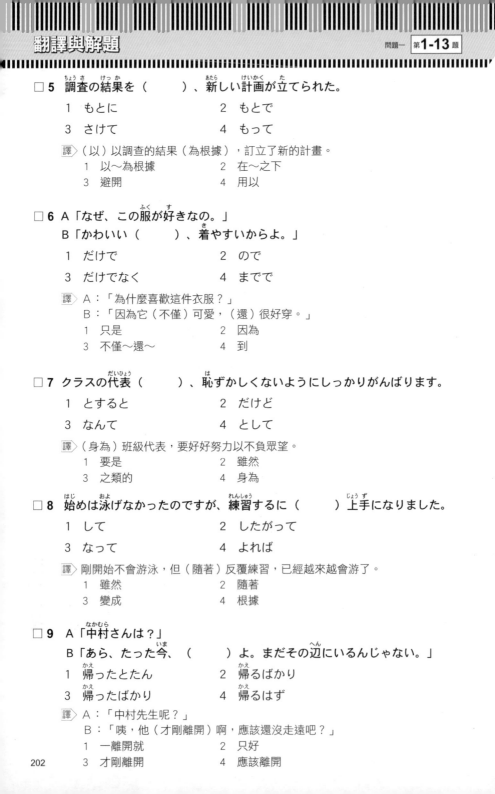

□ **5** 調査の結果を（　　　）、新しい計画が立てられた。

1　もとに　　　　　　　　　2　もとで

3　さけて　　　　　　　　　4　もって

譯〉（以）以調査的結果（為根據），訂立了新的計畫。
1　以〜為根據　　　　　2　在〜之下
3　避開　　　　　　　　4　用以

□ **6** A「なぜ、この服が好きなの。」
　　B「かわいい（　　　）、着やすいからよ。」

1　だけで　　　　　　　　　2　ので

3　だけでなく　　　　　　　4　までで

譯〉A：「為什麼喜歡這件衣服？」
　　B：「因為它（不僅）可愛，（還）很好穿。」
1　只是　　　　　　　　2　因為
3　不僅〜還〜　　　　　4　到

□ **7** クラスの代表（　　　）、恥ずかしくないようにしっかりがんばります。

1　とすると　　　　　　　　2　だけど

3　なんて　　　　　　　　　4　として

譯〉（身為）班級代表，要好好努力以不負眾望。
1　要是　　　　　　　　2　雖然
3　之類的　　　　　　　4　身為

□ **8** 始めは泳げなかったのですが、練習するに（　　　）上手になりました。

1　して　　　　　　　　　　2　したがって

3　なって　　　　　　　　　4　よれば

譯〉剛開始不會游泳，但（隨著）反覆練習，已經越來越會游了。
1　雖然　　　　　　　　2　隨著
3　變成　　　　　　　　4　根據

□ **9** A「中村さんは？」
　　B「あら、たった今、（　　　）よ。まだその辺にいるんじゃない。」

1　帰ったとたん　　　　　　2　帰るばかり

3　帰ったばかり　　　　　　4　帰るはず

譯〉A：「中村先生呢？」
　　B：「咦，他（才剛離開）啊，應該還沒走遠吧？」
1　一離開就　　　　　　2　只好

3　才剛離開　　　　　　4　應該離開

解題 5 　　　　　　　　　　　　　　　　　　　　　　答案 (1)

「もと／根據」是「事物的基礎」的意思。題目的意思是「調査の結果をもとにして／以調查的結果為根據」。因此正確答案為選項1「もとに」。例句：実験結果をもとに、論文を書く。（根據實驗結果撰寫論文。）

解題 6 　　　　　　　　　　　　　　　　　　　　　　答案 (3)

題目中說明喜歡這件衣服的理由是「かわいい／可愛」、「着やすい／好穿」。如同本題，除了一項之外，還想再說另一項時，可以用「～だけでなく／不僅～還～」的句型。

其他 選項1「だけで／只是」，例句：安いだけで、おいしいとは言えない。（只是便宜，算不上好吃。）此例句表示僅限於「安い／便宜」。選項2「ので／因為」用於陳述理由。選項4「までで／到」，例句：店は10人までで、満席です。（這家店最多只能容納到10個人就客滿了。）此例句表示10人以內的意思。

解題 7 　　　　　　　　　　　　　　　　　　　　　　答案 (4)

用來表示「基於班級代表立場」的詞語是選項4「として／身為」。「として」可以替換為「～の立場で／在～的立場上」。例句：留学生として、ふさわしい行動をしようと思う。（身為留學生，我認為行為應該謹守分際。）此例句意思為「留学生の立場で／在留學生的立場上」。）

解題 8 　　　　　　　　　　　　　　　　　　　　　　答案 (2)

能表示「練習するにつれて／隨著練習」之意的是選項2「したがって／隨著」。由動詞「したがう／隨著」，變化為句型「～にしたがって／隨著」時，意思就是「～につれて／隨著」。例句：日本語を勉強するにしたがって、漢字が好きになった。（隨著學習日語，我越來越喜歡漢字了。）

解題 9 　　　　　　　　　　　　　　　　　　　　　　答案 (3)

與「帰ってすぐ／剛離開」意思相同的是選項3「帰ったばかり／才剛離開」。「ばかり／剛～」是「表示在那之後過沒多久的詞語」。「ばかり」的前面要接過去式（「た形」）。

其他 選項2「帰るばかり／只好離開」，這裡的「ばかり／只好」表示準備完畢，只差某個動作而已，前面接的是辭書形，這樣一來意思就不同了，請多加注意。例句：仕事がすべて終わったので、帰るばかりです。（因為工作全部做完了，只好回家了。）

□ **10** A館のこの入場券は、B館に入る（　　　　）必要ですので、なくさないように

してくださいね。

1　際にも　　　　　　　　　　　2　際は

3　間に　　　　　　　　　　　　4　うちにも

譯〉A館的這張入場券，（在）進入B館（的時候也）需要出示，請不要弄丟囉。
　　1　在～的時候也　　　　　　2　之時
　　3　的時機　　　　　　　　　4　趁～之時也

□ **11** 来週の土曜日に佐久間教授に（　　　　）のですが、ご都合はいかがでしょうか。

1　拝見したい　　　　　　　　2　お目にかかりたい

3　いらっしゃる　　　　　　　4　お会いしていただきたい

譯〉下周六（想拜會）佐久間教授，不知道是否方便？
　　1　想拜見　　　　　　　　　2　想拜會
　　3　到訪　　　　　　　　　　4　X

□ **12** A「明日の山登りには、お弁当と飲み物を持って行けばいいですね。」

B「そうですね。ただ、明日は雨が降る（　　　　）ので、傘は持っていったほう

がいいですね。」

1　予定な　　　　　　　　　　2　ことになっている

3　おそれがある　　　　　　　4　つもりな

譯〉A：「明天的爬山，帶便當和飲料去就行了吧？」
　　B：「是啊。不過，明天（恐怕）會下雨，傘還是帶著比較好吧。」
　　1　因為預定　　　　　　　2　已預定
　　3　恐怕　　　　　　　　　4　因為打算

□ **13** 先生はどんなことを研究（　　　　）いるのですか。

1　せられて　　　　　　　　　2　なさられて

3　されて　　　　　　　　　　4　させられて

譯〉老師正在（做）什麼研究呢？
　　1　X　　　　　　　　　　　2　X
　　3　做　　　　　　　　　　　4　被叫去做

(解題) **10**　　　　　　　　　　　　　　　　　　　　　　　(答案) (1)

「際／之時」是指「時候。情況」。表示時間的助詞用「に」。因為Ａ館和
Ｂ館兩邊都需要，所以使用並列的助詞「も／也」，變成「にも／在…也」。
因此，選項1「際にも／在的時候也」為最貼切的答案。

(解題) **11**　　　　　　　　　　　　　　　　　　　　　　　(答案) (2)

因為敘述的是自己的動作，所以使用謙讓語。「会う／見面」的謙讓語是「お
目にかかる／拜會」。「佐久間教授に会いたい／想見佐久間教授」使用
謙讓語就成為「佐久間教授にお目にかかりたい／想拜見佐久間教授」。

其他▶ 選項1的「拜見する／拜見」是「見る／看」的謙讓語。例句：切符
を拜見させていただきます。（請讓我檢視您的車票。）選項3「いらっ
しゃる／在、來、去」是「いる／在」、「来る／來」、「行く／去」的尊
敬語。

(解題) **12**　　　　　　　　　　　　　　　　　　　　　　　(答案) (3)

這題的題意是擔心明天或許會下雨。表示擔心發生不好之事的詞語是選項3
「おそれ／恐怕」。例句：この薬は眠くなるおそれがあるので、車の運
はしないでください。（因為這個藥恐怕會導致嗜睡，所以請不要開車。）

其他▶ 選項1的「予定／預定」和選項2「ことになっている／已預定」是
「事先規劃接下來要做的事」的意思。選項4的「つもり／打算」是「事
先就想要這麼做」的意思。天氣並非人為可以決定，因此選項1、2、4
不正確。

(解題) **13**　　　　　　　　　　　　　　　　　　　　　　　(答案) (3)

因為敘述的是老師的事情，所以使用尊敬語。「する／做」的尊敬語是「さ
れる／做」。由於後面接的是「いる」，所以答案是選項3「されて」。例句：
先生はどんな本を読まれているのですか。（請問老師正在讀什麼樣的書
呢？）

其他▶ 選項4的「させられて／被叫去做」是「する」的使役被動形。例句：
母に部屋の掃除をさせられた。（我被媽媽叫去打掃房間。）

◎ 問題 2 下文的___★___中該填入哪個選項，請從 1・2・3・4 之中選出一個最適
合的答案。

□ **1** このスカートは少し小さいですので、_____ _____ ★ _____替えてい
ただけますか。

1 大きい   2 もっと

3 に   4 の

答〉 このスカートは少し小さいですので、もっと大きいのに替えていただけますか。
　　（因為這件裙子有點小，可以換更大的嗎？）

□ **2** あの店は、曜日_____ ★ _____ _____電話で聞いてみたほうがいいで
すよ。

1 よって   2 閉まる時間が

3 に   4 違うから

答〉 あの店は、曜日によって閉まる時間が違うから電話で聞いてみたほうがいいですよ。
　　（這家店根據星期幾而有不同的打烊時間，最好先打電話問一聲哦。）

□ **3** この鏡は、_____ _____ ★ _____きれいにならない。

1 磨いて   2 ちっとも

3 も   4 いくら

答〉 この鏡は、いくら磨いてもちっともきれいにならない。
　　（這面鏡子不管怎麼擦也一點都不會變乾淨。）

□ **4** 彼___★___ _____ _____ _____と思います。

1 立派な   2 ほど

3 いない   4 人は

答〉 彼ほど立派な人はいないと思います。
　　（我認為找不到像他那麼出色的人了。）

□ **5** 明日は、いつもより少し_____ _____ ★ _____のですが。

1 たい   2 早く

3 いただき   4 帰らせて

答〉 明日は、いつもより少し早く帰らせていただきたいのですが。
　　（明天想請您允許我提早一點回去。）

(解題) **1**　(答案) (4)

請留意題目的前半段「このスカートは少し小さいですので／因為這件裙子有點小」。由此可知應是想要更大一點的（スカート／裙子）。選項 4 的「の／的」是可以用來替換「もの／物品」的「の」。由於這個「の／的（物品）」接於普通形之後，所以是「もっと大きいの／更大一點的」。另外，題目後半段的「替えて／更換」前面必須用助詞「に」，變成「〜に替えて／更換」的句型。

(解題) **2**　(答案) (1)

請留意表示情況的「〜によって／根據」的用法。因為「〜によって」前面必須接名詞，所以是「（曜日）によって／根據星期幾」，也就是「曜日が違えば／星期幾的不同」的意思。另外，「違う／不同」前面的助詞要用「が」。因此就變成了「閉まる時間が違うから／不同的打烊時間」。

(解題) **3**　(答案) (3)

請留意「いくら〜ても（でも）／不管怎麼〜也」的用法。因為「ても（でも）」必須接於動詞、形容詞、名詞之後，所以是「いくら磨いても／不管怎麼擦也」。另外，「ちっとも／一點都」後面必須接否定詞「ない／不」，變成「ちっとも〜ない／一點也不」的句型，這是強調否定的用法。由於題目的句尾是「きれいにならない／不會變乾淨」，所以可知順序是「ちっともきれいにならない／一點都不會變乾淨」。

(解題) **4**　(答案) (2)

本題的句型是「ＡほどＢはいない／沒有像Ａ那麼〜的Ｂ了」。Ａ 處填入名詞，Ｂ 處填入人。因為句首是「彼／他」，所以是「彼ほど／像他那麼」。又因為「立派な／出色」用於形容「人／人類」，所以是「立派な人は／出色的人」。而且之後應該接「いない／沒有」。全句是「他是最出色的」的意思。

(解題) **5**　(答案) (3)

「〜ていただきたい／想請您允許我」是使用敬語拜託對方的句型。請留意「〜」的動詞必須是使役形。因為題目前面有表示比較與程度的「いつもより少し／比平時提早一點」，所以緊接在後面的是「早く／提早」。

◎ 問題 3 於閱讀下述文章之後，就整體文章的內容作答第 1 至 5 題，並從 1・2・3・4 選項中選出一個最適合的答案。

下の文章は、日本に来た外国人が書いた作文である。

私が1回目に日本に来たのは 15 年ほど前である。その当時の日本人は周りの人にも 1 接し、礼儀正しく親切で、私の国の人々に比べてまじめだと感じた。

2 、今回の印象はかなり違う。いちばん驚いたのは、電車の中で、人々が携帯電話に夢中になっていることである。特に若い人たちは、混んだ電車の中でもいち早く座席に座り、座るとすぐに携帯電話を取り出してメールをしたりしている。周りの人を見ることもなく、みな同じような顔をして、同じように携帯の画面を見ている。 3 日本人たちから、私は、他の人々を寄せ付けない冷たいものを感じた。

来日1回目のときの印象は、違っていた。満員電車に乗り合わせた人たちは、お互いに何の関係もないが、そこに、見えないつながりのようなものが感じられた。座っている自分の前にお年寄りが立っていると、席を譲る人が多かったし、混み合った電車の中でも、「毎日大変ですね…」といった共感※のようなものがあるように思った。

これは、日本社会が変わったからだろうか、 4 、私の見方が変わったのだろうか。

どこの国にもさまざまな問題があるように、日本にもいろいろな社会問題があり、それに伴って社会や人々の様子も少しずつ変化するのは当然である。日本も 15 年前とは変わったが、それにしてもやはり、日本人は現在のところ、他の国に比べれば礼儀正しく、また、社会の秩序もしっかり守られている。そのことは、とても 5 。これらの日本人らしさは、変わらないでほしいと思う。

※ 共感…自分もほかの人も同じように感じること。

以下文章是來到日本的外國人所寫的作文。

　　我第一次來日本是在大約十五年前。當時的日本人對待身邊的人十分熱情，很有禮貌並且親切，並且感覺比我的國人更加誠實。然而，這回的印象卻截然不同了。最令我驚訝的是電車裡沉迷於手機的人們。尤其是年輕人，即使是在擁擠的電車中也能迅速地搶到座位，坐下後就立刻拿出手機，開始傳訊息。看也不看周圍的人，大家都是同樣的表情、同樣盯著手機螢幕。從那樣的日本人身上，我感覺到生人勿近的冷漠。

　　第一次來日本時的印象可就不同了。在擁擠的車廂裡偶然共乘的人們，彼此雖沒有任何關係，卻彷彿有某種無形的羈絆。只要有年長者站在自己坐的位子前，很多人會主動讓位，即使在擁擠的車廂內，似乎也能感受到大家心裡「每天都很辛苦呢…」的這種共鳴[※]。

　　這是因為日本社會改變了嗎？還是說，是我的想法改變了呢？

　　就像每個國家都有各式各樣的問題，日本也存在著許許多多的社會問題，伴隨著這些，社會和人們的樣子一點一點的變化也是理所當然的。日本和 15 年前已經不同了，不過即便如此，現在的日本人和其他國家相比仍是彬彬有禮並且遵守社會秩序。這是非常棒的一件事。希望這些日本人的民族性格不會改變。

※ 共鳴…自己和其他人都有同樣的感受。

□ **1**

1 つめたく 2 さっぱり
3 温かく 4 きびしく

> 譯 1 冷漠 2 徹底
> 3 熱情 4 嚴格

□ **2**

1 また 2 そして
3 しかし 4 それから

> 譯 1 另外 2 然後
> 3 不過 4 還有

□ **3**

1 こういう 2 そんな
3 あんな 4 どんな

> 譯 1 這種 2 那麼的
> 3 那樣的 4 什麼樣的

□ **4**

1 それとも 2 だから
3 なぜ 4 つまり

> 譯 1 還是說 2 所以
> 3 為什麼 4 也就是說

（解題）**1**

（答案）(3)

因為第一次到日本來的作者對日本人有好感，所以選項1「つめたく／冷漠」和選項4「きびしく／嚴格」都不正確。選項2「さっぱり／徹底」與文意不符，因此也不正確。

選項3因為「温かく／熱情」是能讓人感受到情誼或好感的詞語，所以最合適。

（解題）**2**

（答案）(3)

第二次到日本來的作者感覺到「他の人々を寄せ付けない冷たいもの／難以接近其他人的冷漠」。因為和最初的印象相反，所以選項3「しかし／不過」最為適當。

其他 選項1「また／另外」是列舉多項事物時的連接詞，所以不正確。選項2「そして／然後」是承接前面事項、連接後面敘述的連接詞，所以不正確。選項4「それから／還有」是表示除前面事項外，還發生了後面事項的連接詞，所以不正確。

（解題）**3**

（答案）(2)

本題要從前文推敲是怎麼樣的「日本人たち／日本人們」。這裡指的是在擁擠的電車中盯著手機螢幕的年輕人。用來指稱前面內容的指示語是選項2「そんな／那樣的」。

其他 選項1「こういう／這種」的用法不通順。選項3「あんな／那種的」是用於指稱作者和讀者都知道之事的指示語，所以不正確。選項4「どんな／什麼樣的」是詢問不清楚之事時的指示語，所以不正確。

（解題）**4**

（答案）(1)

空格前面是「日本社会が変わったからだろうか／這是因為日本社會改變了嗎」，空格後面是「私の見方が変わったのだろうか／是我的想法改變了呢」，意思是從這兩項選出一個。這時要使用的連接詞是選項1「それとも／還是説」。

其他 選項2「だから／所以」是承接前面事項，以便談論後面事項時的連接詞。選項3「なぜ／為什麼」是詢問理由的連接詞。選項4「つまり／也就是説」是用於簡化前面敘述的事情，或是換句話説時使用的詞語。

□ **5**

1 いいことだろうか　　　　2 いいことにはならない

3 いいことだと思われる　　4 いいことだと思えない

譯▷ 1 是好事吧　　　　　2 不會變成好事

3 被認為是好事　　　4 不認為是好事

空格前幾句提到「日本人は現在のところ、他の国に比べれば礼儀正しく、また、社会の秩序もしっかり守られている／目前的日本人和其他國家相比，仍是彬彬有禮並且遵守社會秩序」。

其他　這裡是在陳述「いいこと／優點」，但選項 2 和 4 是否定的說法，所以不正確。選項 1 雖是陳述「いいこと／優點」，但由於是疑問句，所以不正確。

極めろ！
日本語能力試験 解説編

新制日檢！絕對合格 N1,N2,N3,N4,N5 文法全真模考三回 + 詳解

JAPANESE TESTING

LEVEL

N2

　★ 請在「讀書計劃」欄中填上日期，依照時間安排按部就班學習，每完成一項，就用螢光筆塗滿格子，看得見的學習，效果加倍！

五十音順	文　法		中　譯	讀書計劃
あ	あげく	あげく	…到最後、…，結果…	
		あげくに		
		あげくの		
	あまり	あまり	由於過度…、因過於…、過度…	
		あまりに		
い	いじょう	いじょう	既然…、既然…，就…	
		いじょうは		
	いっぽう	いっぽう	在…的同時，還…、一方面…、另一方面…	
		いっぽうで		
う	うえ	うえ	…而且…、不僅…，而且…、在…之上，又…	
		うえに		
		うえで	在…之後、…以後…、之後（再）	
		うえでの		
		うえは	既然…、既然…就…	
	うではないか	うではないか	讓…吧、我們（一起）…吧	
		ようではないか		
え	うる	うる	可能、能、會	
	える	える		
お	おり	おり	…的時候、正值…之際	
		おりに		
		おりには		
		おりから		
か	か〜まいか	か〜まいか	要不要…、還是…	
	かい	かいがある	總算值得、有了代價、不枉…	
		かいがあって		
	がい	がい	有意義的…、值得的…、…有回報的	

五十音順	文法		中譯	讀書計劃
か	かぎり	かぎり	盡…、竭盡…、以…為限、到…為止	
		かぎり	只要…、據…而言	
		かぎりは		
		かぎりでは		
	がたい	がたい	難以…、很難…、不能…	
	かとおもうと	かとおもうと	剛一…就…、剛…馬上就…	
		かとおもったら		
	か〜ないかのうちに	か〜ないかのうちに	剛剛…就…、一…（馬上）就…	
	かねる	かねる	難以…、不能…、不便…	
		かねない	很可能…、也許會…、説不定將會…	
	かのようだ	かのようだ	像…一樣的、似乎…	
か	から	からこそ	正因為…、就是因為…	
		からして	從…來看…	
		からすれば	從…來看、從…來説	
		からすると		
		からといって	（不能）僅因…就…	
		からみると	從…來看、從…來説、根據…來看…的話	
		からみれば		
		からみて		
		からみても		
き	きり	きり〜ない	…之後，再也沒有…	
く	くせして	くせして	只不過是…、明明只是…	
け	げ	げ	…的感覺、好像…的樣子	
こ	こと	ことから	…是由於…、從…來看	
		ことだから	因為是…，所以…	
		ことに	令人感到…的是…	
		ことには		
		ことなく	不…、不…（就）…、不…地…	
		こともなく		
さ	ざるをえない	ざるをえない	不得不…、只好…、被迫…	

217

五十音順	文法		中譯	讀書計劃
し	しだい	しだい	要看…如何、一…立即	
		しだいだ	全憑…、要看…而定、決定於…	
		しだいで		
		しだいでは		
		しだいです	由於…、才…、所以…	
	じょう	じょう	從…來看、出於…、鑑於…上	
		じょうは		
		じょうでは		
		じょうの		
		じょうも		
す	すえ	すえ	經過…最後、結果…、結局最後…	
		すえに		
		すえの		
	ずにはいられない	ずにはいられない	不得不…、不由得…	
そ	そう	そうにない	不可能…、根本不會…	
		そうもない		
た	だけ	だけあって	不愧是…、也難怪…	
		だけでなく	不只是…也…	
		だけに	正因為…，所以更加…、	
		だけある	到底沒白白…、值得…、不愧是…、也難怪…	
		だけのことはある		
		だけましだ	幸好、還好、好在…	
	たところが	たところが	可是…、然而…	
つ	っこない	っこない	不可能…、決不…	
	つつ	つつある	正在…	
		つつ	儘管…、雖然…、一邊…	
		つつも	一邊…	
て	てかなわない	てかなわない	…得受不了、…死了	
		でかなわない		
	てこそ	てこそ	正因為…才…	
	てしかたがない	てしかたがない	…得不得了	
		でしかたがない		
		てしょうがない		
		でしょうがない		
		てしようがない		
		でしようがない		

五十音順	文　法		中　譯	讀書計劃
て	てとうぜんだ	てとうぜんだ	難怪…、本來就…、…也是理所當然的	
		てあたりまえだ		
	ていられない	ていられない	不能再…、哪還能…	
		てはいられない		
		てられない		
		てらんない		
	てばかりはいられない	てばかりはいられない	不能一直…、不能老是…	
		てばかりもいられない		
	てはならない	てはならない	不能…、不要…	
	てまで	てまで	到…的地步、甚至…、不惜…	
		までして		
と	といえば	といえば	談到…、提到…就…、説起…、不翻譯	
		といったら		
	というと	というと	你説…、提到…、要説…、説到…	
		っていうと		
		というものだ	也就是…、就是…	
		というものではない	…可不是…、並不是…、並非…	
		というものでもない		
と	どうにか	どうにか〜ないものか	能不能…	
		どうにか〜ないものだろうか		
		なんとか〜ないものか		
		なんとか〜ないものだろうか		
		もうすこし〜ないものか		
		もうすこし〜ないものだろうか		
	とおもう	とおもうと	原以為…，誰知是…、覺得是…，結果果然…	
		とおもったら		
	どころ	どころか	哪裡還…、非但…、簡直	
		どころではない	哪裡還能…、不是…的時候	
	とはかぎらない	とはかぎらない	也不一定…、未必…	
な	ない	ないうちに	在未…之前，…、趁沒…	
		ないかぎり	除非…，否則就…	
		ないことには	如果不…的話，就…	
		ないではいられない	不能不…、忍不住要…	
	ながら	ながら	雖然…，但是…、儘管…、明明…卻…	
		ながらも		

219

五十音順	文 法		中 譯	讀書計劃
に	にあたって	にあたって	在…的時候、當…之時、當…之際	
		にあたり		
	におうじて	におうじて	根據…、按照…、隨著…	
	にかかわって	にかかわって	關於…、涉及…	
		にかかわり		
		にかかわる		
	にかかわらず	にかかわらず	無論…與否…、不管…都…	
	にかぎって	にかぎって	只有…、唯獨…是…的、獨獨…	
		にかぎり		
	にかけては	にかけては	在…方面、關於…	
	にこたえて	にこたえて	應…、響應…、回答、回應	
		にこたえ		
		にこたえる		
	にさいし	にさいし	在…之際、當…的時候	
		にさいして		
		にさいしては		
		にさいしての		
	にさきだち	にさきだち	在…之前，先…、預先…、事先…	
		にさきだつ		
		にさきだって		
	にしたがって	にしたがって	依照…、 按照…	
		にしたがい		
	にしたら	にしたら	對…來説、對…而言	
		にすれば		
		にしてみたら		
		にしてみれば		
	にしろ	にしろ	無論…都…、就算…，也…、即使…，也…	
	にすぎない	にすぎない	只是…、只不過…、不過是…而已、僅僅是…	
	にせよ	にせよ	無論…都…、就算…，也…、即使…，也…、…也好…也好	
		にもせよ		

五十音順	文法		中譯	讀書計劃
に	にそういない	にそういない	一定是…、肯定是…	
	にそって	にそって	沿著…、順著…、按照…	
		にそい		
		にそう		
		にそった		
	につけ	につけ	一…就…、每當…就…	
		につけて		
		につけても		
	にて	にて	以…、用…、因…、…為止	
		でもって		
	にほかならない	にほかならない	完全是…、不外乎是…	
	にもかかわらず	にもかかわらず	雖然…，但是…	
ぬ	ぬき	ぬきで	省去…、沒有…、如果沒有…（，就無法…）、沒有…的話	
		ぬきに		
		ぬきの		
		ぬきには		
		ぬきでは		
	ぬく	ぬく	穿越、超越、…做到底	
ね	ねばならない	ねばならない	必須…、不能不…	
		ねばならぬ		
の	のうえでは	のうえでは	…上	
	のみならず	のみならず	不僅…，也…、不僅…，而且…、非但…，尚且…	
	のもとで	のもとで	在…之下	
		のもとに		
	のももっともだ	のももっともだ	也是應該的、也不是沒有道理的	
		のはもっともだ		
は	ばかり	ばかりだ	一直…下去、越來越…	
		ばかりに	都是因為…，結果…	
	はともかく	はともかく	姑且不管…、…先不管它	
		はともかくとして		
	はまだしも	はまだしも	若是…還説得過去、若是…還算可以…	
		ならまだしも		

221

五十音順	文 法		中 譯	讀書計劃
ふ	ぶり	ぶり	…的樣子、…的狀態、…的情況、相隔…	
		っぷり		
へ	べきではない	べきではない	不應該…	
ほ	ほど	ほどだ	幾乎…、簡直…	
		ほどの		
		ほど～はない	沒有比…更…	
ま	まい	まい	不打算…、大概不會…、該不會…吧	
	まま	まま	就這樣…	
		まま	隨著…、任憑…	
		ままに		
も	も～ば～も	も～ば～も	既…又…、也…也…	
		も～なら～も		
	も～なら～も	も～なら～も	…不…，…也不…、…有…的不對，…有…的不是	
	もかまわず	もかまわず	（連…都）不顧…、不理睬…、不介意…	
	もどうぜんだ	もどうぜんだ	…沒兩樣、就像是…	
	もの	ものがある	有…的價值、確實有…的一面、非常…	
		ものだ	以前…、…就是…、本來就該…、應該…	
		ものなら	如果能…的話、要是能…就…	
		ものの	雖然…但是	

五十音順		文 法		中 譯	讀書計劃
や	やら	やら～やら		…啦…啦、又…又…	
を	を～として	を～として		把…視為…（的）、把…當做…（的）	
		を～とする			
		を～とした			
	をきっかけに	をきっかけに		以…為契機、自從…之後、以…為開端	
		をきっかけにして			
		をきっかけとして			
	をけいきとして	をけいきとして		趁著…、自從…之後、以…為動機	
		をけいきに			
		をけいきにして			
	をたよりに	をたよりに		靠著…、憑藉…	
		をたよりとして			
		をたよりにして			
	をとわず	をとわず		無論…都…、不分…、不管…，都…	
		はとわず			
	をぬきにして	をぬきにして		沒有…就（不能）…、去掉…、停止…	
		をぬきにしては			
		をぬきにしても			
		はぬきにして			
	をめぐって	をめぐって		圍繞著…、環繞著…	
		をめぐっては			
		をめぐる			
	をもとに	をもとに		以…為根據、以…為參考、在…基礎上	
		をもとにして			
		をもとにした			

言語知識（文法）

問題1 （　　）に入れるのに最もよいものを、1・2・3・4から一つ選びなさい。

1 （　　）にあたって、お世話になった先生にあいさつに行った。

1　就職した　　　2　就職する　　　3　出勤した　　　4　出勤する

2 森林の開発をめぐって、村の議会では（　　）。

1　村長がスピーチした　　　　　　2　反対派が多い

3　話し合いが続けられた　　　　　4　自分の意見を述べよう

3 飛行機がこわい（　　）が、事故が起きたらと思うと、できれば乗りたくない。

1　わけだ　　　　　　　　　　　　2　わけがない

3　わけではない　　　　　　　　　4　どころではない

4 激しい雨にもかかわらず、試合は（　　）。

1　続けられた　　　　　　　　　　2　中止になった

3　見たいものだ　　　　　　　　　4　最後までやろう

5 A：「この本、おもしろいから読んでごらんよ。」

　　B：「いやだよ。だって、漢字ばかり（　　）。」

1　ことなんだ　　2　なんだこと　　3　ものなんだ　　4　なんだもの

6 彼女は若いころは売れない歌手だったが、その後女優（　　）大成功した。

1　にとって　　　2　として　　　　3　にかけては　　4　といえば

7 （　　）以上、あなたが責任を取るべきだ。

1　社長である　　2　社長だ　　　　3　社長の　　　　4　社長

Check □1 □2 □3

8 同僚の歓迎会でカラオケに行くことになった。歌は苦手だが、1曲歌わ（　　）だろう。

1　ないに違いない　　　　　　　　2　ないではいられない

3　ないわけにはいかない　　　　　4　ないに越したことはない

9 何歳から子供にケータイを（　　）か、夫婦で話し合っている。

1　持てる　　　　　2　持たれる　　　3　持たせる　　　　4　持たされる

10 中学生が、世界の平和について真剣に討論するのを聞いて、私もいろいろ（　　）。

1　考えられた　　　2　考えさせた　　　3　考えされた　　　4　考えさせられた

11 この薬はよく効くのだが、飲むと（　　）眠くなるので困る。

1　ついに　　　　　2　すぐに　　　3　もうすぐ　　　　4　やっと

12 失礼ですが、森^{もり}先生の奥様で（　　）か。

1　あります　　　　　　　　　2　いらっしゃいます

3　おります　　　　　　　　　4　ございます

問題2　次の文の＿＿★＿＿に入る最もよいものを、1・2・3・4から一つ選びなさい。

（問題例）

　　あそこで＿＿＿＿　＿＿＿＿　＿＿★＿＿　＿＿＿＿　は山田さんです。

　　1　テレビ　　2　見ている　　3　を　　4　人

（回答のしかた）

1. 正しい文はこうです。

> あそこで＿＿＿＿　＿＿＿＿　＿＿★＿＿　＿＿＿＿　は山田さんです。
>
> 1　テレビ　　3　を　　2　見ている　　4　人

2. ＿★＿に入る番号を解答用紙にマークします。

（解答用紙）　（例）　① ● ③ ④

1　＿＿＿＿　＿＿＿＿　＿＿★＿＿　＿＿＿＿　が売れているそうだ。

　1　高齢者　　　　　　　　　　2　衣服

　3　向けに　　　　　　　　　　4　デザインされた

2　ここからは、部長に　＿＿＿＿　＿＿＿＿　＿＿★＿＿　＿＿＿＿　させていただきます。

　1　私が　　　　2　説明　　　　3　設計担当の　　4　かわりまして

3　収入も不安定なようだし、　＿＿＿＿　＿＿＿＿　＿＿★＿＿　＿＿＿＿　、うちの娘を結婚させるわけにはいかないよ。

　1　からして　　2　君と　　　　3　学生のような　4　服装

4 週末は旅行に行く予定だったが、＿＿＿ ＿＿＿ ★ ＿＿＿ では
なくなってしまった。

1 突然　　　　　　2 どころ　　　　3 母が倒れて　　4 それ

5 ＿＿＿ ＿＿＿ ★ ＿＿＿ 負けません。

1 だれにも　　　2 かけては　　　3 ことに　　　　4 あきらめない

問題3 次の文章を読んで、文章全体の内容を考えて、 1 から 5 の中に入る最もよいものを、1・2・3・4の中から一つ選びなさい。

マナーの違い

　日本では、人に物を差し上げる場合、「粗末なものですが」と言って差し上げる習慣がある。ところが、欧米人などは、そうではない。「すごくおいしいので」とか、「とっても素晴らしい物です」といって差し上げる。

　そして、日本人のこの習慣について、 1 言う。

　「つまらないと思っている物を人に差し上げるなんて、失礼だ。」と。

　 2 。私は、そうは思わない。日本人は相手のすばらしさを尊重し強調する 3 、自分の物を低めて言うのだ。「とても素晴らしいあなた。あなたに差し上げるにしては、これはとても粗末(注1)なものです。」と言っているのではないだろうか。

　そして、日本人は逆に欧米の習慣に対して、「自分の物を褒めるなんて」と非難する。

　私は、これもおかしいと思う。自分の物を素晴らしいから、おいしいからと言って人に差し上げるのも、相手を素晴らしいと思っているからなのだ。「すばらしいあなた。これは、そんな素晴らしいあなたにふさわしいものですから、 4 。」と言っているのだと思う。

　 5 、どちらも心の底にある気持ちは同じで、相手のすばらしさを表現するための表現なのだ。その同じ気持ちが、全く反対の言葉で表現されるというのは非常に興味深いことに思われる。

（注1）粗末：品質が悪いこと

1 そう　　　　　2 こう　　　　　3 そうして　　　4 こうして

2

1 そう思うか　　　　　　　　2 そうだろうか
3 そうだったのか　　　　　　4 そうではないか

3

1 かぎり　　　　2 あまり　　　3 あげく　　　　4 ものの

4

1 受け取らせます　　　　　　2 受け取らせてください
3 受け取ってください　　　　4 受け取ってあげます

5

1 つまり　　　　2 ところが　　　3 なぜなら　　　4 とはいえ

言語知識（文法）

問題1（　　）に入れるのに最もよいものを、1・2・3・4から一つ選びなさい。

1 秋は天気が変わりやすい。黒い雲で空がいっぱいになった（　　）、今は真っ青な空に雲ひとつない。

　1　うちに　　　　　2　際に　　　　　3　かと思ったら　4　のみならず

2 佐々木さんに対して、（　　）。

　1　失礼な態度をとってしまいました
　2　悪いうわさを聞きました
　3　あまり好きではありません
　4　知っていることがあったら教えてください

3 今は、（　　）にかかわらず、いつでも食べたい果物が食べられる。

　1　夏　　　　　　　2　季節　　　　　3　1年中　　　　4　春から秋まで

4 いい選手だからといって、いい監督になれる（　　）。

　1　かねない　　　2　わけではない　3　に違いない　　4　というものだ

5 私がミスしたばかりに、（　　）。

　1　私の責任だ　　　　　　　　2　もっと注意しよう
　3　とうとう成功した　　　　　4　みんなに迷惑をかけた

6 弟とは、私が国を出るときに会った（　　）、その後10年会ってないんです。

　1　末　　　　　2　きり　　　　3　ところ　　　　4　あげく

7 来週の就職面接のことを考えると、（　　）でしかたがない。

　1　心配　　　2　緊張　　　3　無理　　　4　真剣

8 子供のころは、兄とよく虫をつかまえて遊んだ（　　）。

1　ことだ　　　　2　ことがある　　　3　ものだ　　　　4　ものがある

9 空港で、誰かに荷物を（　　）、私のかばんは、そのまま戻ってこなかった。

1　間違えて　　　　　　　　　　　2　間違えられて
3　間違えさせて　　　　　　　　　4　間違えさせられて

10 日本酒は、米（　　）造られているのを知っていますか。

1　から　　　　　2　で　　　　　　　3　によって　　　4　をもとに

11 熱があって今日学校を休むから、先生にそう伝えて（　　）？

1　もらう　　　　2　あげる　　　　3　もらえる　　　4　あげられる

12 来週のパーティーで、奥様に（　　）のを楽しみにしております。

1　拝見する　　　2　会われる　　　3　お会いになる　　4　お目にかかる

問題 2 次の文の ___★___ に入る最もよいものを、1・2・3・4から一つ選びなさい。

（問題例）

あそこで_____ _____ __★__ _____ は山田さんです。

1 テレビ　2 見ている　　3 を　4 人

（回答のしかた）

1. 正しい文はこうです。

```
あそこで_____ _____ __★__ _____ は山田さんです。
1 テレビ　　3 を　2 見ている　　4 人
```

2. ___★___ に入る番号を解答用紙にマークします。

（解答用紙）　（例）　① ● ③ ④

---

1 退職は、_____ _____ __★__ _____ ことです。

1 上で　　　　2 考えた　　　　3 よく　　　　　4 決めた

2 大きい病院は、_____ _____ __★__ _____ ということも少なくない。

1 何時間も　　　　　　　　　2 5分

3 診察は　　　　　　　　　　4 待たされたあげく

3 生活が _____ _____ __★__ _____ 失っていくように思えてならない。

1 なるにつれ　　　　　　　2 私たちの心は

3 豊かに　　　　　　　　　4 大切なものを

4 この薬は、1回に1錠から3錠まで、その時の＿＿＿＿ ＿＿＿＿ ＿★＿ ＿＿＿＿ ください。

1 応じて　　　　2 痛みに　　　　3 使う　　　　4 ようにして

5 同じ場所でも、写真にすると ＿＿＿＿ ＿＿＿＿ ＿★＿ ＿＿＿＿ に見える ものだ。

1 すばらしい景色　　　　　　　　2 次第で
3 カメラマン　　　　　　　　　　4 の腕

問題3　次の文章を読んで、文章全体の内容を考えて、 1 から 5 の中に入る最もよいものを、1・2・3・4の中から一つ選びなさい。

自転車の事故

　最近、自転車の事故が増えている。つい先日も、登校中の中学生の自転車がお年寄りに衝突し、そのお年寄りははね飛ばされて強く頭を打ち、翌日死亡するという事故があった。

　自転車は、明治30年代に急速に普及すると同時に事故も増えたということだが、現代では自転車の事故が年間10万件余りも起きているそうである。

　自転車の運転者が最も気をつけなければならないこと。それは、自転車は車の一種である 1 をしっかり頭に入れて運転することだ。車の一種なのだから、原則として車道を走る。「自転車通行可」の標識がある歩道のみ、歩道を走ることができる。

　 2 、その場合も、車道側を歩行者に十分気をつけて走らなければならない。また、車道を走る場合は、車道のいちばん左側を走ることと 3 。

　最近、「歩車分離式信号」という信号ができた。交差点で、同方向に進む車両と歩行者の信号機を別にする方法である。この信号機で車と歩行者の事故はかなり減ったそうであるが、自転車に乗ったまま渡る人は車の信号に従うということを自転車の運転者と車の運転手の両者が知らないと、今度は、自転車が車の被害にあうといった事故に 4 。

　また、最近自転車を見ていてハラハラするのは、イヤホンを付けての運転や、ケイタイ電話を 5 の運転である。これらも交通規則違反なのだが、規則自体が、まだ十分には知られていないのが現状だ。

　いずれにしても、自転車の事故が急増している今、行政側が何らかの対策を急ぎ講じる必要があると思われる。

1　というもの　　2　とのこと　　　3　ということ　　　4　といったもの

1　ただ　　　　　2　そのうえ　　　3　ところが　　　　4　したがって

1　決める　　　　2　決まる　　　　3　決めている　　　4　決まっている

1　なりかねる　　　　　　　　　2　なりかねない
3　なりかねている　　　　　　　4　なりかねなかったのだ

1　使い次第　　2　使ったきり　　3　使わずじまい　　4　使いながら

言語知識（文法）

問題1 （　　）に入れるのに最もよいものを、1・2・3・4から一つ選びなさい。

1 大切なことは、（　　）うちにメモしておいたほうがいいよ。

1　忘れる　　　　2　忘れている　　　3　忘れない　　　　4　忘れなかった

2 本日の説明会は、こちらのスケジュール（　　）行います。

1　に沿って　　　2　に向けて　　　3　に応じて　　　4　につれて

3 この山はいろいろなコースがありますから、子供からお年寄りまで、年齢
（　　）楽しめますよ。

1　もかまわず　　2　はともかく　　3　に限らず　　　4　を問わず

4 ふるさとの母のことが気になりながら、（　　）。

1　たまに電話をしている　　　　2　心配でしかたがない
3　もう3年帰っていない　　　　4　来月帰る予定だ

5 もう一度やり直せるものなら、（　　）。

1　本当に良かった　　　　2　もう失敗はしない
3　絶対に無理だ　　　　4　大丈夫だろうか

6 カメラは、性能も大切だが、旅行で持ち歩くことを考えれば、（　　）に越
したことはない。

1　軽い　　　　2　重い　　　　3　画質がいい　　4　機能が多い

7 悩んだ（　　）、帰国を決めた。

1　せいで　　　2　ところで　　　3　わりに　　　4　末に

8 この男にはいくつもの裏の顔がある。今回の強盗犯も、その中のひとつ（　　）。

1　というものだ　　　　　　　　　2　どころではない
3　に越したことはない　　　　　　4　にすぎない

9 先輩に無理にお酒を（　　）、その後のことは何も覚えていないんです。

1　飲んで　　　　2　飲まれて　　　　3　飲ませて　　　　4　飲まされて

10 こちらの商品をご希望の方は、本日中にお電話（　　）お申し込みください。

1　で　　　　　　2　に　　　　　　3　から　　　　　　4　によって

11 先生はいつも、私たち生徒の立場に立って（　　）ました。

1　いただき　　　2　ください　　　3　さしあげ　　　4　やり

12 では、明日 10 時に、御社（おんしゃ）に（　　）。

1　いらっしゃいます　　　　　　　2　うかがいます
3　おります　　　　　　　　　　　4　お見えになります

問題2　次の文の__★__に入る最もよいものを、1・2・3・4から一つ選びなさい。

(問題例)

　　　あそこで_____　_____　__★__　_____　は山田さんです。

　　　1　テレビ　　2　見ている　　　3　を　　　4　人

(回答のしかた)

1. 正しい文はこうです。

```
あそこで_____　_____　__★__　_____　は山田さんです。
1　テレビ　　　3　を　　2　見ている　　4　人
```

2. __★__に入る番号を解答用紙にマークします。

(解答用紙)　(例)　① ● ③ ④

1　母が亡くなった。　優しかった　_____　_____　__★__　_____　戻りたい。

　1　母と　　　　　　　　　　　　2　子供のころに

　3　戻れるものなら　　　　　　　4　暮らした

2　結婚して　_____　_____　__★__　_____　に気づいた。

　1　はじめて　　　2　家族が　　　3　幸せ　　　　4　いる

3　宿題が終わらない。　_____　_____　__★__　_____　始めればいいのだ
が、それがなかなかできないのだ。

　1　早く　　　　　2　あわてるくらい　3　なら　　　　4　あとになって

4 ＿＿＿＿ ＿＿＿＿ ＿★＿ ＿＿＿＿ みんなに勇気を与える存在だ。

1 体に障害を　　2 いつも笑顔の　　3 彼女は　　　　4 抱えながら

5 これは、二十歳になったとき ＿＿＿＿ ＿＿＿＿ ＿★＿ ＿＿＿＿ 時計なんです。

1 記念の　　　　2 プレゼント　　3 両親から　　　4 された

問題 3　次の文章を読んで、文章全体の内容を考えて、 1 から 5 の中に入る最もよいものを、1・2・3・4の中から一つ選びなさい。

「結構です」

「結構です」という日本語は、使い方がなかなか難しい。

例えば、よそのお宅にお邪魔しているとき、その家のかたに、「甘いお菓子がありますが、 1 ?」と言われたとする。そのとき、次のような二種類の答えが考えられる。

Ａ「ああ、結構ですね。いただきます。」

Ｂ「いえ、結構です。」

Ａの「結構」は、相手の言葉に賛成して、「いいですね」という意味を表す。

2 、Ｂの「結構」は、これ以上いらないと丁寧に断る言葉である。同じ「結構」でも、まるで反対の意味を表すのだ。したがって、「いかがですか」と菓子を勧めた人は、「結構」の意味を、前後の言葉、例えばＡの「いただきます」や、Ｂの「いえ」などによって、または、その言い方や調子によって判断する 3 。日本人には簡単なようでも、外国の人 4 使い分けが難しいのではないだろうか。

また、「結構」には、もう一つ、ちょっとあいまいに思えるような意味がある。

5 、「これ、結構おいしいね。」「結構似合うじゃない。」などである。この「結構」は、「かなりの程度に。なかなか。」というような意味を表す。「非常に。とても。」などと比べると、少しその程度が低いのだ。

いずれにしても、「結構」という言葉は結構あいまいな言葉ではある。

1　いただきますか　　　　　　　2　くださいますか

3　いかがですか　　　　　　　　4　いらっしゃいますか

2

1　これに対して　2　そればかりか　3　それとも　　　4　ところで

3

1　わけになる　　2　はずになる　　3　ものになる　　4　ことになる

4

1　に対しては　　2　にとっては　　3　によっては　　4　にしては

5

1　なぜなら　　　2　たとえば　　　3　そのため　　　4　ということは

翻譯與解題

◎ 問題 1 請從 1・2・3・4 之中選出一個最適合填入（　　）的答案。

□ **1** （　　）にあたって、お世話になった先生にあいさつに行った。

  1 就職した   2 就職する

  3 出勤した   4 出勤する

譯〉（　　）的時候，去向承蒙照顧的老師道謝了。
    1 找到工作了   2 找到工作
    3 上班了   4 去上班

□ **2** 森林の開発をめぐって、村の議会では（　　）。

  1 村長がスピーチした   2 反対派が多い

  3 話し合いが続けられた   4 自分の意見を述べよう

譯〉關於開發森林的議題，在村會議中（　　）。
    1 由村長舉行了演説   2 反對派占多數
    3 持續了討論   4 陳述自己的意見吧

□ **3** 飛行機がこわい（　　）が、事故が起きたらと思うと、できれば乗りたくない。

  1 わけだ   2 わけがない

  3 わけではない   4 どころではない

譯〉（　　）害怕搭飛機，但一想到萬一發生意外，可以的話還是盡量避免搭乘。
    1 難怪   2 不可能
    3 雖不至於   4 沒那個心情

□ **4** 激しい雨にもかかわらず、試合は（　　）。

  1 続けられた   2 中止になった

  3 見たいものだ   4 最後までやろう

譯〉儘管雨勢猛烈，比賽（　　）。
    1 仍然持續進行了   2 決定中止了
    3 真想見啊   4 持續比到最後吧

解題 1 ... **答案 (2)**

「（名詞・動詞辭書形）にあたって／在～的時候」表示「～するとき／做～的時候」之意。含有僅此一次特別之場合的心情。是生硬的表現方式。例如：会社の設立にあたり、多くの方々からご支援を頂きました。（此次成立公司，承蒙諸位的鼎力相助。）

其他 選項4由於「出勤／去上班」是每天進行的日常事務（並非僅此一次特別之場合），因此，沒有「出勤に当たって」這種敘述方式。

解題 2 ... **答案 (3)**

「（名詞）をめぐって／圍繞著～」用在針對（　）的內容進行議論、爭執、爭論的時候。例如：親の残した遺産を巡って兄弟は醜い争いを続けた。（兄弟姊妹為了爭奪父母留下來的遺產而不斷骨肉相殘。）

解題 3 ... **答案 (3)**

「盡量避免搭乘（飛機）」的理由，是因為前面的「一想到萬一發生意外」。由此得知答案要選擇表示否定前面「害怕搭飛機」的理由的語詞。「（［形容詞・動詞］普通形）わけではない／並不是～」用在想説明並不是特別～的時候。

其他 選項1「わけだ／難怪～」用於表達必然導致這樣的結果時。選項2「わけがない／不可能～」用於表達絕對不可能的時候。選項4「どころではない／何止～」表示哪裡還能～之意。

解題 4 ... **答案 (1)**

「（動詞辭書形）にもかかわらず／雖然～，但是～」表示儘管～，還是做～、不受～影響，做～的意思。從本題的題意來看「激しい雨なのに／儘管雨勢猛烈」之後應該是接「試合は続けられた／仍然持續進行了比賽」。

其他 「～にもかかわらず～」的「～」之後應該是接表示預料之外的行動或狀態的語詞。另外，本題不能接選項3的「見たいものだ／真想見啊」（表希望）或選項4的「～やろう／～吧」（表意向）這樣的用法。

《第一回 全真模考》 問題一

243

□ 5　A：「この本、おもしろいから読んでごらんよ。」

　　　B：「いやだよ。だって、漢字ばかり（　　　）。」

　　1　ことなんだ　　　　　　　　2　なんだこと

　　3　ものなんだ　　　　　　　　4　なんだもの

　　譯〉A：「這本書很有意思，你不妨讀一讀。」
　　　　B：「我才不要咧！因為裡面有一大堆漢字（　　　　　　）。」
　　　　1　的事情嘛　　　　　　　2　Ｘ
　　　　3　的東西嘛　　　　　　　4　嘛

□ 6　彼女は若いころは売れない歌手だったが、その後女優（　　　）大成功した。

　　1　にとって　　　　　　　　　2　として

　　3　にかけては　　　　　　　　4　といえば

　　譯〉她年輕時雖是個默默無聞的歌手，但是後來（　　　）了名氣響叮噹的女明星。
　　　　1　對～而言　　　　　　　2　成（成為）
　　　　3　以～來説　　　　　　　4　提到

□ 7　（　　　）以上、あなたが責任を取るべきだ。

　　1　社長である　　　　　　　　2　社長だ

　　3　社長の　　　　　　　　　　4　社長

　　譯〉既然（　　　　　），你就該扛起責任！
　　　　1　身為總經理　　　　　　2　是總經理啊
　　　　3　總經理的　　　　　　　4　總經理

□ 8　同僚の歓迎会でカラオケに行くことになった。歌は苦手だが、1曲歌わ（　　　）

　　だろう。

　　1　ないに違いない　　　　　　2　ないではいられない

　　3　ないわけにはいかない　　　4　ないに越したことはない

　　譯〉同事的迎新會決定去唱卡拉 OK 了。我雖然歌唱得不好，（　　　）連一首都不唱吧。
　　　　1　肯定不　　　　　　　　2　實在忍不住不
　　　　3　總不能　　　　　　　　4　若能不～就再好不過了

（解題）**5**

「（形容詞普通形、動詞普通形）もの／因為～嘛」口語形是「（形容詞普通形、動詞普通形）もん」，表示對理由進行辯解。例如：このパン、もういらない。硬いんだもん。（這塊麵包我不吃了。實在太硬了嘛！）所以本題是「漢字ばかり＋なのです＋もの／一大堆漢字＋是＋嘛」的形式。

（解題）**6**

（答案）**(2)**

「（名詞）として～／以～身份」表示以～的立場、資格、身份之意。「～」後面要接表示行動或狀態的敘述。例如：私は交換留学生として日本に来ました。（我是以交換學生的身分來到日本留學的。）

其他 選項1「にとって／對於～來說」大多以人為主語，表示以該人的立場來進行判斷之意。選項3「にかけては／在～這一點上」表示（名詞）在技術或能力上比任何人都優秀之意。

（解題）**7**

（答案）**(1)**

「（普通形）以上、～／既然～」表示既然～，當然就要做～的意思。前面要接（普通形），形容詞動詞跟名詞就要先接「である」。例如：学生である以上、アルバイトより勉学を優先しなさい。（既然是學生，比起打工，首先要用功讀書！

其他 ※「以上は／既然～，就～」也是一樣。還有，「からには／既然～」、「～上は／既然～就～」意思也是一樣。

（解題）**8**

（答案）**(3)**

「（動詞ない形）ないわけにはいかない／不能不～」表示由於某緣故不能不做～之意。例如：責任者なので、私が先に帰るわけにはいかないんです。（由於是負責人，我總不能自己先回去。）

其他 選項1「に違いない／一定是～」用表示在有所根據，並覺得肯定是～的時候。選項2「ないではいられない／不由自主地～」表示意志力無法控制地做～，不由自主地做～的心情之意。選項4「に越したことはない／最好是～」表示理所當然以～為好的意思。

□ **9** 何歳から子供にケータイを（　　）か、夫婦で話し合っている。

　1　持てる　　　　　　　　2　持たれる

　3　持たせる　　　　　　　4　持たされる

譯〉關於孩子幾歲時可以（　　）手機，夫妻正在討論。
　1　擁有　　　　　　　2　倚著
　3　讓他擁有　　　　　4　X

□ **10** 中学生が、世界の平和について真剣に討論するのを聞いて、私もいろいろ

　（　　）。

　1　考えられた　　　　　　2　考えさせた

　3　考えされた　　　　　　4　考えさせられた

譯〉聽到中學生認真地討論世界和平的議題，我也（　　　　）了許多。
　1　被認為　　　　　　2　X
　3　X　　　　　　　　4　隨之思考

□ **11** この薬はよく効くのだが、飲むと（　　）眠くなるので困る。

　1　ついに　　　　　　　　2　すぐに

　3　もうすぐ　　　　　　　4　やっと

譯〉這種藥雖然有效，但是服用之後（　　）感到睡意，因此有些困擾。
　1　終於　　　　　　2　就會馬上
　3　再過不久　　　　4　總算

□ **12** 失礼ですが、森先生の奥様で（　　）か。

　1　あります　　　　　　　2　いらっしゃいます

　3　おります　　　　　　　4　ございます

譯〉不好意思，請問（　　　）森老師的夫人嗎？
　1　有　　　　　　　2　是
　3　有　　　　　　　4　是

「持たせる／讓擁有」是「持つ／擁有」的使役形。例如：教師は生徒に教科書の詩を読ませた。（老師要學生讀了課本上的詩作。）題目的「子供にケータイを／讓小孩有手機」省略了主語「私たち夫婦は／我們夫婦」這一部分。

解題 10

答案 (4)

主語是「私／我」，表示「私も考えた／我也思考」的意思是使役被動形的「考えさせられた／隨之思考」。意思就是「孩子讓我思考了（使役形）→孩子讓我思考了（使役被動形）」，例如：小さい頃、私は父によくタバコを買いに行かされました。（小時候，爸爸常派我去跑腿買菸。）

解題 11

答案 (2)

「すぐに／立即」表示時間極為短暫的樣子。「すぐ／馬上」跟「すぐに」意思雖然一樣，但「すぐ」有兩個意思，可以表示時間很短跟距離很近的樣子。例如：駅はすぐそこです。（車站就在不遠的那邊。）
其他▶ 選項1「ついに／終於」表示最後終於實現了之意。選項3「もうすぐ／再過不久」用於表達從現在開始到發生該事之間的時間是很短的。選項4「やっと／總算」跟「ついに」意思雖然相似，但語含所期待的事情實現了的喜悅心情。

解題 12

答案 (2)

由於是「先生の奥様／老師的尊夫人」，所以要使用「（～さん）ですか／是（～先生・小姐）嗎」的尊敬用法「（～さん）でいらっしゃいますか／您是（～先生・小姐）嗎」。例如：こちらがこの度文学賞を受賞されました高田義夫先生でいらっしゃいます。（這位是榮獲本屆文學獎的作家高田義夫老師。）

◎ 問題 2 下文的 ___★___ 中該填入哪個選項，請從 1・2・3・4 之中選出一個最適合的答案。

□ 1 ＿＿＿＿＿　___★___　＿＿＿＿＿ が売れているそうだ。

　　1 高齢者　　　2 衣服　　　3 向けに　　　4 デザインされた

　　答〉高齢者向けにデザインされた衣服が売れているそうだ。
　　　　（聽説專為銀髮族設計的衣服十分暢銷。）

□ 2 ここからは、部長に ＿＿＿＿＿ ＿＿＿＿＿ ___★___ ＿＿＿＿＿ させていただきます。

　　1 私が　　　　　　　　　　2 説明
　　3 設計担当の　　　　　　　4 かわりまして

　　答〉ここからは、部長にかわりまして設計担当の私が説明させていただきます。
　　　　（以上是經理的説明，接著將由負責設計的我來向各位報告。）

□ 3 収入も不安定なようだし、＿＿＿＿＿ ＿＿＿＿＿ ___★___ ＿＿＿＿＿ 、うちの娘を
　　結婚させるわけにはいかないよ。

　　1 からして　　　　　　　　2 君と
　　3 学生のような　　　　　　4 服装

　　答〉収入も不安定なようだし、服装からして学生のような君と、うちの娘を結婚させるわけにはいかないよ。
　　　　（你的收入似乎不太穩定，而且從穿著打扮看起來也還像個學生，所以我實在不能同意你和我女兒結婚。）

□ 4 週末は旅行に行く予定だったが、＿＿＿＿＿ ＿＿＿＿＿ ___★___ ＿＿＿＿＿ ではなくなってしまった。

　　1 突然　　　2 どころ　　3 母が倒れて　　　4 それ

　　答〉週末は旅行に行く予定だったが、突然母が倒れてそれどころではなくなってしまった。
　　　　（原本已經計畫好這個週末出門旅行，沒想到家母突然病倒了，根本沒那個心情去玩了。）

□ 5 ＿＿＿＿＿ ＿＿＿＿＿ ___★___ ＿＿＿＿＿ 負けません。

　　1 だれにも　　　　　　　　2 かけては
　　3 ことに　　　　　　　　　4 あきらめない

　　答〉あきらめないことにかけてはだれにも負けません。
　　　　（在絕不放棄這一點上我絕不輸給任何人。）

解題 **1**

答案 **(4)**

由於「～向け／專為～」的前面應連接名詞，因此從語意考量選項 1 要連接選項 3。由此可知述語「が売れている／十分暢銷」的前面要填入最後剩下的名詞選項 2。

其他 「（名詞）向けだ／專為～」表示被認為適合於～的意思。例如：こちらは幼児向けの英会話教室です。（這裡是專教幼兒的英語會話教室。）

解題 **2**

答案 **(1)**

述語「させていただきます／由我來」前面應填入選項 2。「～にかわって、私が／接著將由我」這一用法的選項 1「私が／我」的前面，應填入選項 3 來進行修飾。

其他 「（名詞）にかわって／代替～」用於表達並非一如往常的～，並非是一直以來的～之時。例如：今日は佐々木先生にかわって、私が授業をします。（今天由我代替佐佐木老師上課。）

解題 **3**

答案 **(3)**

由於選項 1「からして／從～來看～」前面應接名詞，所以 1 要連接選項 4。從句意知道要連接「君と娘を結婚～／你和我女兒結婚」，因此選項 4、1、3 是用來修飾選項 2。

其他 「からして／從～來看～」用在舉出不重要的例子，表示重要部分當然也是如此的意思。「わけにはいかない／沒有辦法～」表示有原因而無法做某事之意。

解題 **4**

答案 **(4)**

留意選項 2 的「どころ／心情」部分，可知這是句型「どころではない／哪裡還能～」的應用。「どころではない」前面要填入的是名詞的選項 4。而之前應填入選項 1 與 3。

其他 「（名詞、動詞辭書形）どころではない」用於表達沒有餘裕做～的時候。例如：明日は大雨だよ。登山どころじゃないよ。（明天會下大雨啦，怎麼可以爬山呢！）

解題 **5**

答案 **(2)**

本題應從「だれにも負けません／絕不輸給任何人」這句話開始解題。「～にかけては／在～這一點上」句型中「～」處應填入選項 4 與 3。

其他 「にかけては」表示比任何人能力都強之意。

《第一回 全真模考》 問題二

◎ 問題 3 於閱讀下述文章之後，就整體文章的內容作答第 ⬚**1** 至 ⬚**5** 題，並從 1・2・3・4 選項中選出一個最適合的答案。

マナーの違(ちが)い

　日本(にほん)では、人(ひと)に物(もの)を差(さ)し上(あ)げる場合(ばあい)、「粗末(そまつ)なものですが」と言(い)って差(さ)し上(あ)げる習慣(しゅうかん)がある。ところが、欧米人(おうべいじん)などは、そうではない。「すごくおいしいので」とか、「とっても素晴(すば)らしい物(もの)です」といって差(さ)し上(あ)げる。

　そして、日本人(にほんじん)のこの習慣(しゅうかん)について、 ⬚**1** 言(い)う。

　「つまらないと思(おも)っている物(もの)を人(ひと)に差(さ)し上(あ)げるなんて、失礼(しつれい)だ。」と。

　 ⬚**2** 。私(わたし)は、そうは思(おも)わない。日本人(にほんじん)は相手(あいて)のすばらしさを尊重(そんちょう)し強調(きょうちょう)する ⬚**3** 、自分(じぶん)の物(もの)を低(ひく)めて言(い)うのだ。「とても素晴(すば)らしいあなた。あなたに差(さ)し上(あ)げるにしては、これはとても粗末(そまつ)^(注1) なものです。」と言(い)っているのではないだろうか。

　そして、日本人(にほんじん)は逆(ぎゃく)に欧米(おうべい)の習慣(しゅうかん)に対(たい)して、「自分(じぶん)の物(もの)を褒(ほ)めるなんて」と非難(ひなん)する。

　私(わたし)は、これもおかしいと思(おも)う。自分(じぶん)の物(もの)を素晴(すば)らしいから、おいしいからと言(い)って人(ひと)に差(さ)し上(あ)げるのも、相手(あいて)を素晴(すば)らしいと思(おも)っているからなのだ。「すばらしいあなた。これは、そんな素晴(すば)らしいあなたにふさわしいものですから、 ⬚**4** 。」と言(い)っているのだと思(おも)う。

　 ⬚**5** 、どちらも心(こころ)の底(そこ)にある気持(きも)ちは同(おな)じで、相手(あいて)のすばらしさを表現(ひょうげん)するための表現(ひょうげん)なのだ。その同(おな)じ気持(きも)ちが、全(まった)く反対(はんたい)の言葉(ことば)で表現(ひょうげん)されるというのは非常(ひじょう)に興味深(きょうみぶか)いことに思(おも)われる。

(注1) 粗末(そまつ)：品質(ひんしつ)が悪(わる)いこと

不同的禮儀

在日本，致贈物品時習慣向對方說一句「區區小東西，不成敬意」。但是歐美人士的做法就不同了，他們會告訴對方「這是很好的東西」或是「這是非常高檔的東西」。

並且，歐美人士對於日本人的這種習慣　1　認為：
「拿自己覺得沒價值的東西送給別人，實在很失禮。」

　2　我並不這麼認為。日本人是為了強調尊崇對方，因而用這樣的說法　3　貶低自己的東西。我覺得日本人的言下之意，其實應該是：「您實在了不起！與您的崇高相較，送給您的這件東西只能算是粗製濫造（注1）的小東西。」

相反地，日本人也譴責歐美贈禮時的習慣，認為那是「居然自己吹捧自己的東西！」

我認為這種想法也很奇怪。歐美人士之所以把自己口中形容是很高檔、很美味的東西送給人家，就是因為覺得對方是位了不起的人物，所以告訴對方：「您真了不起！這件好東西配得上您的崇高，　4　。」

　5　，不論是日本人或是歐美人士，二者心底的想法其實都相同，同樣是為了表示對方的崇高。同樣的思惟，卻使用完全相反的話語來表達，我認為這相當值得深究。

（注1）粗末：品質不佳。

□ 1

1 そう	2 こう
3 そうして	4 こうして

譯〉
1 那樣	2 如此
3 於是	4 就這樣

□ 2

1 そう思うか	2 そうだろうか
3 そうだったのか	4 そうではないか

譯〉
1 這樣想嗎	2 是這樣嗎
3 原來是這樣	4 難道不是嗎

□ 3

1 かぎり	2 あまり
3 あげく	4 ものの

譯〉
1 只要	2 刻意
3 到最後	4 儘管是

□ 4

1 受け取らせます	2 受け取らせてください
3 受け取ってください	4 受け取ってあげます

譯〉
1 Ｘ	2 請容我收下
3 請您收下	4 （看你可憐）那我就收了吧

□ 5

1 つまり	2 ところが
3 なぜなら	4 とはいえ

譯〉
1 亦即	2 然而
3 因為	4 話説回來

（解題）**1**

　　　1　　所指的是下一行的「つまらないと〜失礼だ／沒價值的〜實在很失禮」這一部分。由於是緊接在後面，知道正確答案應該是指近處的「こう／如此」。「こう」跟「このように／如前所述」意思相同。而「こうして／就這樣」是「このようにして／像這樣做」的簡略說法，由於是指動作的語詞，所以不正確。

（答案）**(2)**

（解題）**2**

　　接下來的句子是「私はそうは思わない／我並不這麼認為」。這是用在敘述相反意見時，先詢問聽話者「そうだろうか／是這樣嗎」，然後得出「いや、そうではない／不，並非如此」這一結論的用法。此為其例。

（答案）**(2)**

（解題）**3**

　　從　　3　　前後文的關係來看，得知答案要的是順接像「だから／因此、それで／所以」等詞。2的「〜あまり／由於過度〜」表示因為程度過於〜之意。後面應接導致跟一般結果不同的內容。
　其他　選項1「かぎり／只要〜」表示限定。選項3「あげく／〜到最後」表示負面的結果。選項4「ものの／儘管〜卻〜」表示逆接。

（答案）**(2)**

（解題）**4**

　　這裡要回答的是敬獻給對方物品之時所說的詞語。「受け取る／收下」的主語是「あなた／您」。
　其他　選項1「〜せる／讓〜」是使役形。例如：子供を塾に行かせます。(我讓孩子上補習班。)選項2「〜せてください／請讓〜做〜」以使役形來請對方允許自己做某事的說法。選項4「〜てあげます／(為他人)做〜」強調自己為對方做某事的說法。

（答案）**(3)**

《第一回 全真模考》問題三

（解題）**5**

　　看到以「どちらも／不論」開始的句子，得知內容應為總結上文的內容。「つまり／亦即」是到此為止所敘述的事情，以換句話說來總結的副詞。

（答案）**(1)**

◎ 問題 1 請從 1・2・3・4 之中選出一個最適合填入（　　）的答案。

□ **1** 秋は天気が変わりやすい。黒い雲で空がいっぱいになった（　　）、今は真っ青な空に雲ひとつない。

1　うちに

2　際に

3　かと思ったら

4　のみならず

譯〉秋季天氣多變。（　　）還烏雲密布，現在又是萬里無雲的晴空了。

1　趁～的時候

2　之際

3　前一刻

4　不僅如此

□ **2** 佐々木さんに対して、（　　）。

1　失礼な態度をとってしまいました

2　悪いうわさを聞きました

3　あまり好きではありません

4　知っていることがあったら教えてください

譯〉（　　）佐佐木小姐。

1　在言行舉止上冒犯了

2　聽到了不好的傳聞

3　不太喜歡

4　如果有知道的訊息請告訴我

□ **3** 今は、（　　）にかかわらず、いつでも食べたい果物が食べられる。

1　夏

2　季節

3　1年中

4　春から秋まで

譯〉現在不分（　　），隨時都能吃到想吃的水果。

1　夏天

2　季節

3　一年到頭

4　從春天到秋天

□ **4** いい選手だからといって、いい監督になれる（　　）。

1　かねない

2　わけではない

3　に違いない

4　というものだ

譯〉即使是優秀的運動員，也（　　）就能成為優秀的教練。

1　說不定

2　未必

3　肯定是

4　就是這樣

（解題）**1**　　　　　　　　　　　　　　　　　　（答案）**(3)**

「（動詞た形）かと思ったら／剛～馬上就～」表示剛～之後馬上，接下來的事情有令人意外的巨大變化的樣子。

其他　選項1「うちに／趁～的時候」有：①趁著～消失前；②在～的期間發生變化之意。選項2「際に／～時」意思是～的時候。説法比較生硬。選項4「のみならず／不僅～，也～」用於表達不僅限於某範圍，還有更進一層的情況時。

（解題）**2**　　　　　　　　　　　　　　　　　　（答案）**(1)**

「（名詞）に対して／對（於）～」有下面兩個意思：①表示以～為對象進行某動作，也表示以～為對象，施予感情；②相較於～。本題是①的意思。

其他　選項2、4如果題目改為「佐々木さんについて／關於佐佐木小姐」就正確。「聞きました／聽到了」或「知っている／知道」並不符合①的「動作をする／進行某動作」這一説法，因此，不能用「に対して」。選項3如果改成「佐々木さんが」就正確。

（解題）**3**　　　　　　　　　　　　　　　　　　（答案）**(2)**

「（名詞）にかかわらず／不管～都～」表示跟～都無關之意。例如：荷物の送料は、大きさにかかわらず、ひとつ 300 円です。（貨物的運費，不計尺寸，一律每件三百圓。）

（解題）**4**　　　　　　　　　　　　　　　　　　（答案）**(2)**

「（普通形）からといって／即使～，也不能～」後面伴隨著部分否定的表達方式，表示「（即使）根據～這一理由，也會跟料想的有所不同」之意。選項2「わけではない／並不是～」表示不能説全部都～，是部分否定的表達方式。本題要説的是不能以優秀的運動員為理由，就説所有的人都能成為優秀的教練。

其他　選項1「かねない／説不定將會～」表示有發生～這種不良結果的可能性。

□ **5** 私がミスしたばかりに、（　　）。

1 私の責任だ

2 もっと注意しよう

3 とうとう成功した

4 みんなに迷惑をかけた

> 譯 只因為我的失誤，（　　）。
> 1 是我的責任
> 2 以後要更加留意
> 3 終於成功了
> 4 造成了大家的困擾

□ **6** 弟とは、私が国を出るときに会った（　　）、その後 10 年会ってないんです。

1 末

2 きり

3 ところ

4 あげく

> 譯 我和弟弟，（　　）我出國時見過一面，之後已經十年沒見了。
> 1 經過～最後
> 2 自從
> 3 的時候
> 4 到頭來

□ **7** 来週の就職面接のことを考えると、（　　）でしかたがない。

1 心配

2 緊張

3 無理

4 真剣

> 譯 一想到下星期要去公司面試，就（　　）得不得了。
> 1 擔心
> 2 緊張
> 3 勉強
> 4 認真

□ **8** 子供のころは、兄とよく虫をつかまえて遊んだ（　　）。

1 ことだ

2 ことがある

3 ものだ

4 ものがある

> 譯 小時候，我常和哥哥抓蟲子來玩（　　）！
> 1 的事
> 2 有那種事
> 3 呢
> 4 有那種東西

(解題) **5**

「（動詞た形）ばかりに／都是因為〜，結果〜」用於表達因為〜的緣故，造成不良結果時。例如：私が契約内容を確認しなかったばかりに、会社にを与えてしまった。（只因為我沒有確認合約內容，結果造成了公司的虧損。）「〜たばかりに、〜」後面要接不良結果的表達方式。

(解題) **6**

答案 (2)

本題從語意考量，要表示「我出國時見的是最後一面」之意的是2「きり／自從〜就一直〜」。「（動詞た形）きり」表示某動作之後，該狀態便一直持續著，接下來該發生的事態並沒有發生的樣子。

其他 選項1「〜末（に）〜／經過〜最後」經過各種〜，最後得到〜的結果之意。選項3「〜ところ、〜／〜後」後續表示事情成立和發現的契機。選項4「〜あげく、〜／結果〜」用於表達經過各種〜之後，最後導致不良的結果之意。

(解題) **7**

答案 (1)

「（動詞て形、形容詞て形、形容動詞詞幹で）しかたがない／〜得不得了」表示感到極為〜之意。是說話人表達自己的心情及身體狀態的說法。

其他 選項2如果改為「緊張してしかたがない／緊張得不得了」就正確。選項3「無理／勉強」及選項4「真剣／認真」因為都不是表示說話人的感情或身體狀況的語詞，因此無法使用。

(解題) **8**

答案 (3)

從題意得知本題講的是過去的回憶。用於緬懷過往的習慣是3的「（動詞た形）ものだ／以前〜呢」。

※「ものだ」有：①緬懷過往的習慣；②強烈的感慨〜；③〜為真理；④就常識而言，最好〜等意思。

其他 選項1「〜ことだ／應當〜」忠告對方，做〜將更加理想。例如：熱があるなら、温かくすることだよ。（如果發燒了，應該穿暖和一點喔！）

□ **9** 空港で、誰かに荷物を（　　　）、私のかばんは、そのまま戻ってこなかった。

　　1　間違えて

　　2　間違えられて

　　3　間違えさせて

　　4　間違えさせられて

　　譯〉 我的旅行箱在機場不知道被誰（　　　　　　　），就這樣再也沒回來了。

　　　　1　弄錯

　　　　2　誤拿

　　　　3　Ｘ

　　　　4　Ｘ

□ **10** 日本酒は、米（　　　）造られているのを知っていますか。

　　1　から

　　2　で

　　3　によって

　　4　をもとに

　　譯〉 你知道日本酒（　　）米釀製而成的嗎？

　　　　1　是由

　　　　2　是以

　　　　3　由

　　　　4　以〜為本

□ **11** 熱があって今日学校を休むから、先生にそう伝えて（　　　）？

　　1　もらう

　　2　あげる

　　3　もらえる

　　4　あげられる

　　譯〉 可以（　　　　）轉告老師，我今天發燒要請假嗎？

　　　　1　請求

　　　　2　給予

　　　　3　幫忙

　　　　4　讓

□ **12** 来週のパーティーで、奥様に（　　　）のを楽しみにしております。

　　1　拝見する

　　2　会われる

　　3　お会いになる

　　4　お目にかかる

　　譯〉 很期待在下星期的酒會（　　）尊夫人。

　　　　1　拜見

　　　　2　見面

　　　　3　會面

　　　　4　見到

(解題) 9　　　　　　　　　　　　　　　　　　**答案 (2)**

這是因受害而感到困惑的被動形句子。主語的「私は／我」被省略了。例如：滿員電車で足を踏まれた。（在擠滿乘客的電車裡被人踩了腳。）

(解題) 10　　　　　　　　　　　　　　　　　**答案 (1)**

這是表示原料的被動形，例如：日本の醤油は大豆から造られています。（日本的醬油是用黃豆釀製而成的。）表示材料的被動形，例如：この寺は木で造られています。（這間寺院是以木材建造的。）

(解題) 11　　　　　　　　　　　　　　　　　**答案 (3)**

本題要選出符合「請幫我（那樣）轉告（老師）」這一題意的選項。從最後的「？」，知道這是疑問句。正確答案是「伝えてもらえませんか／能否幫忙轉告呢？」的普通體（口語體）「伝えてもらえる？／能幫忙轉告一下嗎？」

(解題) 12　　　　　　　　　　　　　　　　　**答案 (4)**

由於本題中期待的人是「私／我」，以「私」為主語，得知需選出謙讓的表現方式。正確答案是「会う／碰面」的謙讓語「お目にかかる／見到」。
其他 選項 1 是「見る／見面」的謙讓語。選項 2、3 是「会う／碰面」的尊敬語。

◎ 問題 2 下文的＿＿＿★＿＿＿中該填入哪個選項，請從 1・2・3・4 之中選出一個最適合的答案。

□ **1** 退職は、＿＿＿＿　＿＿＿＿　★　＿＿＿＿　ことです。

　　1　上で　　　　　　　　　　2　考えた

　　3　よく　　　　　　　　　　4　決めた

　　答〉退職は、よく考えた上で決めたことです。
　　　　（關於離職這件事，我是經過仔細的思考之後才做出了決定。）

□ **2** 大きい病院は、＿＿＿＿　＿＿＿＿　★　＿＿＿＿　ということも少なくない。

　　1　何時間も　　　　　　　　2　5分

　　3　診察は　　　　　　　　　4　待たされたあげく

　　答〉大きい病院は、何時間も待たされたあげく診察は5分ということも少なくない。
　　　　（到大醫院就診，在苦等了好幾個鐘頭之後，醫師卻只花五分鐘診療的情況並不罕見。）

□ **3** 生活が＿＿＿＿　＿＿＿＿　★　＿＿＿＿　失っていくように思えてならない。

　　1　なるにつれ　　　　　　　2　私たちの心は

　　3　豊かに　　　　　　　　　4　大切なものを

　　答〉生活が豊かになるにつれ私たちの心は大切なものを失っていくように思えてならない。
　　　　（不僅讓人感到，隨著生活愈趨富裕，我們的心卻逐漸遺忘了真正重要的東西。）

□ **4** この薬は、1回に1錠から3錠まで、その時の＿＿＿＿　＿＿＿＿　★　＿＿＿＿
　　ください。

　　1　応じて　　　　　　　　　2　痛みに

　　3　使う　　　　　　　　　　4　ようにして

　　答〉この薬は、1回に1錠から3錠まで、その時の痛みに応じて使うようにしてください。
　　　　（這種藥的服用方式，請依照當下疼痛的程度，每次吃一粒至最多三粒。）

□ **5** 同じ場所でも、写真にすると＿＿＿＿　＿＿＿＿　★　＿＿＿＿　に見えるものだ。

　　1　すばらしい景色　　　　　2　次第で

　　3　カメラマン　　　　　　　4　の腕

　　答〉同じ場所でも、写真にするとカメラマンの腕次第ですばらしい景色に見えるものだ。
　　　　（即使是在同樣的地方，視攝影師的技術，有時候可以拍出壯觀的風景。）

解題 **1** **答案 (1)**

選項1「上で／在～之後」表示先進行～，再做～的意思。從選項2與選項4的意思得知順序是2→1→4。而選項3應該接在選項2的前面。

其他 「（動詞た形、名詞の）うえで～／之後（再）～」用於表達先進行前面的～，後面再採取下一個動作做～時。

解題 **2** **答案 (3)**

從意思上來考量，得知表示「時間」的選項1與選項2、跟表示「行為」的選項3與選項4是成對的。「～あげく／～到最後」用於表達經過一番波折之後，最後導致不良的結果時。如此一來順序就是1連接4、3連接2。

其他 「あげく／～到最後」。例如：さんざん道に迷ったあげく、元の場所に戻ってしまった。（迷路了老半天，最後還是繞回到了原本的地方。）

解題 **3** **答案 (2)**

「生活が／生活」之後要連接選項3、1。「失っている／逐漸遺忘了」前面要填入選項4。

其他 「につれて／隨著～」用於表達隨著一方的變化，另一方也隨之發生相應的變化時。例如：町に近づくにつれて、渋滞がひどくなってきた。（愈接近城鎮，塞車情況愈嚴重了。）

解題 **4** **答案 (3)**

選項2的「痛み／疼痛」是形容詞「痛い／痛」的名詞化用法。「（名詞）に応じて／依照～」表示依據～的情況，而發生變化的意思，由此得知選項2與選項1連接。「（動詞辭書形）ようにします／為了～」表示為了使該狀態成立，而留意、小心翼翼的做某事之意。得知選項3與4連接，並填在「ください／請～」之前。從句尾的「～てください／請～」得知這是醫生在説明藥物的使用方法。

解題 **5** **答案 (2)**

「に見える／展現出」前面應填入1。接下來雖然想讓選項3、2相連，但由於「腕／技術」是表示技術的意思，所以選項3的後面應該連接選項4，之後再接選項2。

其他 「次第だ／要看～而定」用於表達全憑～的情況而決定的意思。例如：試験の結果次第では、奨学金をもらえるので、がんばりたい。（獎學金能否申領，端視考試結果而定，所以我想努力準備。）

◎ 問題 3 於閱讀下述文章之後，就整體文章的內容作答第 ⬚ 1 ⬚ 至 ⬚ 5 ⬚ 題，
並從 1・2・3・4 選項中選出一個最適合的答案。

自転車の事故

最近、自転車の事故が増えている。つい先日も、登校中の中学生の自転車がお年寄りに衝突し、そのお年寄りははね飛ばされて強く頭を打ち、翌日死亡するという事故があった。

自転車は、明治30年代に急速に普及すると同時に事故も増えたということだが、現代では自転車の事故が年間 10 万件余りも起きているそうである。

自転車の運転者が最も気をつけなければならないこと。それは、自転車は車の一種である ⬚ 1 ⬚ をしっかり頭に入れて運転することだ。車の一種なのだから、原則として車道を走る。「自転車通行可」の標識がある歩道のみ、歩道を走ることができる。

⬚ 2 ⬚ 、その場合も、車道側を歩行者に十分気をつけて走らなければならない。また、車道を走る場合は、車道のいちばん左側を走ることと ⬚ 3 ⬚ 。

最近、「歩車分離式信号」という信号ができた。交差点で、同方向に進む車両と歩行者の信号機を別にする方法である。この信号機で車と歩行者の事故はかなり減ったそうであるが、自転車に乗ったまま渡る人は車の信号に従うということを自転車の運転者と車の運転手の両者が知らないと、今度は、自転車が車の被害にあうといった事故に ⬚ 4 ⬚ 。

また、最近自転車を見ていてハラハラするのは、イヤホンを付けての運転や、ケータイ電話を ⬚ 5 ⬚ の運転である。これらも交通規則違反なのだが、規則自体が、まだ十分には知られていないのが現状だ。

いずれにしても、自転車の事故が急増している今、行政側が何らかの対策を急ぎ講じる必要があると思われる。

〈自行車釀成的交通事故〉

近來，自行車釀成的交通事故日漸增加。就在幾天前才發生了一起這樣的車禍——某個中學生騎乘自行車上學的途中撞到了一位老人家，老人家應聲彈飛出去，落地時頭部受到嚴重的撞擊，於隔天離開了人世。

自行車是從明治三十年代開始大量普及的，於此同時，也逐漸發生了相關的交通事故。根據統計，近年來自行車所導致的車禍，竟然每年超過了十萬件。自行車騎士最需要注意的是，在騎乘自行車的時候，必須將「自行車也屬於某種車輛」 ⬚1⬚ 牢牢記在腦海裡。既然屬於車輛，原則上就應該行駛於車道，除非是標示著「自行車得以通行」的人行道才可以騎在上面。

⬚2⬚ ，即使是在人行道上，騎乘的時候也必須非常留意走在靠近車道的行人。此外，當騎在車道上的時候， ⬚3⬚ 騎在車道的最左側。

最近，路上裝設了「人車分離式交通號誌」，也就是在十字路口，朝相同方向前進的車輛和行人的交通號誌各不相同。據說自從裝設這種交通號誌之後，大幅減少了車輛與行人的交通事故。但是，假如自行車騎士和車輛駕駛人都不知道騎著自行車過馬路的人必須遵守車輛的號誌，這時候 ⬚4⬚ 自行車反倒會遭到車輛的追撞而發生事故。

除此之外，我最近在路上還目睹了令人心驚膽戰的自行車騎法，例如戴著耳機騎車，或者 ⬚5⬚ 行動電話一邊騎車。這些舉動同樣都違反了交通規則，但是目前大眾不太了解有這樣的規則。

總而言之，值此自行車造成的車禍急遽增加的現況，我認為行政單位必須盡快做出因應的對策。

□ **1**

1　というもの　　　　　　2　とのこと

3　ということ　　　　　　4　といったもの

譯　1　像這樣的事　　　　　2　之事
　　3　這件事　　　　　　　4　據説是那樣的東西

□ **2**

1　ただ　　　　　　　　　2　そのうえ

3　ところが　　　　　　　4　したがって

譯　1　然而　　　　　　　　2　不僅如此
　　3　可是　　　　　　　　4　因此

□ **3**

1　決める　　　　　　　　2　決まる

3　決めている　　　　　　4　決まっている

譯　1　認定　　　　　　　　2　決定
　　3　認定　　　　　　　　4　一定要

□ **4**

1　なりかねる　　　　　　2　なりかねない

3　なりかねている　　　　4　なりかねなかったのだ

譯　1　肯定　　　　　　　　2　或許
　　3　✕　　　　　　　　　4　✕

□ **5**

1　使い次第　　　　　　　2　使ったきり

3　使わずじまい　　　　　4　使いながら

譯　1　視使用狀況而定　　　2　使用完之後就〜
　　3　不得不使用　　　　　4　一邊使用

〔解題〕**1**　　　　　　　　　　　　　　　　　　　【答案】**(3)**

「～ということ／這件事」用於具體說明內容之時。
本文針對在騎乘自行車的時候，必須牢牢記在腦海裡
的事情是「自転車は車の一種である／自行車是屬於
車子的一種」這一具體的說明。例如：この文書には
歴史的価値があるということは、あまり知られてい
ない。（知道這份文件具有歷史價值的人並不多。）

〔解題〕**2**　　　　　　　　　　　　　　　　　　　【答案】**(1)**

　 2 　的前文是敘述有「歩道を走ることができる／得
以通行在人行道上」的情況，而後文則敘述在該情況下的
條件。選項1「ただ／然而，但是」用在先進行全面性敘
述，再追加條件及例外的情況。例如：森田先生は生徒に
厳しい。ただ、努力は認めてくれる。（森田老師對學生
很嚴格；但是他也會把學生的努力看在眼裡。）

〔解題〕**3**　　　　　　　　　　　　　　　　　　　【答案】**(4)**

表示規定要用自動詞「決まる／決定」的「ている形」
變成「（～と）決まっている／一定要～」，來表示
持續著的狀態。與「（～することに）なっている／
按規定～」用法相同。

〔解題〕**4**　　　　　　　　　　　　　　　　　　　【答案】**(2)**

「（動詞ます形）かねない／也許會～」表示有發生
不良結果的可能性之意。"或許會發生事故"是"可
能會發生事故"的意思。

其他 選項4 由於說的是最近所裝設的交通號誌的可能
性，而並非敘述過去的事情。

〔解題〕**5**　　　　　　　　　　　　　　　　　　　【答案】**(4)**

由於「戴著耳機騎車」與「 5 　行動電話一邊騎車」
兩件事並列。「付けて／戴著」表示配戴著的狀態。
而表示正在使用中這一狀態的，表達同時進行兩個
動作的4「（動詞ます形）ながら／～邊～邊」。

其他 選項1「次第／～後立即～」表示～後，就馬上
行動。選項2「きり／自從～就一直～」表示自～以
後，便未發生某事態。選項3「ずじまいだ／（結果）
沒能～」表示沒能做成～，就這樣結束了。

翻譯與解題

◎ 問題 1 請從 1・2・3・4 之中選出一個最適合填入（　　）的答案。

□ **1** 大切_{たいせつ}なことは、（　　）うちにメモしておいたほうがいいよ。

1 忘_{わす}れる　　　　　　　2 忘_{わす}れている

3 忘_{わす}れない　　　　　　4 忘_{わす}れなかった

譯〉重要的事，最好趁著還（　　）的時候先記錄下來比較好喔！
　　1 忘記　　　　　　　2 正在忘記
　　3 沒忘記　　　　　　4 當初並沒忘記

□ **2** 本日_{ほんじつ}の説明会_{せつめいかい}は、こちらのスケジュール（　　）行_{おこな}います。

1 に沿_そって　　　　　　2 に向_むけて

3 に応_{おう}じて　　　　　　4 につれて

譯〉今天的説明會，將（　　）這份時間表進行。
　　1 依照　　　　　　　2 朝著
　　3 因應　　　　　　　4 隨著

□ **3** この山_{やま}はいろいろなコースがありますから、子供_{こども}からお年寄_{としよ}りまで、年齢_{ねんれい}（　　）楽_{たの}しめますよ。

1 もかまわず　　　　　2 はともかく

3 に限_{かぎ}らず　　　　　　4 を問_とわず

譯〉這座山規劃了各種健行的路線，（　　）年齡，從小孩到長者都可以享受山林的樂趣喔！
　　1 連～也無妨　　　　2 總之
　　3 不限　　　　　　　4 不分

□ **4** ふるさとの母_{はは}のことが気_きになりながら、（　　）。

1 たまに電話_{でんわ}をしている　2 心配_{しんぱい}でしかたがない

3 もう3年_{ねん}帰_{かえ}っていない　4 来月_{らいげつ}帰_{かえ}る予定_{よてい}だ

譯〉心裡雖然放不下故鄉的母親，卻（　　）。
　　1 偶爾打電話給她　　2 擔心得不得了
　　3 已經三年沒回去了　4 預計下個月回去

(解題) **1**

(3)

「〜うちに／趁〜」的意思是在「發生了變化，趁〜消失前」之意。例如：温かいうちにお召し上がりください。（請趁熱吃。）意思是，趁著現在這碗湯還是熱的，尚未變成不熱（變涼）之前飲用。題目的意思是可能會隨著時間而淡忘，因此請趁著還沒忘記的時候先做。「忘れないうちに／趁著還沒忘記」和「忘れる前に／忘記之前」、「覚えているうちに／趁還記得的時候」這三句的意思都相同。

(解題) **2**

答案 **(1)**

「（名詞）に沿って／按照〜」表示符合〜，遵循〜之意。例如：本校では、年間の学習計画に沿って授業を進めています。（本校依循年度學習計劃進行授課。）

其他 選項2「（名詞）に向けて／向〜」表示方向或目的地，也表示對象或目標。選項3「（名詞）に応じて／按照〜」表示根據〜的情況而進行改變、發生變化。選項4「（名詞、動詞辭書形）につれて／隨著〜」用於表達一方產生變化，另一方也隨之發生相應的變化時。

(解題) **3**

答案 **(4)**

「（名詞）を問わず／不管〜，都〜」用於表達跟〜沒有關係，不管什麼都一樣之時。例如：この仕事は経験を問わず、誰でもできますよ。（這份工作不需要經驗，任何人都可以做喔！）

其他 選項1「もかまわず／不顧〜」表示不介意〜，而做某動作。選項2「はともかく／不管〜」現在暫且先不考慮〜之事的意思。選項3「に限らず／不僅〜連」表示不僅是〜連也都發生某狀況之意。

(解題) **4**

答案 **(3)**

「ながら／儘管〜」是雖然〜、明明〜卻〜的逆接用法。例如：彼が苦しんでいるのを知っていながら、僕は何もできなかった。（儘管知道他當時正承受著痛苦的折磨，我卻什麼忙也幫不上。）本題答案要能選出接在「心裡雖然放不下母親，卻〜」這一意思後面的選項。

□ **5** もう一度やり直せるものなら、（　　）。

1　本当に良かった　　　　　2　もう失敗はしない

3　絶対に無理だ　　　　　　4　大丈夫だろうか

譯〉假如能再給我一次機會，（　　）。

1　真的太好了　　　　　2　這回絕對不再失敗

3　絕對辦不到　　　　　4　不要緊嗎

□ **6** カメラは、性能も大切だが、旅行で持ち歩くことを考えれば、（　　）に越した

ことはない。

1　軽い　　　　　　　　　　2　重い

3　画質がいい　　　　　　　4　機能が多い

譯〉相機的性能儘管重要，但是考慮旅行時要隨身攜帶，當然是越（　　）越好。

1　輕　　　　　　　　　2　重

3　畫質佳　　　　　　　4　功能多

□ **7** 悩んだ（　　）、帰国を決めた。

1　せいで　　　　　　　　　2　ところで

3　わりに　　　　　　　　　4　末に

譯〉苦惱了許久，（　　）決定回國了。

1　由於　　　　　　　　2　之際

3　沒想到　　　　　　　4　最後

□ **8** この男にはいくつもの裏の顔がある。今回の強盗犯も、その中のひとつ（　　）。

1　というものだ　　　　　　2　どころではない

3　に越したことはない　　　4　にすぎない

譯〉這個男人擁有好幾張不為人知的面貌。比方這次當了強盜也（　　）其中之一罷了。

1　就是那樣　　　　　　2　沒那個心情

3　再好不過　　　　　　4　只不過是

(解題) **5**

(答案) **(2)**

「（動詞辭書形）ものなら～／要是能～就～」表示如果可以～的話，想做～，希望做～之意。例如：生まれ変われるものなら、次は女に生まれたいなあ。（假如還有來世，真希望可以生為女人啊！）本題的「這回絕對不再失敗」表示説話人的決心跟希望。

(解題) **6**

(答案) **(1)**

「（[形容詞・動詞] 普通形現在）に越したことはない／最好是～」當然以～為好的意思。例如：住む場所は便利であるに越したことはない。（居住的地點最講究的就是方便性了！）由於題目提到「旅行時要隨身攜帶」，因此答案要選「軽い／輕」。

其他 選項3、4講的是相機性能的優點，與題目的「性能も大切だが／性能儘管重要」意思互相矛盾。

(解題) **7**

(答案) **(4)**

「（動詞た形）末に／經過～最後」表示經過各種～，最後得到～的結果之意。例如：何度も会議を重ねた末に、ようやく結論が出た。（經過了無數次會議之後，總算得到結論了。）

其他 選項1「せいで／都怪～」用於表達由於～的影響而導致不良的結果時。選項2「ところで／就算～也不～」表示即使～也（得不到期許的結果）的逆接用法。選項3「わりに（割に）／雖然～但是～」用於表達從～跟所想的程度有出入時。

(解題) **8**

(答案) **(4)**

題目提到「好幾張～」與「（　）其中之一」。因此，由「很多張面孔的其中一張」即可得知，正確答案是具有「ただ、～だけ／不過是～而已」意涵的「に～すぎない／只不過～」。「（にすぎない／只是～」用於表達微不足道，程度有限之時。

其他 選項1「というものだ／就是～」表達對某事實提出看法或批判時。選項2「どころではない／哪裡還能～」表示強烈的否定沒有餘裕做～的意思。選項3「に越したことはない／最好是～」是當然以～為好的意思。

□ 9 先輩に無理にお酒を（　　）、その後のことは何も覚えていないんです。

　　1　飲んで　　　　　　　　　2　飲まれて

　　3　飲ませて　　　　　　　　4　飲まされて

　譯〉（　　）學長強迫（　　　　　）酒，之後的事什麼都不記得了。
　　　　1　喝下　　　　　　　　2　被喝
　　　　3　給〜喝　　　　　　　4　被〜灌

□ 10 こちらの商品をご希望の方は、本日中にお電話（　　）お申し込みください。

　　1　で　　　　　　　　　　2　に

　　3　から　　　　　　　　　4　によって

　譯〉想要購買這項商品的顧客，請於今天之內（　　）電話申請。【注：撥打電話＝來電】
　　　　1　撥打（使用）　　　　2　在
　　　　3　從　　　　　　　　　4　根據

□ 11 先生はいつも、私たち生徒の立場に立って（　　）ました。

　　1　いただき　　　　　　　　2　ください

　　3　さしあげ　　　　　　　　4　やり

　譯〉老師總是（　　）我們學生設身處地著想。
　　　　1　承蒙　　　　　　　　2　為
　　　　3　予以　　　　　　　　4　給

□ 12 では、明日 10 時に、御社に（　　）。

　　1　いらっしゃいます　　　　2　うかがいます

　　3　おります　　　　　　　　4　お見えになります

　譯〉那麼，明天十點（　　　　　）貴公司。
　　　　1　光臨　　　　　　　　2　將前往拜會
　　　　3　在　　　　　　　　　4　蒞臨

(解題) **9**　　　　　　　　　　　　　　　　　　　　　　　　答案 **(4)**

從題目的意思可以知道，「什麼都不記得」的人是「私／我」，而主詞是「私」的使役被動句。選項4的「飲まされて／被～灌」是在使役形「飲ませる／讓～喝」加上被動的「られる」成為「飲ませられる／被～灌」所變化而成的。例如：彼女と出かけると、いつも僕が荷物を持たされるんです。（一起出門時，她總是要我幫忙拿東西。）

(解題) **10**　　　　　　　　　　　　　　　　　　　　　　　答案 **(1)**

本題要選擇表示道具或手段的助詞「で／用～」。例如：はさみで切ってください。（請用剪刀剪斷。）

其他 選項4「によって／由～」雖然也表示方法、手段，但説法較為生硬，一般不使用在打電話等日常生活用的道具上。例如：本日の面接結果は、後日文書によってご通知します。（關於今天面試的結果，日後再以書面通知。）

(解題) **11**　　　　　　　　　　　　　　　　　　　　　　　答案 **(2)**

本題因為有「先生は／老師」，因此要選以他人為主語的「てくれました／給我～」的尊敬表達方式的「てくださいました／為我～」。

其他 選項1「ていただきました／承蒙～」是「てもらいました／讓～（我）為」的謙讓表達方式。主語是「私／我」。選項3「てさしあげました／（為他人）做～」是「てあげました／（為他人）做～」的謙讓表達方式。主語是「私」。選項4「てやりました／給～（做～）」用在對下級或動物身上。意思跟「てあげました」一樣。

(解題) **12**　　　　　　　　　　　　　　　　　　　　　　　答案 **(2)**

「御社／貴公司」是具有「そちらの会社／您的公司」「あなたの会社／你的公司」意涵的謙讓表達方式。本題主語是「私／我」。因此，要選「（そちらへ）行きます／前往（那裡）」的謙讓語「伺います／將前往拜會」。

其他 選項1「いらっしゃいます／光臨」是尊敬語。選項3「おります／在」是具有「います／在」意涵的謙讓語。選項4「お見えになります／蒞臨」是具有「来ます／來」意涵的尊敬語。

◎ 問題 2 下文的＿＿★＿＿中該填入哪個選項，請從 1・2・3・4 之中選出一個最適合的答案。

□ **1** 母が亡くなった。優しかった ＿＿＿＿ ＿＿＿＿ ＿★＿ ＿＿＿＿ 戻りたい。

　　1 母と　　　　　　　　　2 子供のころに
　　3 戻れるものなら　　　　4 暮らした

　答〉母が亡くなった。優しかった母と暮らした子供のころに戻れるものなら戻りたい。
　　　（家母過世了。真希望可以回到和溫柔的媽媽住在一起的孩提時光。）

□ **2** 結婚して ＿＿＿＿ ＿＿＿＿ ＿★＿ ＿＿＿＿ に気づいた。

　　1 はじめて　　　　　　　2 家族が
　　3 幸せ　　　　　　　　　4 いる

　答〉結婚してはじめて家族がいる幸せに気づいた。
　　　（結婚之後才第一次感受到了擁有家人的幸福。）

□ **3** 宿題が終わらない。＿＿＿＿ ＿＿＿＿ ＿★＿ ＿＿＿＿ 始めればいいのだが、それがなかなかできないのだ。

　　1 早く　　　　　　　　　2 あわてるくらい
　　3 なら　　　　　　　　　4 あとになって

　答〉宿題が終わらない。あとになってあわてるくらいなら早く始めればいいのだが、それがなかなかできないのだ。
　　　（功課寫不完。明知道與其之後才手忙腳亂不如提早動手做，卻總是無法身體力行。）

□ **4** ＿＿＿＿ ＿＿＿＿ ＿★＿ ＿＿＿＿ みんなに勇気を与える存在だ。

　　1 体に障害を　　　　　　2 いつも笑顔の
　　3 彼女は　　　　　　　　4 抱えながら

　答〉体に障害を抱えながらいつも笑顔の彼女はみんなに勇気を与える存在だ。
　　　（儘管有著身體的不便卻總是面帶笑容的她，帶給大家無比的勇氣。）

□ **5** これは、二十歳になったとき ＿＿＿＿ ＿＿＿＿ ＿★＿ ＿＿＿＿ 時計なんです。

　　1 記念の　　　　　　　　2 プレゼント
　　3 両親から　　　　　　　4 された

　答〉これは二十歳になったとき両親からプレゼントされた記念の時計なんです。
　　　（這是我滿二十歲的時候，爸媽送給了我作為紀念禮物的手錶。）

□ **1**　　　　　　　　　　　　　　　　　　　　　　　（答案）**(2)**

從「子供のころに戻る／回到孩提時光」來思量，順序就是 2 → 3。空格
前的「優しかった／溫柔的」之後應接「母／家母」，如此一來順序就是
1 → 4。這一部分是用來修飾「子供のころ／孩提時光」的。

其他　「ものなら／要是能～就～」表示如果能～的話之意。前面要接表示
可能的動詞。

（解題）**2**　　　　　　　　　　　　　　　　　　　　（答案）**(4)**

「に気づいた／感受到了」前面應填入選項 3。選項 2 與選項 4 連接。這
題是「てはじめて／第一次」句型的應用，得知選項 1 應該接在「結婚し
て／結婚之後」的後面。

其他　「てはじめて／做了～之後，才真正～」用於表達經歷了～之後，而
改變了到現在為止的認知時。

（解題）**3**　　　　　　　　　　　　　　　　　　　　（答案）**(3)**

「始めればいい／動手做」的前面應填入選項 1。如此一來順序就是選項
4 與選項 2 相連接。這題是「くらいなら／與其～不如～（比較好）」句
型的應用，知道選項 2 的後面應填入選項 3。

其他　「くらい／區區～」用於表達程度輕微的時候。例如：風邪くらいで
休むな。（區區小感冒，不准請假！）「くらいなら／與其忍受～還不如～」
用於表達比較兩件事物，不願選擇程度較低的一方。

（解題）**4**　　　　　　　　　　　　　　　　　　　　（答案）**(2)**

選項 1「～障害を／身體的不便」應後接選項 4「抱えながら／儘管有著」。
「抱える／抱著」具有攜帶行李或承受擔憂等，負擔著難以解決的事物之意
涵的動詞。另外，4 的「ながら／儘管～卻～」表示逆接，1 與 4 便成為「儘
管有著身體的不便」之意。雖想以 3 → 1 → 4 這樣的順序來進行排列，但
這樣一來就無法填入選項 2 了，考量 2 的位置，試著將 2 接在選項 3 之前，
前面再填入 1 跟 4。

（解題）**5**　　　　　　　　　　　　　　　　　　　　（答案）**(4)**

選項 2 的「プレゼント／禮物」可以變成「プレゼントする」這樣的動詞。
因此，能夠以順序 3 → 2 → 4 來造「（人）から～される／從（人）給～」
這樣的被動形句子。考量 1 該填入的位置，由於無法接在選項 3 之前，要填
於選項 4 之後，「時計／手錶」之前。「これは（記念の）時計です／這是（作
為紀念）的手錶」為本句的基本句，以 3 → 2 → 4 的順序對「時計」進行說明。

273

◎ 問題 3 於閱讀下述文章之後，就整體文章的內容作答第 ▢1▢ 至 ▢5▢ 題，並從 1・2・3・4 選項中選出一個最適合的答案。

「結構です」

「結構です」という日本語は、使い方がなかなか難しい。

例えば、よそのお宅にお邪魔しているとき、その家のかたに、「甘いお菓子がありますが、▢ 1 ▢ ?」と言われたとする。そのとき、次のような二種類の答えが考えられる。

A「ああ、結構ですね。いただきます。」

B「いえ、結構です。」

Aの「結構」は、相手の言葉に賛成して、「いいですね」という意味を表す。

▢ 2 ▢、Bの「結構」は、これ以上いらないと丁寧に断る言葉である。同じ「結構」でも、まるで反対の意味を表すのだ。したがって、「いかがですか」と菓子を勧めた人は、「結構」の意味を、前後の言葉、例えばAの「いただきます」や、Bの「いえ」などによって、または、その言い方や調子によって判断する ▢ 3 ▢。日本人には簡単なようでも、外国の人 ▢ 4 ▢ 使い分けが難しいのではないだろうか。

また、「結構」には、もう一つ、ちょっとあいまいに思えるような意味がある。

▢ 5 ▢、「これ、結構おいしいね。」「結構似合うじゃない。」などである。この「結構」は、「かなりの程度に。なかなか。」というような意味を表す。「非常に。とても。」などと比べると、少しその程度が低いのだ。

いずれにしても、「結構」という言葉は結構あいまいな言葉ではある。

「結構です」

　該如何正確運用「結構です」這句日語，相當不容易掌握。

　比方說，到別人家作客時，主人說：「家裡有甜點，[1]？」這時候，有以下兩種回答的方式：

　Ａ：「喔，好啊，那就不客氣了。」

　Ｂ：「不，不用了。」

　回答Ａ的「結構」意思是「好呀」，表示贊同對方。

　[2]，回答Ｂ的「結構」則是委婉拒絕對方，表示不再需要了。同樣一句「結構」，卻含有完全相反的語意。因此，當邀請對方吃甜點的人說出「要不要嚐一些呢」之後，在聽到對方回答「結構」時，必須根據其前後的語句，比如回答Ａ的「那就不客氣了」或是回答Ｂ的「不」，以及對方說話的口吻和語氣[3]。這在日本人看來很簡單，但[4]外國人[4]或許很難辨別該如何正確運用。

　此外，「結構」還有另一個有點模糊的含意。

　[5]，「這個還滿好吃的唷！」「挺適合你的嘛！」。這裡的「結構」，意思是「相當地、頗為」。與「非常、極為」相較之下，程度略低一些。

　總而言之，「結構」是一個頗為模糊的詞語。

1 いただきますか　　　　2 くださいますか

3 いかがですか　　　　　4 いらっしゃいますか

訳 1 可以嗎　　　　　　　2 願意嗎
　 3 要不要嚐一些呢（好嗎）　4 是嗎

□ 2

1 これに対して　　　　　2 そればかりか

3 それとも　　　　　　　4 ところで

訳 1 相較於此　　　　　　2 不僅如此
　 3 還是説　　　　　　　4 即便

□ 3

1 わけになる　　　　　　2 はずになる

3 ものになる　　　　　　4 ことになる

訳 1 Ｘ　　　　　　　　　2 Ｘ
　 3 成為　　　　　　　　4 判斷

□ 4

1 に対しては　　　　　　2 にとっては

3 によっては　　　　　　4 にしては

訳 1 相對於～　　　　　　2 對～而言
　 3 隨著～而　　　　　　4 就～來説

□ 5

1 なぜなら　　　　　　　2 たとえば

3 そのため　　　　　　　4 ということは

訳 1 那是因為　　　　　　2 舉例來説
　 3 也因此　　　　　　　4 也就是説

〔解題〕 1

這是推薦事物所用的語詞。「どうですか／要不要嚐一些呢」是有禮貌的説法。

〔解題〕 2

　　　2　　前面的文章是在説明 A，後面的文章是在説明 B。「（名詞、[形容詞・動詞] 普通形＋の）に対して／對（於）〜」表示與〜相比較，與〜情況不同的意思。例如：工場建設について住民の意見は、賛成 20% に対して、反対は 60% にのぼった。（關於建蓋工廠，當地居民有 20% 贊成，至於反對的人則高達了了 60%。）

〔解題〕 3

「ことになる／總是〜」用在表達從事實或情況來看，當然會有如此結果時。例如：頭のいい彼とゲームをすると、結局いつも僕が負けることになるんだ。（每次和頭腦聰明的他比賽，結果總是我輸。）

其他▶ 其他選項都不是句型。

〔解題〕 4

相較於「這在日本人看來很簡單」，而「但　　4　　外國人　　4　　或許很難」。「（名詞）にとって／對於〜來説」表示站在〜的立場，來判斷的意思。

其他▶ 選項 1「（名詞、[形容詞・動詞] 普通形＋の）に対して／對（於）〜」表示與〜相比較，與〜情況不同的意思。 選項 3「によっては／因為〜」表示就是因為〜的意思。選項 4「にしては／就〜而言算是〜」表示以〜這一現實的情況，跟預想的出入很大的意思。

《第三回 全真模考》問題三

〔解題〕 5

　　　5　　前面的文章説的是「結構／非常」的另一層意思。後面的文章則舉例加以説明。而 2 是用在舉例進行説明的時候。

其他▶ 選項 1「なぜなら／那是因為」用在説明原因、理由的時候。選項 3「そのため／也因此」用在敘述原因、理由之後，説明導致其結果的時候。

極めろ！
日本語能力試験 解説編

新制日檢！絕對合格 N1,N2,N3,N4,N5 文法全真模考三回 + 詳解

JAPANESE TESTING

五十音順	文法		中譯	讀書計畫
あ	あっての		有了…之後…才能…、沒有…就不能（沒有）…	
い	いかん…	いかんだ	…如何，要看…、能否…要看…、取決於…	
		いかんで（は）	要看…如何、取決於…	
		いかんにかかわらず	無論…都…	
		いかんによって（は）	根據…、要看…如何、取決於…	
		いかんによらず、によらず	不管…如何、無論…為何、不按…	
う	うが…	うが、うと（も）	不管是…、即使…也…	
		うが～うが、うと～うと	不管是…、…也好…也好、無論是…還是…	
		うが～まいが	不管是…不是…、不管…不…	
	うと～まいと		做…不做…都…、不管…不	
	うにも～ない		即使想…也不能…	
	うものなら		如果要…的話，就…	
か	かぎりだ		真是太…、…得不能再…了、極其…	
	がさいご、たらさいご		（一旦…）就必須…、（一…）就非得…	
	かた…	かたがた	順便…、兼…、一面…一面…、邊…邊…	
		かたわら	一邊…一邊…、同時還…	
	がてら		順便、在…同時、借…之便	
	（か）とおもいきや		原以為…、誰知道…	
	がはやいか		剛一…就…	
	がゆえ（に）、がゆえの、（が）ゆえだ		因為是…的關係；…才有的…	
	からある、からする、からの		足有…之多…、值…、…以上	
	かれ～かれ		或…或…、是…是…	
き	きらいがある		有一點…、總愛…	
	きわ…	ぎわに、ぎわの	臨到…、在即…、迫近…	
		きわまる	極其…、非常…、…極了	
		きわまりない	極其…、非常…	
く	くらいなら、ぐらいなら		與其…不如…（比較好）、與其忍受…還不如…	
	ぐるみ		全部的…	
こ	こそ…	こそあれ、こそあるが	雖然、但是；只是（能）	
		こそすれ	只會…、只是…	
	こと…	ごとし、ごとく、ごとき	如…一般（的）、同…一樣（的）	
		ことだし	由於…	
		こととて	（總之）因為…；雖然是…也…	
		ことなしに、なしに	不…就…、沒有…、不…而…	
	この、ここ～というもの		整整…、整個…來	
さ	（さ）せられる		不禁…、不由得…	
し	しまつだ		（結果）竟然…、落到…的結果	
	じゃあるまいし、ではあるまいし		又不是…	
す	ずくめ		清一色、全都是、淨是…	
	ずじまいで、ずじまいだ、ずじまいの		（結果）沒…（的）、沒能…（的）、沒…成（的）	
	ずにはおかない、ないではおかない		不能不…、必須…、一定要…、勢必…	
	すら、ですら		就連…都；甚至連…都	

そ	そばから		才剛…就…、隨…隨…	
た	ただ…	ただ〜のみ	只有、才…、只…、唯…	
		ただ〜のみならず	不僅…而且、不只是…也	
	たところ…	たところが	…可是…、結果…	
		たところで〜ない	即使…也不…、雖然…但不…、儘管…也不…	
	だに		一…就…；連…也（不）…	
	だの〜だの		又是…又是…、一下…一下…、…啦…啦	
	たらきりがない、ときりがない、ばきりがない、てもきりがない		沒完沒了	
	たりとも〜ない		那怕…也不（可）…、就是…也不（可）…	
	たる（もの）		作為…的	
つ	つ〜つ		（表動作交替進行）一邊…一邊…、時而…時而…	
て	であれ…	であれ、であろうと	即使是…也…、無論…都…	
		であれ〜であれ	即使是…也…、無論…都、也…也…	
	てからというもの（は）		自從…以後一直、自從…以來	
	てしかるべきだ		應當…、理應…	
	てすむ、ないですむ、ずにすむ		…就行了、…就可以解決；不…也行、用不著…	
	でなくてなんだろう		難道不是…嗎、不是…又是什麼呢	
	ては…	てはかなわない、てはたまらない	…得受不了、…得要命、…得吃不消	
		てはばからない	不怕…、毫無顧忌…	
	てまえ		由於…所以…	
	てもさしつかえない、でもさしつかえない		…也無妨、即使…也沒關係、…也可以	
	てやまない		…不已、一直…	
と	と〜（と）があいまって、〜が／は〜とあいまって		…加上…、與…相結合、與…相融合	
	とあって		由於…（的關係）、因為…（的關係）	
	とあれば		如果…那就…、假如…那就…	
	といい〜といい		不論…還是、…也好…也好	
	という…	というか〜というか	該說是…還是…	
		というところだ、といったところだ	頂多…；可說…差不多、可說就是…	
	といえども		即使…也…、雖說…可是…	
	といった…	といった	…等的…、…這樣的…	
		といったらない、といったら	…極了、…到不行	
		といったらありはしない	…之極、極其…、沒有比…更…的了	
	といって〜ない、といった〜ない		沒有特別的…、沒有值得一提的…	
	といわず〜といわず		無論是…還是…、…也好…也好…	
	といわんばかりに、とばかりに		幾乎要說…；簡直就像…、顯出…的神色、似乎…般地	
	ときたら		說到…來、提起…來	
	ところ（を）		正…之時、…之時、…之中	
	としたところで、としたって		就算…也	
	とは…	とは	連…也、沒想到…、…這…、竟然會…；所謂…	
		とはいえ	雖然…但是…	
	とみえて、とみえる		看來…、似乎…	
	とも…	ともあろうものが	身為…卻…、堂堂…竟然…、名為…還…	
		ともなく、ともなしに	無意地、下意識的、不知…、無意中…	
		と（も）なると、と（も）なれば	要是…那就…、如果…那就…	

281

五十音順	文法		中譯	讀書計畫
な	ない…	ないではすまない、ずにはすまない、なしではすまない	不能不…、非…不可	
		ないともかぎらない	也並非不…、不是不…、也許會…	
		ないまでも	沒有…至少也…、就是…也該、即使不…也…	
		ないものでもない、なくもない	也並非不…、不是不…、也許會…	
	ながら、ながらに、ながらの		邊…邊…；…狀（的）	
	なく…	なくして（は）〜ない	如果沒有…就不…、沒有…就沒有…	
		なくはない、なくもない	也不是沒…、並非完全不…	
	なしに（は）〜ない、なしでは〜ない		沒有…不、沒有…就不能…	
	なみ		相當於…、和…同等程度	
	なら…	ならいざしらず、はいざしらず、だったらいざしらず	（關於）我不得而知…、姑且不論…、（關於）…還情有可原	
		ならでは（の）	正因為…才有（的）、只有…才有（的）、若不是…是不…（的）	
	なり…	なり	剛…就立刻…、一…就馬上…	
		なり〜なり	或是…或是…、…也好…也好	
		なりに、なりの	那般…（的）、那樣…（的）、這套…（的）	
に	にあって（は／も）		在…之下、處於…情況下；即使身處…的情況下	
	にいたって（は）、にいたっても		到…階段（才）；至於、談到；雖然到了…程度	
	にいたる…	にいたる	到達…、發展到…程度	
		にいたるまで	…至…、直到…	
	にかぎったことではない		不僅僅…、不光是…、不只有…	
	にかぎる		就是要…、最好…	
	にかこつけて		以…為藉口、托故…	
	にかたくない		不難…、很容易就能…	
	にして		在…（階段）時才…；是…而且也…；雖然…但是…；僅僅…	
	にそくして、にそくした		依…（的）、根據…（的）、依照…（的）、基於…（的）	
	にたえる、にたえない		經得起…、可忍受…；值得…；不堪…、忍受不住…；不勝…	
	にたる、にたりない		可以…、足以…、值得…；不夠…；不足以…、不值得…	
	にとどまらず（〜も）		不僅…還…、不限於…、不僅僅…	
	には…	には、におかれましては	在…來說	
		に（は）あたらない	不需要…、不必…、用不著…；不相當於…	
		にはおよばない	不必…、用不著…、不值得…	
	にひきかえ〜は		與…相反、和…比起來、相較起…、反而…	
	によらず		不論…、不分…、不按照…	
	にもまして		更加地…、加倍的…、比…更…、比…勝過…	
の	のいたり（だ）		真是…到了極點、真是…、極其…、無比…	
	のきわみ（だ）		真是…極了、十分地…、極其…	

282

は	はいうにおよばず、はいうまでもなく		不用説…（連）也、不必説…就連…
	はおろか		不用説…、就連…
	ばこそ		就是因為…才…、正因為…才…
	はさておき、はさておいて		暫且不説…、姑且不提…
	ばそれまでだ、たらそれまでだ		…就完了、…就到此結束
	はどう（で）あれ		不管…、不論…
ひ	ひとり…	ひとり～だけで（は）なく	不只是…、不單是…、不僅僅…
		ひとり～のみならず～（も）	不單是…、不僅是…、不僅僅…
へ	べからず、べからざる		不得…（的）、禁止…（的）、勿…（的）、莫…（的）
	べく…	べく	為了…而…、想要…、打算…
		べくもない	無法…、無從…、不可能…
	べし		應該…、必須…、值得…
ま	まぎわに（は）、まぎわの		迫近…、…在即
	まじ、まじき		不該有（的）…、不該出現（的）…
	まで…	までだ、までのことだ	大不了…而已、只是…、只好…、也就是…；純粋是…
		まで（のこと）もない	用不著…、不必…、不必説…
	まみれ		沾滿…、滿是…
め	めく		像…的樣子、有…的意味、有…的傾向
も	もさることながら～も		不用説…、…（不）更是…
	もなんでもない、もなんともない		也不是…什麼的、也沒有…什麼的
	（～ば／ても）～ものを		可是…、卻…、然而卻…
や	や、やいなや		剛…就…、一…馬上就…
を	を～にひかえて		臨進…、靠近…、面臨…
	をおいて、をおいて～ない		除了…之外
	をかぎりに、かぎりで		從…起…、從…之後就不（沒）…、以…為分界
	をかわきりに、をかわきりにして、をかわきりとして		以…為開端開始…、從…開始
	をきんじえない		不禁…、禁不住就…、忍不住…
	をふまえて		根據…、以…為基礎
	をもって…	をもって	以此…、用以…；至…為止
		をもってすれば、をもってしても	只要用…；即使以…也…
	をものともせず（に）		不當…一回事、把…不放在眼裡、不顧…
	をよぎなくされる、をよぎなくさせる		只得…、只好…、沒辦法就只能…；迫使…
	をよそに		不管…、無視…
ん	んがため（に）、んがための		為了…而…（的）、因為要…所以…（的）
	んばかり（だ／に／の）		簡直是…、幾乎要…（的）、差點就…（的）

283

言語知識（文法）

問題1 （　　）に入れるのに最もよいものを、1・2・3・4から一つ選びなさい。

1 国境付近での激しい衝突を繰り返したあげく、両国は（　　　）。

1　戦争に突入した　　　　　　　　2　紛争を続けている
3　平和を取り戻した　　　　　　　4　話し合いの場を設けるべきだ

2 この契約書にサイン（　　　）君の自由だが、決して悪い話ではないと思うよ。

1　しようがしないが　　　　　　　2　すまいがするが
3　しようがしまいが　　　　　　　4　するがするまいが

3 母は詐欺被害に（　　　）、電話に出ることを極端に恐れるようになってしまった。

1　遭ったといえども　　　　　　　2　遭ったら最後
3　遭うべく　　　　　　　　　　　4　遭ってからというもの

4 彼に連絡がついたら、私の勤務先（　　　）自宅（　　　）に、すぐに連絡を入れるように伝えてください。

1　といい、といい　　　　　　　　2　というか、というか
3　だの、だの　　　　　　　　　　4　なり、なり

5 お忙しい（　　　）、わざわざお越しいただきまして、恐縮です。

1　ところで　　　2　ところを　　　3　ところにより　　　4　ところから

6 演奏が終わると、会場は（　　　）拍手に包まれた。

1　割れんばかりの　　　　　　　　2　割れがちな
3　割れないまでも　　　　　　　　4　割れがたい

Check □1 □2 □3

7 子どものいじめを見て見ぬふりをするとは、教育者に（　　　）行為だ。

1 足る　　　　　2 あるまじき　　　3 堪えない　　　4 に至る

8 この天才少女は、わずか16歳（　　　）、世界の頂点に立ったのだ。

1 ときたら　　　2 にあって　　　　3 とばかり　　　4 にして

9 環境問題が深刻化するにつれて、リサイクル運動への関心が（　　　）。

1 高めてきた　　2 高まってきた　　3 高めよう　　　4 高まろう

10 子猫が5匹生まれました。今、（　　　）人、募集中です。

1 もらってくれる　　　　　　　2 あげてくれる
3 もらってあげる　　　　　　　4 くれてもらう

問題2　次の文の__★__に入る最もよいものを、1・2・3・4から一つ選びなさい。

（問題例）

あそこで＿＿＿＿　＿＿＿＿　＿＿★＿＿　＿＿＿＿　は山田さんです。

　　1　テレビ　　　2　見ている　　　3　を　　　4　人

（回答のしかた）

1. 正しい文はこうです。

あそこで＿＿＿＿　＿＿＿＿　＿＿★＿＿　＿＿＿＿　は山田さんです。
1　テレビ　　　3　を　　　2　見ている　　　4　人

2.　__★__　に入る番号を解答用紙にマークします。

（解答用紙）　　（例）　①　●　③　④

1　その男は、失礼なことに、＿＿＿＿　＿＿＿＿　＿＿★＿＿　＿＿＿＿と、走り去った。

　　1　わたしを　　　2　どころか　　　3　謝罪する　　　4　どなりつける

2　＿＿＿＿　＿＿＿＿　＿＿★＿＿　＿＿＿＿。早速荷物をまとめよう。

　　1　決まったら　　　2　こうしては　　　3　行くと　　　4　いられない

3　こちらの条件が受け入れられないなら、この契約は＿＿＿＿　＿＿＿＿
　　＿★＿＿　＿＿＿＿です。

　　1　まで　　　　2　のこと　　　3　なかったことに　4　する

4　彼女に告白したところで、＿＿＿＿　＿＿＿＿　＿＿★＿＿　＿＿＿＿。

　　1　ものを　　　　　　　　　2　どうせ
　　3　ふられるのだから　　　　4　やめておけばいい

| 5 | 初めてアルバイトをしてみて、世間の ＿＿＿＿ ＿＿＿＿ ＿★＿ ＿＿＿＿。

　1　もって　　　　2　知った　　　　3　厳しさを　　　　4　身を

《第一回　全真模考》

N1

問題3　次の文章を読んで、文章全体の趣旨を踏まえて、　1　から　5　の中に
　　　　入る最もよいものを、1・2・3・4から一つ選びなさい。

名は体をあらわす

　日本には「名は体をあらわす」ということわざがある。人や物の名前は、
その性質や内容を的確にあらわすものであるという意味である。

　物の名前については確かにそうであろう。物の名前は、その性質や働きに
応じて付けられたものだからだ。

　しかし、人の名前については　1　。

　日本では、人の名前は基本的には一つだけで、生まれたときに両親によっ
て　2-a　。両親は、生まれた子どもに対する願いを込めて名前を　2-b　。名
前は両親の子どもへの初めての大切な贈り物なのだ。女の子には優しさや美
しさを願う名前が付けられることが　3-a　、男の子には強さや大きさを願う
名前が　3-b　。それが両親の願いだからだろう。

　したがって、その名前は必ずしも体をあらわしては　4　。特に若い頃は
そうだ。

　私の名前は「明子」という。この名前には、明るく前向きな人、自分の立
場や考えを明らかにできる人になって欲しいという両親の願いが込められて
いるにちがいない。しかし、この名前は決して私の本質をあらわしてはいな
いと私は日頃思っている。私は、時に落ち込んで暗い気持ちになったり、自
分の考えをはっきり言うのを躊躇^(注)したり　5　。

　しかし、そんな時、私はふと、自分の名前に込められた両親の願いを考え
るのだ。そして、「明るく、明らかな人」にならなければと反省する。そう
しているうちに、いつかそれが身につき私の性格になるとすれば、その時こ
そ「名は体をあらわす」と言えるのかもしれない。

（注）躊躇：ためらうこと。

Check □1 □2 □3

1

  1 そうであろう   2 どうだろうか

  3 そうかもしれない   4 どうでもよい

2

  1 a 付けられる／b 付ける

  2 a 付けるはずだ／b 付けてもよい

  3 a 付ける／b 付けられる

  4 a 付く／b 付けられる

3

  1 a 多いので／b 多いかもしれない

  2 a 多いが／b 少ない

  3 a 少ないが／b 多くない

  4 a 多いし／b 多い

4

  1 いる   2 いるかもしれない

  3 いない   4 いるはずだ

5

  1 しないからだ   2 しがちだからだ

  2 しないのだ   4 するに違いない

言語知識（文法）

問題1 （　　）に入れるのに最もよいものを、1・2・3・4から一つ選びなさい。

1 台風が接近しているそうだ。明日の登山は中止（　　　）。

　1　するわけにはいかない　　　　　　2　せざるを得ない

　3　せずにすむ　　　　　　　　　　　4　せずにはおけない

2 この私がノーベル賞を受賞するとは。貧乏学生だった頃には想像だに（　　　）。

　1　できません　　　　　　　　　　　2　していません

　3　しませんでした　　　　　　　　　4　しないものです

3 彼女は、衣装に着替える（　　　）、舞台へ飛び出して行った。

　1　とたん　　　　2　そばから　　　　3　かと思うと　　　4　が早いか

4 作業中は、おしゃべり（　　　）、トイレに行くことも許されないなんて、まるで刑務所だね。

　1　ときたら　　　2　はおろか　　　　3　といわず　　　4　であれ

5 この店の豆腐は、昔（　　　）の製法にこだわって作っているそうだ。

　1　ながら　　　　2　なり　　　　　3　ばかり　　　　4　限り

6 A：明日、降らないといいね。

　　B：うん、でも（　　　）、美術館か博物館にでも行こうよ。

　1　雨といい風といい　　　　　　　　2　雨といわず風といわず

　3　雨にいたっては　　　　　　　　　4　雨なら雨で

7 森さんの顔に殴られたようなあざがあり、どうしたのか気になったが、（　　　）。

1　聞くに堪えなかった　　　　　2　聞くに聞けなかった

3　聞けばそれまでだった　　　　4　聞かないではおかなかった

8 社員（　　　）の会社ではないのか。真っ先に社員の待遇を改善すべきだ。

1　いかん　　　　2　あって　　　　3　ながら　　　　4　たるもの

9 明け方、消防車のサイレンの音に（　　　）。

1　起きさせた　　　　　　　　　2　起こした

3　起こされた　　　　　　　　　4　起きさせられた

10 すみませんが、ちょっとペンを（　　　）。

1　お借りできませんか　　　　　2　お貸しできませんか

3　お借りになりませんか　　　　4　お貸しになりませんか

問題2　次の文の＿★＿に入る最もよいものを、1・2・3・4から一つ選びなさい。

（問題例）

あそこで＿＿＿＿　＿＿＿＿　＿★＿　＿＿＿＿　は山田さんです。

1　テレビ　　　2　見ている　　　3　を　　　4　人

（回答のしかた）

1. 正しい文はこうです。

あそこで＿＿＿＿　＿＿＿＿　＿★＿　＿＿＿＿　は山田さんです。

1　テレビ　　　3　を　　　2　見ている　　　4　人

---

2. ＿★＿に入る番号を解答用紙にマークします。

（解答用紙）　　（例）　①　●　③　④

1　水は、＿＿＿＿　＿＿＿＿　＿★＿　＿＿＿＿ならないものだ。

1　生物　　　　　2　にとって　　　　3　なくては　　　　4　あらゆる

2　採用面接では、志望動機＿＿＿＿　＿＿＿＿　＿★＿　＿＿＿＿、細かく質問された。

1　家族構成　　　2　から　　　　3　至るまで　　　　4　に

3　どんな悪人＿＿＿＿　＿＿＿＿　＿★＿　＿＿＿＿いるのだ。

1　家族が　　　　2　悲しむ　　　　3　死ねば　　　　4　といえども

4　いつもは静かな＿＿＿＿　＿＿＿＿　＿★＿　＿＿＿＿国内外からの多くの観光客で賑わう。

1　ともなると　　2　紅葉の季節　　3　も　　　　　4　この寺

[5] 山頂から＿＿＿＿ ＿＿＿＿ ＿★＿ ＿＿＿＿ 。一生の思い出だ。

　1　素晴らしさ　　2　眺めた　　　3　といったら　　4　景色の

問題 3　次の文章を読んで、文章全体の趣旨を踏まえて、　1　から　5　の中に

入る最もよいものを、1・2・3・4から一つ選びなさい。

ドバイ旅行

　会社の休みを利用してドバイに行った。羽田空港を夜中に発って 11 時間
あまりでドバイ到着。2 泊して、3 日目の夜中に帰国の途につくという日程
だ。

　ドバイは、ペルシャ湾に面したアラブ首長国連邦の一つであり、代々世襲^(注1)
の首長が国を治めている。面積は埼玉県とほぼ同じ。　1-a　小さな漁村だっ
たが、20 世紀に入って貿易港として発展。1966 年に石油が発見され急速に
豊かになったが、その後も、石油のみに依存しない経済作りを目指して開発
を進めた。その結果、　1-b　高層ビルが建ち並ぶゴージャス^(注2)な商業都市
として発展を誇っている。現在、ドバイの石油産出量はわずかで　2　、貿
易や建設、金融、観光など幅広い産業がドバイを支えているという。

　観光による収入が 30%というだけあって、とにかく見る所が多い。それも
「世界一」を誇るものがいくつもあるのだ。世界一高い塔バージュ・ハリファ、
巨大人工島パームアイランド、1,200 店が集まるショッピングモール^(注3)、
世界最高級七つ星ホテルブルジュ・アル・アラブ、世界一傾いたビル……な
どなどである。

　とにかく、見るもの全てが〝すごい〟ので、　3　しまう。ショッピング
モールの中のカフェに腰を下ろして人々を眺めていると、さまざまな肌色や
服装をした人々が通る。民族衣装を身に着けたアラブ人らしい人は　4　。
アラブ人は人口の 20%弱だというだけに、ドバイではアラブ人こそ逆に外国
人に見える。

急速な発展を誇る未来都市のようなドバイにも、経済的に大きな困難を抱えた時期があったそうだ。2009年「ドバイ・ショック」と言われる債務超過(注4)による金融危機である。アラブ首長国の首都アブダビの援助などもあって、現在では社会状況もかなり安定し、さらなる開発が進められているが、今も債務の返済中であるという。

　そんなことを思いながらバージュ・ハリファ124階からはるかに街を見下ろすと、砂漠の中のドバイの街はまさに〝砂上の楼閣〟(注5)、砂漠に咲いた徒花(注6)のようにも見えて、一瞬うそ寒い(注7)気分に襲われた。しかし、21世紀の文明を象徴するような魅力的なドバイである。これからも繁栄を続けることを　5　いられない。

(注1)世襲：子孫が受け継ぐこと。

(注2)ゴージャス：豪華でぜいたくな様子。

(注3)ショッピングモール：多くの商店が集まった建物。

(注4)債務超過：借金の方が多くなること。

(注5)砂上の楼閣：砂の上に建てた高層ビル。基礎が不安定で崩れやすい物のたとえ。

(注6)徒花：咲いても実を結ばずに散る花。実を結ばない物事のたとえ。

(注7)うそ寒い：なんとなく寒いようなぞっとする気持ち。

1

1　a　今は ／ b　もとは
2　a　もとは ／ b　今も
3　a　もとは ／ b　今や
4　a　今は ／ b　今や

2

1　あるし
2　あるにもかかわらず
3　あったが
4　あることもあるが

3

1　圧倒して
2　圧倒されて
3　がっかりして
4　集まって

4

1　とても多い
2　素晴らしい
3　アラブ人だ
4　わずかだ

5

1　願って
2　願うが
3　願わずには
4　願いつつ

言語知識（文法）

問題1 （　　）に入れるのに最もよいものを、1・2・3・4から一つ選びなさい。

1 優秀な彼が、この程度の失敗で辞職に追い込まれるとは、残念で（　　　）。

1　やまない　　　　2　堪えない　　　　　3　ならない　　　　4　やむをえない

2 隊員たちは、危険を（　　　）、行方不明者の捜索にあたった。

1　抜きにして　　2　ものともせず　　3　問わず　　　　4　よそに

3 （　　　）を限りに、Ａ社との提携を打ち切ることとします。

1　最近　　　　　2　以降　　　　　　3　期限　　　　4　本日

4 事情（　　　）、遅刻は遅刻だ。

1　のいかんによらず　　　　　　2　ならいざ知らず
3　ともなると　　　　　　　　　4　のことだから

5 大切なものだと知らなかった（　　　）、勝手に処分してしまって、すみませんでした。

1　とはいえ　　　　　　　　　2　にもかかわらず
3　と思いきや　　　　　　　　4　とばかり

6 あの時の辛い経験があればこそ、僕はここまで（　　　）。

1　来たいです　　　　　　　　2　来たかったです
3　来られたんです　　　　　　4　来られた理由です

7 同じ議員でも、タレント出身のＡ氏の人気（　　　）、元銀行員のＢ氏の知名度はゼロに等しい。

1　ならでは　　2　にもまして　　3　にして　　　　4　にひきかえ

8　お礼を言われるようなことではありません。当たり前のことをした（　　　　）
です。

　1　うえ　　　　　2　きり　　　　　3　こそ　　　　　4　まで

9　日食とは、太陽が月の陰に（　　　　）ために、月によって太陽が隠される現
象をいう。

　1　入れる　　　　2　入る　　　　　3　入れる4　入れられる

10　一度、ご主人様に（　　　　）のですが、いつご在宅でしょうか。

　1　お目にかないたい　　　　　　　2　お目にはいりたい
　3　お目にかかりたい　　　　　　　4　お目にとまりたい

問題2　次の文の＿★＿に入る最もよいものを、1・2・3・4から一つ選びなさい。

(問題例)

あそこで＿＿＿＿　＿＿＿＿　＿★＿　＿＿＿＿　は山田さんです。

1　テレビ　　　2　見ている　　　3　を　　　4　人

(回答のしかた)

1. 正しい文はこうです。

あそこで＿＿＿＿　＿＿＿＿　＿★＿　＿＿＿＿　は山田さんです。

1　テレビ　　　3　を　　　2　見ている　　　4　人

2.　＿★＿　に入る番号を解答用紙にマークします。

(解答用紙)　　(例)　①　●　③　④

1　食物アレルギーを甘くみてはいけない。＿＿＿＿　＿＿＿＿　＿★＿　＿＿＿＿あるのだ。

1　食べよう　　　　　　　　　　2　誤って

3　命にかかわることも　　　　　4　ものなら

2　この＿＿＿＿　＿＿＿＿　＿★＿　＿＿＿＿を禁ずる。

1　部屋に　　　2　なしに　　　3　入ること　　　4　断り

3　たとえ＿＿＿＿　＿＿＿＿　＿★＿　＿＿＿＿しません。

1　大金を　　　　　　　　　　2　ことは

3　友人を裏切るような　　　　4　積まれようと

4　お金を貸すことは＿＿＿＿　＿＿＿＿　＿★＿　＿＿＿＿できますよ。

1　までも　　　　　　　　　　2　くらいなら

3　できない　　　　　　　　　4　アルバイトの紹介

5　取材陣の＿＿＿＿　＿＿＿＿　＿★＿　＿＿＿＿集中した。

1　態度に　　　2　極まる　　　3　世間の批判が　　　4　失礼

Check　□1　□2　□3

問題3　次の文章を読んで、文章全体の趣旨を踏まえて、　1　から　5　の中に

　　　　入る最もよいものを、1・2・3・4から一つ選びなさい。

旅の楽しみ

　テレビでは、しょっちゅう旅行番組をやっている。それを見ていると、居な
がらにしてどんな遠い国にも　1　。一流のカメラマンが素晴らしい景色を写
して見せてくれる。旅行のための面倒な準備もいらないし、だいいち、お金が
かからない。番組を見ているだけで、　2-a　その国に　2-b　気になる。

　だからわざわざ旅行には行かない、という人もいるが、私は、番組を見て
旅心を誘われるほうである。その国の自然や人々の生活に関する想像が膨ら
み、行ってみたいという気にさせられる。

　旅の楽しみとは、まずは、こんなことではないだろうか。心の中で想像を
膨らますことだ。　3-a　その想像は美化（注1）されすぎて、実際に行ってみた
らがっかりすることも　3-b　。しかし、それでもいいのだ。自分自身の目で
見て、そのギャップ（注2）を実感することこそ、旅の楽しみでも　4　。

　もう一つの楽しみとは、旅先から自分の国、自分の家、自分の部屋に帰る
楽しみである。帰りの飛行機に乗った途端、私は早くもそれらの楽しみを思
い浮かべる。ほんの数日間離れていただけなのに、空港に降り立ったとき、
日本という国のにおいや美しさがどっと身の回りに押し寄せる。家の小さな
庭の草花や自分の部屋のことが心に　5　。

　帰宅すると、荷物を片付ける間ももどかしく（注3）、懐かしい自分のベッド
に倒れこむ。その瞬間の嬉しさは格別である。

　旅の楽しみとは、結局、旅に行く前と帰る時の心の高揚（注4）にあるのかも
しれない。

（注1）美化：実際よりも美しく素晴らしいと考えること。

（注2）ギャップ：差。

（注3）もどかしい：早くしたいとあせる気持ち。

（注4）高揚：気分が高まること。

1

1　行くのだ　　　　　　　　2　行くかもしれない

3　行くことができる　　　　4　行かない

2

1　a　まるで／b　行く

2　a　あたかも／b　行くような

3　a　または／b　行ったかのような

4　a　あたかも／b　行ったかのような

3

1　a　もしも／b　あるだろう

2　a　もしかしたら／b　あるかもしれない

3　a　もし／b　あるに違いない

4　a　たとえば／b　ないだろう

4

1　ないかもしれない　　　　2　あるだろうか

3　あるからだ　　　　　　　4　ないに違いない

5

1　浮かべる　　　　　　　　2　浮かぶ

2　浮かばれる　　　　　　　4　浮かべた

◎ 問題 1 請從 1・2・3・4 之中選出一個最適合填入（　　　）的答案。

□ **1** 国境付近での激しい衝突を繰り返したあげく、両国は（　　　）。

　　1　戦争に突入した　　　　　2　紛争を続けている

　　3　平和を取り戻した　　　　4　話し合いの場を設けるべきだ

　譯〉由於兩國在鄰近國界處發生了多起激烈的衝突，終於（爆發了戰爭）。

　　　1　爆發了戰爭　　　　　　2　持續發生糾紛

　　　3　恢復了和平　　　　　　4　雙方應當展開對話

□ **2** この契約書にサイン（　　　）君の自由だが、決して悪い話ではないと思うよ。

　　1　しようがしないが　　　　2　すまいがするが

　　3　しようがしまいが　　　　4　するがするまいが

　譯〉（要不要）在這份契約上簽名當然全由你自己決定，但我認為這項簽約內容對你絕
　　　對沒有壞處喔。

　　　1　Ｘ　　　　　　　　　　2　Ｘ

　　　3　要不要　　　　　　　　4　Ｘ

□ **3** 母は詐欺被害に（　　　）、電話に出ることを極端に恐れるようになってしまった。

　　1　遭ったといえども　　　　2　遭ったら最後

　　3　遭うべく　　　　　　　　4　遭ってからというもの

　譯〉（自從）家母（遭受）詐騙之後，就變得非常害怕接聽電話了。

　　　1　雖説遭到了　　　　　　2　一旦遭受之後

　　　3　為了遭受　　　　　　　4　自從～遭受～

□ **4** 彼に連絡がついたら、私の勤務先（　　　）自宅（　　　）に、すぐに連絡を入
　れるように伝えてください。

　　1　といい、といい　　　　2　というか、というか

　　3　だの、だの　　　　　　4　なり、なり

　譯〉如果他打電話來，請轉告他立刻和我聯繫，看是要改撥我公司電話（也可以）還是
　　　我家電話（也可以）。

　　　1　無論～也好～　　　　2　該説是～還是～

　　　3　～啦～啦　　　　　　4　也可以～也可以～

解題 1　　　　　　　　　　　　　　　　　　　　　答案 (1)

「（名詞＋の、動詞た形）あげく／結果」用於表示做了許多努力後，卻得到讓人遺憾的結果時。題目要選的是「衝突を繰り返した／發生了多起衝突」後，演變成不好的結果的選項。

其他▶ 選項2是表示紛爭持續的狀態，並不算是「悪い結果になった／演變成不好的結果」，所以不正確。

解題 2　　　　　　　　　　　　　　　　　　　　　答案 (3)

「（動詞意向形）（よ）うが、（動詞辞書形）まいが／不管是…不是…」用在表示無論做不做都一樣、哪個都沒關係時。另外，接在動詞「する」之後的用法，除了「するまい」和「しまい」之外，還有「すまい」這種例外的形式。

其他▶ 沒有選項1、2、4的說法。「～（よ）うが、～まいが／不管是…不是…」和「～（よ）うと、～まいと／不管是…不是…」意思相同。

解題 3　　　　　　　　　　　　　　　　　　　　　答案 (4)

「（動詞て形）＋からというもの／自從～以來」表示從～後一直的意思。用在表示當時發生的變化，之後也一直持續下去的時候。

其他▶ 選項1「といえども／雖說～可是～」是即使如此的意思。選項2「～たら最後／一旦～就～」用在表示如果～的話一定會造成可怕的後果的時候。選項3「べく／為了～而～」是"為了能夠做～"的意思，是較生硬的說法。

解題 4　　　　　　　　　　　　　　　　　　　　　答案 (4)

「（名詞、動詞辞書形）なり、（名詞、動詞辞書形）なり／也可以～也可以～」是"～也好，～也好"的意思。後面接表達意志或動作的句子。

其他▶ 選項1「（といい、といい／無論～也好～」用在表示從～角度看也好，從～角度看也好，都一樣…的時候。選項2「というか、というか／該說是～還是～」用在表示要說～也可以，或是要說～也可以的時候。選項3「だの、だの／～啦～啦」用在含有困擾、討厭的心情下進行舉例的說法。

□ 5　お忙しい（　　　）、わざわざお越しいただきまして、恐縮です。

1　ところで　　　　　　　　　2　ところを

3　ところにより　　　　　　　4　ところから

> 譯　您這麼忙（的時候）還特地撥冗前來，真在不敢當。【亦即，您在百忙之中……】
> 　　1　即使　　　　　　　　　2　～的時候
> 　　3　依照不同的地方　　　　4　從～的部分

□ 6　演奏が終わると、会場は（　　　）拍手に包まれた。

1　割れんばかりの　　　　　　2　割れがちな

3　割れないまでも　　　　　　4　割れがたい

> 譯　演奏一結束，會場立刻響起了（如雷般）的掌聲。
> 　　1　如雷般　　　　　　　　2　似乎易碎的
> 　　3　雖說不至於破裂　　　　4　不易碎裂

□ 7　子どものいじめを見て見ぬふりをするとは、教育者に（　　　）行為だ。

1　足る　　　　　　　　　　　2　あるまじき

3　堪えない　　　　　　　　　4　に至る

> 譯　身為教育界人士，對孩童的霸凌行為視而不見是（絕不容許）的行為。
> 　　1　值得　　　　　　　　　2　絕不容許
> 　　3　難以承受　　　　　　　4　至於

□ 8　この天才少女は、わずか 16 歳（　　　）、世界の頂点に立ったのだ。

1　ときたら　　　　　　　　　2　にあって

3　とばかり　　　　　　　　　4　にして

> 譯　這位天才少女（雖然）僅僅只有 16 歲，（但是）已經達到了世界的顛峰。
> 　　1　提到～的話　　　　　　2　在～的情況下
> 　　3　像～的樣子　　　　　　4　雖然～但是～

解題 5　　　　　　　　　　　　　　　　　　　　　　　答案 (2)

「（普通形、な形な、名詞の）ところを／～的時候」是在～的時候卻～、在～的狀況卻～之意，是表示抱歉的説法。例句：お休みのところを、お邪魔いたしました。（不好意思，在您休息的時間打擾了。）

解題 6　　　　　　　　　　　　　　　　　　　　　　　答案 (1)

「（動詞ない形）んばかりだ／似的」用在表示"簡直就像是～"的時候。

其他　選項 2「（名詞、動詞ます形）がちだ／容易」用於表示經常如此、常常發生～的狀況時。選項 3「（動詞ない形）までも／雖説不至於」用在表示還不到前項這個程度，但至少有達到比前項稍微低一點的程度的時候。選項 4「（動詞ます形）がたい／不易」是難以～、要～很困難的意思。

解題 7　　　　　　　　　　　　　　　　　　　　　　　答案 (2)

「（動詞辞書形）まじき（名詞）／絕不容許」是站在這個立場、或以道德角度，～是不被允許的的意思。是生硬的説法。「～とは／竟然會～」用於表示"～令人驚訝、～令人吃驚"等的時候。題目中的「見て見ぬふり／視而不見」是明明看到了卻裝作沒看到的意思。

其他　選項 1「に足る／值得」是"～十分足夠"的意思。選項 3「に堪えない／難以承受」用在表示無法忍受～、沒有做～的價值時。選項 4「至る／到達」寫成「～に至るまで／至於」的形式，表示強調範圍。

解題 8　　　　　　　　　　　　　　　　　　　　　　　答案 (4)

「（名詞）にして／因為～，才～；雖然～，卻～」用於表示"因為是～的程度，才～"，或是"雖然是～的程度，卻～"時。本題用的是後者的意思。

其他　「ときたら／提到～的話」用在表達～是不好的，表示不滿的時候。選項 2「にあって／在～的情況下」用在表示在～這樣特殊的狀況下時。選項 3「とばかり（に）／像～的樣子」是簡直就像是在説～的態度的意思。

□ **9** 環境問題が深刻化するにつれて、リサイクル運動への関心が（　　　）。

1 高めてきた
2 高まってきた
3 高めよう
4 高まろう

譯〉隨著環境問題的愈形惡化，人們對於環保運動的關注度也（愈趨高漲了）。【亦即，人們愈來愈主動參與環保運動了。】

1 變高了
2 愈趨高漲了
3 努力提高
4 變高吧

□ **10** 子猫が 5 匹生まれました。今、（　　　）人、募集中です。

1 もらってくれる
2 あげてくれる
3 もらってあげる
4 くれてもらう

譯〉有五隻小貓出生了。現在正在尋找（願意收養）的人。

1 願意收養
2 就給你吧
3 就收下吧
4 X

(解題) **9**　　　　　　　　　　　　　　　　　　　　　　(答案) **(2)**

「（名詞、動詞辞書形）につれて／隨著」用在表示隨著某一方面的變化，另一方面也跟著變化時。「につれて」的前後應接表示變化的詞語。本題的「深刻化する／惡化」和「高まる（高くなる）／高漲」即是表示變化的詞語。本題題目是以「（リサイクル運動への）関心／（對於環保運動的）關注度」作為主詞的自動詞句子。

其他 選項 1 的「高める／變高」是他動詞。而沒有使用像選項 3 和選項 4 這種表達意志或意向的説法。

(解題) **10**　　　　　　　　　　　　　　　　　　　　　　(答案) **(1)**

從「私は猫をもらいます／我收養貓」這句話可以推敲出「（あなたは）猫をもらってくれませんか／（你）願不願意收養貓」這個句子。由此可知，（你）是「猫をもらってくれる人／收養貓的人」。

◎ 問題 2 下文的＿＿＿★＿＿中該填入哪個選項，請從 1・2・3・4 之中選出一個最適合的答案。

□ **1** その男は、失礼なことに、＿＿＿＿＿ ＿＿＿＿＿ ★＿＿＿ ＿＿＿＿＿と、走り去った。

1 わたしを　　　　　　　　2 どころか
3 謝罪する　　　　　　　　4 どなりつける

答〉その男は、失礼なことに、謝罪するどころかわたしをどなりつけると、走り去った。
（那個男人做了那麼不禮貌的舉動，結果別說是道歉了，他居然還大聲斥罵我，然後就走掉了！）

□ **2** ＿＿＿＿＿ ＿＿＿＿＿ ★＿＿＿ ＿＿＿＿＿。早速荷物をまとめよう。

1 決まったら　　　　　　　2 こうしては
3 行くと　　　　　　　　　4 いられない

答〉行くと決まったらこうしてはいられない。早速荷物をまとめよう。
（既然決定要去就不能再繼續這樣拖拖拉拉的了。快點打包行李吧！）

□ **3** こちらの条件が受け入れられないなら、この契約は＿＿＿＿＿ ＿＿＿＿＿ ★＿＿＿ ＿＿＿＿＿です。

1 まで　　　　　　　　　　2 のこと
3 なかったことに　　　　　4 する

答〉こちらの条件が受け入れられないなら、この契約は、なかったことにするまでのことです。
（如果不接受我方的條件，那麼這份合約，只能當作從沒發生過的事了。）

□ **4** 彼女に告白したところで、＿＿＿＿＿ ＿＿＿＿＿ ★＿＿＿ ＿＿＿＿＿。

1 ものを　　　　　　　　　2 どうせ
3 ふられるのだから　　　　4 やめておけばいい

答〉彼女に告白したところで、どうせ振られるのだからやめておけばいいものを。
（就算向她表白，反正都會被甩的，所以還是放棄算了，可是…。）

□ **5** 初めてアルバイトをしてみて、世間の＿＿＿＿＿ ＿＿＿＿＿ ★＿＿＿ ＿＿＿＿＿。

1 もって　　　　　　　　　2 知った
3 厳しさを　　　　　　　　4 身を

答〉初めてアルバイトをしてみて、世間の厳しさを身をもって知った。
（第一次嘗試打工，這才親身體驗到了這個社會的嚴苛。）

（解題）**1** 　　　　　　　　　　　　　　　　　　　　　（答案）**(1)**

「〜どころか…／別説是〜，…」的前後要接程度相差甚遠的兩件事，或是相反的兩件事。從文意來看，可知選項3應填在「どころか／別説是」之前，選項4應填在「どころか／別説是」之後。選項1因為有助詞「を」，所以要填在選項4的前面。

其他 「どころか／別説是〜」是 "別説是〜了，程度完全不同，甚至是相反的〜也〜" 的意思。「〜ことに／〜的是」是先表達説話者的感想，然後再陳述事實的説法。

（解題）**2** 　　　　　　　　　　　　　　　　　　　　　（答案）**(2)**

「こうしてはいられない／不能再繼續這樣拖拖拉拉的了」是固定用法。用在表示沒有時間做這種事了的時候。考量選項2和選項4的前面要接「〜と決まったら／既然決定〜」，所以前面應填入選項3和選項1。

其他 「（動詞て形）（は）いられない／不能再〜」用在表示 "沒時間〜了，所以無法〜" 或是 "精神上無法〜" 的時候。

（解題）**3** 　　　　　　　　　　　　　　　　　　　　　（答案）**(1)**

「〜までだ／大不了〜罷了」、「〜までのことだ／大不了〜罷了」用於表示沒有〜以外的方法時。選項1、選項2前應填入選項3和選項4。

其他 「までのことだ／大不了〜罷了」是如果沒有別的辦法，那就做〜吧的意思，是表達説話者強烈的意志和覺悟的説法。例句：真面目に仕事をしないなら、会社を辞めてもらうまでですよ。（假如再不認真工作，就只好請你離開公司了。）

（解題）**4** 　　　　　　　　　　　　　　　　　　　　　（答案）**(4)**

「告白したところで／就算向她表白」是否定的意思。選項2是表達無論做什麼都沒用、結果都是不行的之意的副詞，因此選項3的前面應填入選項2。選項3的「〜だから/所以〜」後面應接選項4。選項1是 "可是〜" 的意思，是表達可惜的心情或語含責備的説法。

（解題）**5** 　　　　　　　　　　　　　　　　　　　　　（答案）**(1)**

「世間の／社會的」的後面應接選項3，句子最後應填入選項2。「〜をもって／以〜」用於表示手段。選項3和選項2之間應填入選項4和選項1。

其他 「（名詞）をもって／以〜」用於表達手段。和「〜で／用〜」意思相同，但因為是較生硬的説法，不太會在日常生活中使用。

《第一回 全真模考》 問題二

◎ 問題 3 於閱讀下述文章之後，就整體文章的內容作答第 ⬚1⬚ 至 ⬚5⬚ 題，並從 1・2・3・4 選項中選出一個最適合的答案。

名は体をあらわす

　　日本には「名は体をあらわす」ということわざがある。人や物の名前は、その性質や内容を的確にあらわすものであるという意味である。

　　物の名前については確かにそうであろう。物の名前は、その性質や働きに応じて付けられたものだからだ。

　　しかし、人の名前については ⬚1⬚ 。

　　日本では、人の名前は基本的には一つだけで、生まれたときに両親によって ⬚2-a⬚ 。両親は、生まれた子どもに対する願いを込めて名前を ⬚2-b⬚ 。名前は両親の子どもへの初めての大切な贈り物なのだ。女の子には優しさや美しさを願う名前が付けられることが ⬚3-a⬚ 、男の子には強さや大きさを願う名前が ⬚3-b⬚ 。それが両親の願いだからだろう。

　　したがって、その名前は必ずしも体をあらわしては ⬚4⬚ 。特に若い頃はそうだ。

　　私の名前は「明子」という。この名前には、明るく前向きな人、自分の立場や考えを明らかにできる人になって欲しいという両親の願いが込められているにちがいない。しかし、この名前は決して私の本質をあらわしてはいないと私は日頃思っている。私は、時に落ち込んで暗い気持ちになったり、自分の考えをはっきり言うのを躊躇（注）したり ⬚5⬚ 。

　　しかし、そんな時、私はふと、自分の名前に込められた両親の願いを考えるのだ。そして、「明るく、明らかな人」にならなければと反省する。そうしているうちに、いつかそれが身につき私の性格になるとすれば、その時こそ「名は体をあらわす」と言えるのかもしれない。

（注）躊躇：ためらうこと。

名副其實

日本有句諺語叫作「名副其實」，意思是人的名字或者事物的名稱，確實呈現出其性質或是內容。

以事物的名稱來說，應該是與實際狀況相符的。畢竟事物的名稱是配合它的性質或運作方式而命名的。

但是，人的名字　 1 　又是如何呢？

在日本，原則上每個人只有一個名字，並且是出生之後由父母　 2-a 　命名的。父母在為生下來的孩子　 2-b 　取名時，便將對孩子的期望蘊含在這個名字裡面。名字就是父母送給孩子的第一份寶貴的禮物。為女孩命名時　 3-a 　多半希望她長得溫柔與美麗，而為男孩命名時　 3-b 　多半希望他長得堅強與高壯。我想，那就是父母對孩子的期望吧。

因此，人名　 4 　並不一定名副其實。尤其年輕時更是如此。

我的名字是「明子」。這個名字想必意味著家父母期望我成為一個開朗進取的人，以及能夠明確主張自己的立場與想法的人。然而，我平常總覺得這個名字根本沒有反映出我的本性。　 5 　因為我　 5 　似乎有時候會沮喪而心情低落，有時候也會猶豫（注）而不敢清楚表達自己的想法。

不過，遇到那樣的時刻，我會忽然想起父母傾注在我的名字之中的期望，並且反省自己必須成為一個「開朗、明確表達想法的人」。經過這樣一次次的鍛鍊，或許等到有一天終於成為那樣的性格時，我才能抬頭挺胸地說出「名副其實」這句話。

（注）躊躇：猶豫的意思。

□ **1**

1 そうであろう　　　　2 どうだろうか

3 そうかもしれない　　4 どうでもよい

譯〉1 應該是那樣的吧　　　2 又是如何呢
3 或許是那樣　　　　　4 隨便怎樣都好

□ **2**

1 a 付けられる／b 付ける

2 a 付けるはずだ／b 付けてもよい

3 a 付ける／b 付けられる

4 a 付く／b 付けられる

譯〉1 a 命（名）／ b 取（名）
2 a 應該命（名）才對／ b 取（名）也行
3 a 取（名）／ b 命（名）
4 a 附上（名）／ b 命（名）

□ **3**

1 a 多いので／b 多いかもしれない

2 a 多いが／b 少ない

3 a 少ないが／b 多くない

4 a 多いし／b 多い

譯〉1 a 由於多／ b 或許多
2 a 雖然多／ b 少
3 a 雖然少／ b 不多
4 a 多半／ b 多半

□ **4**

1 いる　　　　　　　　2 いるかもしれない

3 いない　　　　　　　4 いるはずだ

譯〉1 有　　　　　　　　　2 或許有
3 並不　　　　　　　　4 應該有才對

□ **5**

1 しないからだ　　　　2 しがちだからだ

3 しないのだ　　　　　4 するに違いない

譯〉1 因為沒有才這樣　　　2 因為～似乎～
3 而是沒有　　　　　　4 肯定是這樣

〔解題〕**1**

前一段提到「物の名前について確かにそう（＝その性質や内容をあらわす）であろう／以事物的名稱來説，應該是這樣（＝與實際狀況相符）的」。下一段接著説「しかし／但是」人的名字，因此推測後面應該以「どうだろうか／又是如何呢」來呈現疑問。

答案 **(2)**

〔解題〕**2**

a 因為前面有「両親によって／由父母」，所以 a 應填入被動形的「付けられる／命名」。b 接在「両親は……名前を／父母……（取）名」後面的應為「付ける / 取」。

答案 **(1)**

〔解題〕**3**

從上下文來理解，a・b 都應填入「多い／多半」。因此，「女の子には〜多いし、男の子には〜多い／為女孩〜多半，而為男孩〜多半」這個句型是正確的。

答案 **(4)**

〔解題〕**4**

「必ずしも／一定」後面應接否定的詞語。因此，選項 3「いない／並不」是最合適的選項。

答案 **(3)**

〔解題〕**5**

由於前一句提到「この名前は決して私の本質をあらわしてはいない／這個名字根本沒有反映出我的本性」，作者接著説明理由「私は、時に〜たり〜たり／我有時候會〜，也會〜」。因此選項 2 正確。

答案 **(2)**

翻譯與解題

◎ 問題 1 請從 1・2・3・4 之中選出一個最適合填入（　　）的答案。

□ **1** 台風が接近しているそうだ。明日の登山は中止（　　）。

   1　するわけにはいかない　　　2　せざるを得ない

   3　せずにすむ　　　　　　　　4　せずにはおけない

  譯〉聽説颱風即將登陸。明天的登山活動（不得不）取消。
     1　總不能　　　　　　　　　2　不得不
     3　得以逃過一劫　　　　　　4　無法那樣做

□ **2** この私がノーベル賞を受賞するとは。貧乏学生だった頃には想像だに（　　）。

   1　できません　　　　　　　　2　していません

   3　しませんでした　　　　　　4　しないものです

  譯〉沒有想到我竟然得到諾貝爾獎！在我當年還是個窮學生的時候，（完全沒有）想像
    過會有這種事。
     1　沒辦法　　　　　　　　　2　沒有做
     3　完全沒有　　　　　　　　4　不做的事

□ **3** 彼女は、衣装に着替える（　　）、舞台へ飛び出して行った。

   1　とたん　　　　　　　　　　2　そばから

   3　かと思うと　　　　　　　　4　が早いか

  譯〉她（一）換好服裝（就）立刻衝上了舞台。
     1　一～　　　　　　　　　　2　剛～就～
     3　才剛　　　　　　　　　　4　一～就～

□ **4** 作業中は、おしゃべり（　　）、トイレに行くことも許されないなんて、まる
  で刑務所だね。

   1　ときたら　　　　　　　　　2　はおろか

   3　といわず　　　　　　　　　4　であれ

  譯〉在工作期間，（別説是）聊天了，就連上廁所都不行，簡直像在監獄裡一樣！
     1　提到～的話　　　　　　　2　別説是
     3　不要説　　　　　　　　　4　儘管是～

解題 **1**　　　　　　　　　　　　　　　　　　　　　　　　答案 **(2)**

要選有「中止する／取消」意思的選項。「～ざるを得ない／不得不～」用在表示我並不想這樣，但因為某個原因所以沒有辦法時。句型是「（動詞ない形）ざるを得ない／不得不」，但「する／做」是例外，必須寫作「せざるを得ない／不得不做」。

其他　選項1「わけにはいかない／不可以」用在表示由社會角度或心理因素而無法做到時。選項3「ずにすむ／不…也行」用在表示不做～也沒關係時。選項4「ずにはおけない／不能不～」是不～就是無法原諒、一定要這麼做的意思。

解題 **2**　　　　　　　　　　　　　　　　　　　　　　　　答案 **(3)**

因為是「貧乏学生だった頃／當年還是個窮學生的時候」，所以要選過去式。「～だに／連～」寫作「～だに…ない／連～也不…」形式時，表示"完全…沒有"的意思。

其他　「～とは／竟然～」是表達"訝異、驚人、嚴重"等心情的説法。

解題 **3**　　　　　　　　　　　　　　　　　　　　　　　　答案 **(4)**

「（動詞辞書形／た形）が早いか／一～就」用在表示做～後馬上接著做下一件事時。例句：彼は教室の席に座るが早いか、弁当を広げた。（他一進教室坐到座位上，就立刻打開便當了。）

其他　選項1和選項3前面必須接動詞た形。如果是「着替えたとたん／一換好服裝就」和「着替えたかと思うと／剛換好服裝馬上就」則正確。選項2用在表示即使做了～、做了～，卻馬上又重蹈覆轍時。

解題 **4**　　　　　　　　　　　　　　　　　　　　　　　　答案 **(2)**

「（名詞）はおろか／別説是」是"～是當然的"的意思。是強調比此程度更高（或更低）的説法。常用於表達負面的事。

其他　選項1「ときたら／提到～的話」用在表示"～很糟糕"時。選項3「～といわず～といわず／無論～還是～」是表示"～也好～也好，全都"的意思。選項4「であれであれ／不管是～還是～」是表示無論～還是～都沒差別，全都一樣的意思。

□ **5** この店の豆腐は、昔（　　　　）の製法にこだわって作っているそうだ。

1　ながら　　　　　　　　2　なり

3　ばかり　　　　　　　　4　限り

譯〉聽說這家店的豆腐始終堅持（謹遵）古法製作。
　　1　謹遵　　　　　　　　2　立刻
　　3　總是　　　　　　　　4　竭盡

□ **6** A：明日、降らないといいね。

B：うん、でも（　　　　）、美術館か博物館にでも行こうよ。

1　雨といい風といい　　　　2　雨といわず風といわず

3　雨にいたっては　　　　　4　雨なら雨で

譯〉A：真希望明天別下雨哦！
　　B：嗯，可是（下雨的話就按照雨天的方案），看是要去美術館還是博物館都好！
　　1　是雨也好是風也罷　　　2　不論下雨還是颱風
　　3　至於說到下雨　　　　　4　下雨的話就按照雨天的方案

□ **7** 森さんの顔に殴られたようなあざがあり、どうしたのか気になったが、（　　　　）。

1　聞くに堪えなかった　　　2　聞くに聞けなかった

3　聞けばそれまでだった　　4　聞かないではおかなかった

譯〉森先生的臉上彷彿挨了揍似地出現淤青，雖然很想知道他出了什麼事，（卻實在無法開口詢問）。
　　1　不忍聆聽　　　　　　　2　卻實在無法開口詢問
　　3　一開口問就完了　　　　4　實在不能不問

□ **8** 社員（　　　　）の会社ではないのか。真っ先に社員の待遇を改善すべきだ。

1　いかん　　　　　　　　2　あって

3　ながら　　　　　　　　4　たるもの

譯〉（有）員工才有公司，不是嗎？所以首先必須改善員工的薪資才對！
　　1　如何　　　　　　　　2　有
　　3　一邊～　　　　　　　4　身為～就～

解題 5　　　　　　　　　　　　　　　　　　　　　　　　**答案 (1)**

「（名詞、動詞ます形）ながら（の）／謹遵」是"保持〜，一直"的意思。
例句：この辺りは昔ながらの古い街並みが残っている。（這一帶還保存
著古老的街景。）

其他 選項 2「（動詞辞書形）なり／剛〜就立刻〜」用在表示做了〜後馬
上接著做下一件事時。選項 3「ばかり／總是」是"僅只〜"的意思。選
項 4「限り／竭盡〜」是"〜的範圍全部"的意思。

解題 6　　　　　　　　　　　　　　　　　　　　　　　　**答案 (4)**

「〜なら…で／〜的話…也沒關係」表示就算是〜的狀況，也有和想像中
不同的看法。題目的意思是即使下雨也可以去博物館（不同於一般人對下
雨的反應），所以沒關係。

其他 選項 1「〜といい〜といい／〜也好〜也罷」表示不管是看到〜還是
看到〜都一樣。選項 2「〜といわず〜といわず／無論〜還是〜」表示"〜
也好〜也好，全都"的意思。選項 3「にいたっては／至於説到」表示"舉
一個極端的例子，尤其像是〜"。

解題 7　　　　　　　　　　　　　　　　　　　　　　　　**答案 (2)**

「（動詞辞書形）に＋可能動詞的否定形／實在無法」用在表示雖然想
做〜，但因故而無法做時。

其他 選項 1「に堪えない／忍受不住」用在表示"不值得〜"時。選項 3
「それまでだ／〜就完了」用在表示如果變成〜就完了時。選項 4「では
おかない／不能不」用在表示"不做到〜絕不罷休，一定要做〜"時。

解題 8　　　　　　　　　　　　　　　　　　　　　　　　**答案 (2)**

「（名詞 A）あっての（名詞 B）／有 A 才有 B」是正因為有 A，所以才有
B 的意思。

其他 選項 1「〜いかん（だ）／根據」是"根據〜決定"的意思。選項 3「な
がら／一邊」有同時動作、逆接和狀態的持續三種意思。選項 4「（名詞）
たるもの／身為〜就〜」用在表示站在該負責的人的立場或位居上位者，
應該要這麼做時。

□ **9** 明け方、消防車のサイレンの音に（　　　）。

　　1　起きさせた　　　　　　　　　2　起こした

　　3　起こされた　　　　　　　　　4　起きさせられた

　　譯〉黎明時分，我（被）消防車的鳴笛聲（吵醒了）。
　　　　1　X　　　　　　　　　　　　2　叫醒了
　　　　3　被～吵醒了　　　　　　　　4　被迫叫醒了～

□ **10** すみませんが、ちょっとペンを（　　　）。

　　1　お借りできませんか　　　　　2　お貸しできませんか

　　3　お借りになりませんか　　　　4　お貸しになりませんか

　　譯〉不好意思，（請問可不可以向您借）一下原子筆（呢）？
　　　　1　請問可不可以向您借～呢　　2　X
　　　　3　X　　　　　　　　　　　　4　X

(解題) **9**　　　　　　　　　　　　　　　　　　　　(答案) **(3)**

本題的主詞「私／我」被省略了。題目的原句是「私は～音に（音を聞いて）起きた／我聽到～聲（聽到聲音）而醒了」，題目是由這個句子轉換成使役被動句。「起きる／醒來」為使役句的時候，不寫作「起きさせる」，而應使用「起こす／吵醒」。「起こす／吵醒」的使役受身形是「起こされる／被吵醒」。

(解題) **10**　　　　　　　　　　　　　　　　　　　(答案) **(1)**

因為以「すみませんが／不好意思」來拜託，所以可以知道題目的意思是想借筆。「お（動詞ます形）します」是謙讓用法。例句：先生、お荷物は私がお持ちします。（老師，您的行李請交給我提。）題目和「お借りしてもいいですか／可以借給我嗎」意思相同。

(其他) 選項3和選項4「お（動詞ます形）になります」是敬語用法。例句：先生がお帰りになりますから、タクシーを呼んでください。（議員要回去了，請幫忙攔計程車。）

◎ 問題 2 下文的 ＿★＿ 中該填入哪個選項，請從 1・2・3・4 之中選出一個最適合的答案。

□ 1 水_{みず}は、＿＿＿ ＿＿＿ ＿★＿ ＿＿＿ならないものだ。

1 生物_{せいぶつ}　　　　　　　　　2 にとって

3 なくては　　　　　　　　4 あらゆる

答〉水は、あらゆる生物にとってなくてはならないものだ。
　　（水對於所有的生物來說是不可或缺的存在。）

□ 2 採用面接_{さいようめんせつ}では、志望動機_{しぼうどうき}＿＿＿ ＿＿＿ ＿★＿ ＿＿＿、細_{こま}かく質問_{しつもん}された。

1 家族構成_{かぞくこうせい}　　　　　　　2 から

3 至_{いた}るまで　　　　　　　　4 に

答〉採用面接では、志望動機から家族構成に至るまで、細かく質問された。
　　（在錄用面試時，從報考動機乃至於家庭成員都仔仔細細問了我。）

□ 3 どんな悪人_{あくにん}＿＿＿ ＿＿＿ ＿★＿ ＿＿＿いるのだ。

1 家族_{かぞく}が　　　　　　　　2 悲_{かな}しむ

3 死_しねば　　　　　　　　　4 といえども

答〉彼女に告白したところで、どうせ振られるのだからやめておけばいいものを。
　　（即使是十惡不赦的壞人，如果死了，還是會有為他傷心的家人。）

□ 4 いつもは静_{しず}かな＿＿＿ ＿＿＿ ＿★＿ ＿＿＿国内外_{こくないがい}からの多_{おお}くの観光客_{かんこうきゃく}で賑_{にぎ}わう。

1 ともなると　　　　　　　2 紅葉_{こうよう}の季節_{きせつ}

3 も　　　　　　　　　　　4 この寺_{てら}

答〉いつもは静かなこの寺も紅葉の季節ともなると国内外からの多くの観光客で賑わう。
　　（即使是平時安安靜靜的這座寺院一旦變成〈進入〉葉子轉紅的季節，就會大批湧入來自國內外的遊客，好不熱鬧。）

□ 5 山頂_{さんちょう}から＿＿＿ ＿＿＿ ＿★＿ ＿＿＿。一生_{いっしょう}の思_{おも}い出_でだ。

1 素晴_{すば}らしさ　　　　　　　2 眺_{なが}めた

3 といったら　　　　　　　4 景色_{けしき}の

答〉山頂から眺めた景色の素晴らしさといったら。一生の思い出だ。
　　（提起那時從山頂上眺望的景色實在太壯觀了！我一輩子都不會忘記！）

解題 1　　　　　　　　　　　　　　　　　　　　**答案 (2)**

「なくてはならない／不可或缺」是表達"絕對必要"意思的固定説法。「にとって／對於」必須接名詞，所以選項 1 和 2 可以連接起來。選項 4 是全部的意思，修飾選項 1。

其他「にとって／對於～來説」用在表示從～的立場來考慮時。例句：この古い写真は、私にとっては宝物なんです。（這張老照片是我的寶貝。）

解題 2　　　　　　　　　　　　　　　　　　　　**答案 (4)**

看到題目後想到「～から～まで／從～乃至於～」這個文法。「に至るまで／甚至到～」是表達範圍的「まで／～到」的強調説法。

其他「に至るまで／甚至到～」是甚至是到～這個驚人的範圍的意思。例句：この保育園は、毎日の給食から、おやつのお菓子に至るまで、全て手作りです。（這家托兒所每天供應的餐食，從營養午餐到零食點心，全部都是親手烹飪的。）

解題 3　　　　　　　　　　　　　　　　　　　　**答案 (2)**

接在「どんな悪人／十惡不赦的壞人」後面的是選項 4。「いるのだ／會有」前面的是選項 1。選項 3 和選項 2 是用來説明選項 1 的詞語。如果連接選項 1 和 2 寫成「家族が悲しむ／家人很傷心」的話，就無法連接句尾的「いるのだ／會有」。

其他「といえども／即使是～」用在表示雖然～是事實，但實際情況和想像中的並不同時。

解題 4　　　　　　　　　　　　　　　　　　　　**答案 (2)**

「静かな／安安靜靜的」的後面要接名詞，所以是選項 2 和選項 4 其中一個。從語意考量，選項 4 後面應接選項 3。選項 1「ともなると／一旦變成」是「～になると／如果變成～」的意思。

其他「（名詞）ともなると／一旦變成」是一旦發展到～的境界、要是～狀況變得特別了的意思。

解題 5　　　　　　　　　　　　　　　　　　　　**答案 (1)**

請注意如果把選項 2 填入句尾，句子則無法成立。將選項 4 和選項 1 連接在一起。「山頂から／從山頂上」的後面應接選項 2。句子最後應填入選項 3。選項 3 將「～といったらない／實在是」的「ない」（本題是過去式所以應為「なかった」）省略了。

◎ 問題 3 於閱讀下述文章之後，就整體文章的內容作答第 ▢ 1 ▢ 至 ▢ 5 ▢ 題，
並從 1・2・3・4 選項中選出一個最適合的答案。

ドバイ旅行（りょこう）

　　会社（かいしゃ）の休（やす）みを利用（りよう）してドバイに行（い）った。羽田空港（はねだくうこう）を夜中（よなか）に発（た）って 11 時間（じかん）あまりでドバイ到着（とうちゃく）。2 泊（はく）して、3 日目（かめ）の夜中（よなか）に帰国（きこく）の途（と）につくという日程（にってい）だ。

　　ドバイは、ペルシャ湾（わん）に面（めん）したアラブ首長国連邦（しゅちょうこくれんぽう）の一（ひと）つであり、代々世襲（だいだいせしゅう）(注1) の首長（しゅちょう）が国（くに）を治（おさ）めている。面積（めんせき）は埼玉県（さいたまけん）とほぼ同（おな）じ。 **1-a** 小（ちい）さな漁村（ぎょそん）だったが、20 世紀（せいき）に入（はい）って貿易港（ぼうえきこう）として発展（はってん）。1966 年（ねん）に石油（せきゆ）が発見（はっけん）され急速（きゅうそく）に豊（ゆた）かになったが、その後（ご）も、石油（せきゆ）のみに依存（いぞん）しない経済作（けいざいづく）りを目指（めざ）して開発（かいはつ）を進（すす）めた。その結果（けっか）、 **1-b** 高層（こうそう）ビルが建（た）ち並（なら）ぶゴージャス (注2) な商業都市（しょうぎょうとし）として発展（はってん）を誇（ほこ）っている。現在（げんざい）、ドバイの石油産出量（せきゆさんしゅつりょう）はわずかで ▢ 2 ▢ 、貿易（ぼうえき）や建設（けんせつ）、金融（きんゆう）、観光（かんこう）など幅広（はばひろ）い産業（さんぎょう）がドバイを支（ささ）えているという。

　　観光（かんこう）による収入（しゅうにゅう）が 30％というだけあって、とにかく見（み）る所（ところ）が多（おお）い。それも「世界一（せかいいち）」を誇（ほこ）るものがいくつもあるのだ。世界一高（せかいいちたか）い塔（とう）バージュ・ハリファ、巨大人工島（きょだいじんこうとう）パームアイランド、1,200 店（てん）が集（あつ）まるショッピングモール (注3)、世界最高級七（せかいさいこうきゅうなな）つ星（ぼし）ホテルブルジュ・アル・アラブ、世界一傾（せかいいちかたむ）いたビル……などなどである。

　　とにかく、見（み）るもの全（すべ）てが "すごい" ので、 ▢ 3 ▢ しまう。ショッピングモールの中（なか）のカフェに腰（こし）を下（お）ろして人々（ひとびと）を眺（なが）めていると、さまざまな肌色（はだいろ）や服装（ふくそう）をした人々（ひとびと）が通（とお）る。民族衣装（みんぞくいしょう）を身（み）に着（つ）けたアラブ人（じん）らしい人（ひと）は ▢ 4 ▢ 。アラブ人（じん）は人口（じんこう）の 20％弱（じゃく）だというだけに、ドバイではアラブ人（じん）こそ逆（ぎゃく）に外国人（がいこくじん）に見（み）える。

　　急速（きゅうそく）な発展（はってん）を誇（ほこ）る未来都市（みらいとし）のようなドバイにも、経済的（けいざいてき）に大（おお）きな困難（こんなん）を抱（かか）えた時期（じき）があったそうだ。2009 年（ねん）「ドバイ・ショック」と言（い）われる債務超過（さいむちょうか）(注4) による金融危機（きんゆうきき）である。アラブ首長国（しゅちょうこく）の首都（しゅと）アブダビの援助（えんじょ）などもあって、現在（げんざい）では社会状況（しゃかいじょうきょう）もかなり安定（あんてい）し、さらなる開発（かいはつ）が進（すす）められているが、今（いま）も債務（さいむ）の返済中（へんさいちゅう）であるという。

　　そんなことを思（おも）いながらバージュ・ハリファ 124 階（かい）からはるかに街（まち）を見下（みお）ろすと、砂漠（さばく）の中（なか）のドバイの街（まち）はまさに "砂上（さじょう）の楼閣（ろうかく）" (注5)、砂漠（さばく）に咲（さ）いた徒花（あだばな）(注6) のようにも見（み）えて、一瞬（いっしゅん）うそ寒（さむ）い (注7) 気分（きぶん）に襲（おそ）われた。しかし、21 世紀（せいき）の文明（ぶんめい）を象徴（しょうちょう）するような魅力的（みりょくてき）なドバイである。これからも繁栄（はんえい）を続（つづ）けることを ▢ 5 ▢ いられない。

（注1）世襲（せしゅう）：子孫（しそん）が受（う）け継（つ）ぐこと。　　（注2）ゴージャス：豪華（ごうか）でぜいたくな様子（ようす）。

（注3）ショッピングモール：多（おお）くの商店（しょうてん）が集（あつ）まった建物（たてもの）。

（注4）債務超過（さいむちょうか）：借金（しゃっきん）の方（ほう）が多（おお）くなること。

（注5）砂上（さじょう）の楼閣（ろうかく）：砂（すな）の上（うえ）に建（た）てた高層（こうそう）ビル。基礎（きそ）が不安定（ふあんてい）で崩（くず）れやすい物（もの）のたとえ。

（注6）徒花（あだばな）：咲（さ）いても実（み）を結（むす）ばずに散（ち）る花（はな）。実（み）を結（むす）ばない物事（ものごと）のたとえ。

（注7）うそ寒（さむ）い：なんとなく寒（さむ）いようなぞっとする気持（きも）ち。

杜拜遊記

我利用公司的休假日去了杜拜旅行。旅遊行程是深夜從羽田機場搭機起飛，經過了 11 個多小時的飛行時間抵達杜拜，在那裡住了兩晚，於第三天晚上搭機返國。

杜拜是阿拉伯聯合大公國位於波斯灣沿海的一個城市，由歷代世襲^(注1)的酋長治理國家，其面積和埼玉縣大約相同。這裡 **1-a** 原本是個小漁村，進入 20 世紀之後發展成為貿易港口。自從 1966 年挖掘到石油之後突然變得非常富裕，其後的經濟發展朝著不單一依賴石油出口的方向積極努力。 **1-b** 如今，這裡已經發展成摩天大樓林立、全球聞名的一座豪奢^(注2)的商業城市。杜拜現在的石油產量 **2** 儘管不多，然而來自貿易、建設、金融、觀光等不同領域產業的收入仍足以支撐其財政所需。

這裡不愧是財政收入有 30％屬於觀光收入的城市，可供旅客遊覽的地方多不勝數，甚至有好幾處都是享有「世界第一」稱號的名勝，包括世界第一高塔哈里發塔、龐大的人工島棕櫚島、擁有多達 1,200 家店鋪入駐的購物中心^(注3)、世界最高級的七星旅館卓美亞帆船飯店、世界最斜的人造塔樓（首都門）等等……。

總而言之，眼前所見無不令人「嘆為觀止」， **3** 為之折服。我在購物中心裡的咖啡廳彎腰俯瞰下方，各種膚色的人種穿著形形色色的服裝穿梭來往。身穿傳統民族服飾、貌似阿拉伯人的人 **4** 寥寥可數。據說阿拉伯人只佔杜拜總人口的不到 20％，因此阿拉伯人在這裡看起來反而像是外國人。

不過，這個以急速發展為自豪、宛如未來都市的杜拜，據說也曾面臨過非常嚴重的經濟危機。2009 年，這裡發生過一場被稱為「杜拜風暴」的無力償付債務^(注4)的金融危機。所幸得到阿拉伯聯合大公國首都阿布達比的經濟援助，目前的社會狀況已經相當穩定，各項開發工程也正在進行，現在仍然持續償還債務之中。

我心裡想著關於杜拜的這一切，從哈里發塔的 124 樓遙望底下的街景，忽然覺得位在沙漠中的杜拜市容正如「空中樓閣」^(注5)，宛如綻放在沙漠中的一朵虛幻之花^(注6)，剎時感到了一股微微的寒意^(注7)。然而，這也正式象徵 21 世紀文明的杜拜具有魅力之處。我不得 **5** 不祈求（我衷心祈求）這裡往後依然能夠繼續維持現在的繁榮盛景。

（注 1）世襲：由子孫繼承。
（注 2）豪奢：豪華而奢侈的樣子。
（注 3）購物中心：彙集了許多商店的建築物。
（注 4）無力償付債務：債務超過了債務人能夠償付的限度。
（注 5）空中樓閣：日文原意是蓋在沙上的大廈，比喻基礎不穩固而容易崩塌的事物。
（注 6）虛幻之花（虛有其表）：日文原意是沒有結果就凋謝了的花朵，比喻事物沒有實質內容。
（注 7）感到一股微微的寒意：覺得似乎有點冷。

　　1　a　今は ／ b　もとは　　2　a　もとは ／ b　今も

　　3　a　もとは ／ b　今や　　4　a　今は ／ b　今や

　譯> 1　a　如今是 ／ b　原本是
　　　 2　a　原本是 ／ b　如今也是
　　　 3　a　原本 ／ b　如今
　　　 4　a　如今是 ／ b　現在則是

　　1　あるし　　　　　　　　　2　あるにもかかわらず

　　3　あったが　　　　　　　　4　あることもあるが

　譯> 1　一方面有　　　　　　　 2　儘管（儘管有、儘管是）
　　　 3　雖然有　　　　　　　　 4　有是有

　　1　圧倒して　　　　　　　　2　圧倒されて

　　3　がっかりして　　　　　　4　集まって

　譯> 1　壓倒對方　　　　　　　 2　為之折服
　　　 3　感到失望　　　　　　　 4　聚集起來

　　1　とても多い　　　　　　　2　素晴らしい

　　3　アラブ人だ　　　　　　　4　わずかだ

　譯> 1　非常多　　　　　　　　 2　了不起
　　　 3　是阿拉伯人啊　　　　　 4　寥寥可數

　　1　願って　　　　　　　　　2　願うが

　　3　願わずには　　　　　　　4　願いつつ

　譯> 1　祈求
　　　 2　雖然祈求
　　　 3　不祈求【願わずにはいられない＝不得不祈求＝衷心祈求】
　　　 4　持續祈求

(解題) **1**

1-a 空格部分的後面「小さな漁村だったが／原本是個小漁村」是過去式，**1-b** 的後面「発展を誇っている／以發展為傲」是現在式，所以可知 a 應填入「もとは／原本」，b 應填入「今や／如今」。

(解題) **2**

注意題目空格的前後，「石油産出量はわずか／石油產量不多」和「貿易や～など幅広い産業がドバイをささえている／來自貿易～等不同領域產業的收入仍足以支撐杜拜財政所需」，這前後兩項是相反的內容，所以填入「にもかかわらず／儘管」最為適切。

(解題) **3**

要尋找能表達出看見「すごい／嘆為觀止」的事物時內心震撼的詞語，找到了選項 2「圧倒されて（しまう）／為之折服」是正確答案。選項 1「圧倒して／壓倒對方」是指展現出卓越的事物或出眾的力量來戰勝對手。本題必須寫成被動式「圧倒されて／被對方壓倒（為之折服）」。

(解題) **4**

空格後面的句子寫道「ドバイではアラブ人こそ逆に外国人に見える／阿拉伯人在這裡看起來反而像是外國人」，因此「アラブ人らしい人はとても少ない／看起來像阿拉伯人的人很少」，也就是說選項 4「わずか／寥寥可數」是正確答案。

(解題) **5**

這題考的是「～ずにはおかない／不能不～」、「ないではおかない／必須」。選項 3「願わずにはいられない／不得不祈求」表達「どうしても願う気持ちになってしまう／衷心祈求」的意思。

翻譯與解題

◎ 問題 1 請從 1・2・3・4 之中選出一個最適合填入（　　　）的答案。

□ **1** 優秀な彼が、この程度の失敗で辞職に追い込まれるとは、残念で（　　　）。

1 やまない	2 堪えない
3 ならない	4 やむをえない

譯〉那麼優秀的他，竟然只因為這種小小的失誤就被迫辭職，實在讓人（太）遺憾了。
　　1 不已　　　　　　　　　2 難以承受
　　3 太（不得了）　　　　4 不得已

□ **2** 隊員たちは、危険を（　　　）、行方不明者の捜索にあたった。

1 抜きにして	2 ものともせず
3 問わず	4 よそに

譯〉隊員們（絲毫不顧）自身的危險，奮力搜尋失蹤者的下落。
　　1 撤除　　　　　　　　　2 絲毫不顧
　　3 不分　　　　　　　　　4 無關

□ **3** （　　　）を限りに、Ａ社との提携を打ち切ることとします。

1 最近	2 以降
3 期限	4 本日

譯〉本公司與Ａ公司的合作只到（今天）就結束了。
　　1 最近　　　　　　　　　2 之後
　　3 期限　　　　　　　　　4 今天

□ **4** 事情（　　　）、遅刻は遅刻だ。

1 のいかんによらず	2 ならいざ知らず
3 ともなると	4 のことだから

譯〉（不管）有任何理由，遲到就是遲到！
　　1 不管～　　　　　　　　2 如果是～的話就不得而知了
　　3 一旦成為　　　　　　　4 畢竟是

(解題) **1**　　　　　　　　　　　　　　　　　　　　(答案) (3)

這是非常遺憾的意思。「（動詞て形、い形くて、な形‐で）ならない／～得受不了）」用在表示無法遏制這樣的情緒時。

其他 選項1「てやまない／～不已」用在"～這種心情一直持續下去"時。選項2「に堪えない／忍受不住」用在表示"～這種心情非常強烈"時。選項4「やむを得ない／不得已」是沒有辦法、無能為力的意思。「（動詞ます形）得ない」表達"做不到、不可能"的意思。

(解題) **2**　　　　　　　　　　　　　　　　　　　　(答案) (2)

「（名詞）をものともせず／絲毫不顧」表達不把困難當作問題、克服困難的樣子。

其他 選項1「（名詞）を抜きにしては／沒有～就（不能）」是如果沒有～的話的意思。選項3「（名詞）を問わず／不分」用於表示不管是否～，哪個都一樣時。選項4「（名詞）をよそに／無關」是"不在意～"的意思。

(解題) **3**　　　　　　　　　　　　　　　　　　　　(答案) (4)

是在今天之內結束的意思。「（名詞）を限りに／以～為限」用在表示持續到現在的事情將在～結束時。例句：当店は今月を限りに閉店致します。（本店將於本月底結束營業。）

其他 選項1並非表示某個特定時日的詞語，所以錯誤。

(解題) **4**　　　　　　　　　　　　　　　　　　　　(答案) (1)

「いかん／不管」是不管怎樣、無論如何的意思。「（名詞）のいかんによらず／無論」是"無關～"的意思。是生硬的説法。

其他 選項2「ならいざしらず／（關於）我不得而知～」用在表示如果～的話也許是這樣，但事實並非如此時。選項3「ともなると／一旦成為」是如果到了～的地位或程度的意思。選項4「のことだから／畢竟是」用在表示從～的性格和平常的舉動來看的話時。

□ 5 大切なものだと知らなかった（　　　）、勝手に処分してしまって、すみませんでした。

1　とはいえ　　　　　　　　2　にもかかわらず

3　と思いきや　　　　　　　4　とばかり

譯〉（雖説）並不曉得那是非常重要的東西，仍然必須為我予以擅自丟棄致上歉意。
1　雖説　　　　　　　　2　儘管如此
3　原以為　　　　　　　4　似乎～一般地

□ 6 あの時の辛い経験があればこそ、僕はここまで（　　　）。

1　来たいです　　　　　　2　来たかったです

3　来られたんです　　　　4　来られた理由です

譯〉正因為有那時候的辛苦經驗，我（才有辦法來到）這裡。
1　想來　　　　　　　　2　非常想來
3　才有辦法來到　　　　4　能夠來的理由

□ 7 同じ議員でも、タレント出身のA氏の人気（　　　）、元銀行員のB氏の知名度はゼロに等しい。

1　ならでは　　　　　　　2　にもまして

3　にして　　　　　　　　4　にひきかえ

譯〉即使同樣是議員，B議員的知名度幾乎等於零，（與）藝人出身的A議員（有著天壤之別）。
1　非～莫屬　　　　2　勝過～
3　到了～階段，才～　4　與～有著天壤之別

□ 8 お礼を言われるようなことではありません。当たり前のことをした（　　　）です。

1　うえ　　　　　　　　　2　きり

3　こそ　　　　　　　　　4　まで

譯〉您不需要道謝，我（只是）做了理所當然的事而已。
1　不僅如此　　　2　只
3　正因為　　　　4　只是

(解題) **5**　　　　　　　　　　　　　　　　　　　　(答案) **(1)**

從（　）前後文的關係來考量，「（名詞、普通形）とはいえ／雖説」用在表示 "～雖是事實，但還是…" 時。

(其他) 選項2「にもかかわらず／儘管如此」是 "雖然～但還是" 的意思。選項3「と思いきや／原以為～」用在表示雖然是～這麼想，但事實並非如此時。選項4「とばかり（に）／似乎…般地」是簡直就像是在説～的態度的意思。

(解題) **6**　　　　　　　　　　　　　　　　　　　　(答案) **(3)**

「～ばこそ／正因為」用在表示正是因為～，並不是因為其他原因時。「こそ／正」表強調。接續方法是【［名詞、形容動詞詞幹］であれ；［形容詞・動詞］假定形】＋ばこそ。例句：あなたのことを思えばこそ、厳しいことを言うのです。（我是為了你著想才説重話的！）

(解題) **7**　　　　　　　　　　　　　　　　　　　　(答案) **(4)**

本題是在比較Ａ氏和Ｂ氏。「（名詞、普通形＋の）にひきかえ／與～有著天壤之別」是和～有很大的不同的意思。「知名度」是指名聲被社會大眾所聞知的程度。

(其他) 選項1「ならでは／非～莫屬」是只有～可以達到的意思，是用於表達評價的説法。選項2「にもまして／勝過」是 "雖然～也很…，但比起這個，另一個更～" 的意思。選項3「にして／到了～階段，才～」是因為是～這麼高的程度。

(解題) **8**　　　　　　　　　　　　　　　　　　　　(答案) **(4)**

「（動詞た形）までだ／只是」用在表示自己的舉動只不過是～而已時。例句：あなたを疑ってるわけじゃありません。事実を確認しているまでです。（我並非懷疑你，只是想確認當時的狀況而已。）

□ 9 日食とは、太陽が月の陰に（　　　　）ために、月によって太陽が隠される現象を
　　いう。

1 入れる　　　　　　　　　　 2 入る

3 入れる　　　　　　　　　　 4 入れられる

譯〉所謂日蝕，是指太陽（運行）到月球的背面，而導致月球遮住太陽的現象。

　　 1 放入　　　　　　　　　　 2 運行（進入）
　　 3 放得進去　　　　　　　　 4 可以放得進去

□ 10 一度、ご主人様に（　　　　）のですが、いつご在宅でしょうか。

1 お目にかないたい　　　　　 2 お目にはいりたい

3 お目にかかりたい　　　　　 4 お目にとまりたい

譯〉我（希望能見）尊夫一面，請問他在家嗎？

　　 1 X　　　　　　　　　　　 2 X
　　 3 希望能見　　　　　　　　 4 希望能請您過目

(解題) **9** (答案) **(2)**

選項 2「入る／運行（進入）」是自動詞。例句：ノックをして部屋に入ります。（敲門之後進入房間。）

其他 選項 1 是他動詞。例句：かばんに本を入れます。（把書放進包包。）選項 3 是「入る／進入」的可能形。選項 4 是「入れる／放入」的可能、被動、尊敬形。

(解題) **10** (答案) **(3)**

「お目にかかる／見到」是「会う／見到」的謙讓語。和「お会いしたい／想見」意思相同。

◎ 問題 2 下文的___★___中該填入哪個選項，請從 1・2・3・4 之中選出一個最適合的答案。

□ **1** 食物アレルギーを甘くみてはいけない。_____ _____ ___★___ _____あるのだ。

　　1 食べよう　　　　　　　　　2 誤って
　　3 命にかかわることも　　　　4 ものなら

答〉食物アレルギーを甘くみてはいけない。誤って食べようものなら命にかかわることもあるのだ。
　　（不要小看食物過敏的嚴重性。假如誤食的話，有時可能會危及性命 。）

□ **2** この_____ _____ ___★___ _____を禁ずる 。

　　1 部屋に　　　　　　　　　　2 なしに
　　3 入ること　　　　　　　　　4 断り

答〉この部屋に断りなしに入ることを禁ずる。
　　（這個房間禁止未報備即擅自進入。）

□ **3** たとえ_____ _____ ___★___ _____しません 。

　　1 大金を　　　　　　　　　　2 ことは
　　3 友人を裏切るような　　　　4 積まれようと

答〉たとえ大金を積まれようと友人を裏切るようなことはしません。
　　（就算能因此賺到一大筆錢 ，也不會做出背叛朋友的那種事。）

□ **4** お金を貸すことは_____ _____ ___★___ _____できますよ。

　　1 までも　　　　　　　　　　2 くらいなら
　　3 できない　　　　　　　　　4 アルバイトの紹介

答〉お金を貸すことはできないまでもアルバイトの紹介くらいならできますよ。
　　（就算沒辦法借錢給你，至少可以幫忙介紹兼差工作喔！）

□ **5** 取材陣の_____ _____ ___★___ _____集中した 。

　　1 態度に　　　　　　　　　　2 極まる
　　3 世間の批判が　　　　　　　4 失礼

答〉取材陣の失礼極まる態度に世間の批判が集中した。
　　（採訪團隊當時那種極度沒有禮貌的提問態度飽受社會輿論的批評。）

（解題）**1** （答案）(4)

句子最後的「あるのだ／有」前面應填入選項3。選項1和選項4是"如果吃了"的意思。選項1的前面應填入選項2。

其他「（動詞意向形）ものなら／如果能～的話」用在表示如果～的話，事情就嚴重了時。例句：妻に文句を言おうものなら、2倍になって返って来る。（如果膽敢向太太抱怨幾句，就會遭受到她兩倍的牢騷轟炸。）

（解題）**2** （答案）(2)

「この／這個」的後面應接選項1，「を禁ずる／禁止」的前面應接選項3。選項4和選項2是"不允許"的意思。

其他「（名詞、動詞辞書形＋こと）なしに／不～就～」用在表示"不～而…，不～而保持原樣"時。例句：今日は店が混んで、休憩なしに5時間働き続けた。（今天店裡客流不斷，以致於連續工作了五個小時沒得休息。）

（解題）**3** （答案）(3)

呼應句子開頭「たとえ／就算」的是選項4「～（よ）うと／就算～也～」，所以要將選項1和選項4連接起來。「しません／不會」的前面應填入選項3和選項2。

其他「～（よ）うと／就算～也～」用在表示即使～也沒有關係、不受影響時。接續方式是【動詞意向形】＋（よ）うと。

（解題）**4** （答案）(4)

因為句尾有「できますよ／可以喔」，所以注意到選項裡的「できない／沒辦法」。「お金を貸すこと／借錢給你」與選項4是成對的。「～までも／至少」是"雖然無法做到～"的意思。

其他「（動詞ない形）までも／至少」是雖然無法達到～的程度，但能達到稍低一點的程度的意思。

（解題）**5** （答案）(1)

主詞是伴隨助詞「が」的選項3。加上「批判が集中した／飽受批評」這個句子。選項4和選項2是用來說明選項1的「態度／態度」。「取材陣／採訪團隊」是指進行採訪的記者等團隊。

其他「（な形）極まる／極其」是"非常～"的意思。「（な形）極まりない／極其」也被用作同樣的意思。

◎ 問題 3 於閱讀下述文章之後，就整體文章的內容作答第 [1] 至 [5] 題，並從 1・2・3・4 選項中選出一個最適合的答案。

旅の楽しみ

　テレビでは、しょっちゅう旅行番組をやっている。それを見ていると、居ながらにしてどんな遠い国にも [**1**] 。一流のカメラマンが素晴らしい景色を写して見せてくれる。旅行のための面倒な準備もいらないし、だいいち、お金がかからない。番組を見ているだけで、 [**2-a**] その国に [**2-b**] 気になる。

　だからわざわざ旅行には行かない、という人もいるが、私は、番組を見て旅心を誘われるほうである。その国の自然や人々の生活に関する想像が膨らみ、行ってみたいという気にさせられる。

　旅の楽しみとは、まずは、こんなことではないだろうか。心の中で想像を膨らますことだ。 [**3-a**] その想像は美化 ^(注1) されすぎて、実際に行ってみたらがっかりすることも [**3-b**] 。しかし、それでもいいのだ。自分自身の目で見て、そのギャップ ^(注2) を実感することこそ、旅の楽しみでも [**4**] 。

　もう一つの楽しみとは、旅先から自分の国、自分の家、自分の部屋に帰る楽しみである。帰りの飛行機に乗った途端、私は早くもそれらの楽しみを思い浮かべる。ほんの数日間離れていただけなのに、空港に降り立ったとき、日本という国のにおいや美しさがどっと身の回りに押し寄せる。家の小さな庭の草花や自分の部屋のことが心に [**5**] 。

　帰宅すると、荷物を片付ける間ももどかしく ^(注3) 、懐かしい自分のベッドに倒れこむ。その瞬間の嬉しさは格別である。

　旅の楽しみとは、結局、旅に行く前と帰る時の心の高揚 ^(注4) にあるのかもしれない。

（注1）美化：実際よりも美しく素晴らしいと考えること。

（注2）ギャップ：差。

（注3）もどかしい：早くしたいとあせる気持ち。

（注4）高揚：気分が高まること。

旅行的樂趣

電視上時常播映旅遊節目。觀賞那些節目時，儘管人在家中坐，卻 ___1___ 能夠前往任何遙遠的國度。一流的攝影師拍下壯麗的風景給我們欣賞。一來，我們不必費心準備出遊，更重要的是，完全免費。光是看著節目，就 ___2-a___ 彷彿自己也 ___2-b___ 去到了那個國家 ___2-b___ 似的。

或許有些人覺得，既然有節目播給我們看，就不必特地出門旅行了，但是我屬於看了節目以後反而勾起想前往旅遊的興致。我在腦海裡不斷想像著那個國家的自然景觀與居民生活，很想去一探究竟。

提到旅行的樂趣，我認為首先應該是這一項——在心裡不斷描繪著對於旅遊地的想像。 ___3-a___ 説不定那種想像會過度美化（注1），實際上到了那裡一看， ___3-b___ 或許反而十分失望。不過，就算這樣也沒關係。因為親眼見證、親身體會到想像與實際之間的差距（注2），也 ___4___ 正是旅行的樂趣之一。

至於另一項樂趣則是，從旅遊地期盼著回到自己的國家、自己的家、自己的房間。就在搭上回程飛機的剎那，我內心已經萌生對於回家的期盼了。

明明只是離家幾天而已，卻在飛機落地走進機場的那一刻，日本這個國家的氣味與美麗瞬時將我緊緊包圍，心頭頓時 ___5___ 想起家裡小院子的花草和自己的房間的影像。

一回到家裡，連解開行李都等不及（注3），一下子就撲上自己那張思念多日的床鋪。那一瞬間的喜悅實在難以形容。

或許，旅行的樂趣在於出發前和回家時雀躍（注4）的心情吧。

（注1）美化：以為比實際狀況更加美好。
（注2）差距：雙方之間的距離。
（注3）等不及：急著趕快進行的焦躁情緒。
（注4）雀躍：情緒非常高昂。

　1　行くのだ　　　　　　　　　2　行くかもしれない
　3　行くことができる　　　　　4　行かない

譯〉1 要去　　　　　　　　　　　2 或許能去
　　3 能夠前往　　　　　　　　　4 不能去

　1　a　まるで　／　b　行く
　2　a　あたかも　／　b　行くような
　3　a　または　／　b　行ったかのような
　4　a　あたかも　／　b　行ったかのような

譯〉1　a　簡直是／b　要去　　　　2　a　彷彿／b　要去似的
　　3　a　又或者／b　去過了似的　4　a　彷彿／b　去到了〜似

　1　a　もしも　／　b　あるだろう
　2　a　もしかしたら　／　b　あるかもしれない
　3　a　もし　／　b　あるに違いない
　4　a　たとえば　／　b　ないだろう

譯〉1　a　萬一／b　應該有吧　　　2　a　説不定／b　或許反而
　　3　a　假如／b　一定有　　　　4　a　比如／b　應該沒有

　1　ないかもしれない　　　　　2　あるだろうか
　3　あるからだ　　　　　　　　4　ないに違いない

譯〉1 説不定沒有　　　　　　　　2 應該有吧
　　3 正是　　　　　　　　　　　4 一定沒有

　1　浮かべる　　　　　　　　　2　浮かぶ
　3　浮かばれる　　　　　　　　4　浮かべた

譯〉1 想出　　　　　　　　　　　2 想起
　　3 被漂浮　　　　　　　　　　4 想出了

〔解題〕 **1**

「居ながらにして/人在家中坐」是實際上並沒有去、待在原地的意思。因此後面應填入「行くことができる/能夠前往任何遙遠的國度」。

〔答案〕(3)

〔解題〕 **2**

要尋找表示只要看電視節目，就感覺自己好像到了當地意思的詞語。也可以寫成「まるで～行ったかのような/像是去到了～似的」，但是沒有這個選項，所以要選和「まるで/像是」意思相同，從「あたかも/彷彿」轉變而成的選項4「あたかも～行ったかのような/彷彿去到了～似的」。

〔答案〕(4)

〔解題〕 **3**

a 和 b 是互相呼應的關係。正確呼應的組合是「もしかしたら～かもしれない/説不定～或許反而」。

其他 選項1應寫作「もしも～ならば/萬一～的話」、選項3應寫作「もし～しても/假如～也」、選項4應寫作「たとえば～のような/比如～一般」，才是正確的呼應。

〔答案〕(2)

〔解題〕 **4**

前文提到也許實際去了會感到失望。下一句又提到「それでもいいのだ/就算這樣也沒關係」，所以後面的句子應為表示理由。因此，應選擇含有表示理由的「から/因為」的選項3。

〔答案〕(3)

〔解題〕 **5**

因為前面有「自分の部屋のことが/自己的房間的影像」，所以「心に浮かぶ/心頭想起」是正確的。

其他 因為選項1「浮かべる/想出」是他動詞，不能接在「～が」之後。選項3「浮かばれる/被漂浮」是被動式，和此處的文意不合。

〔答案〕(2)

【致勝虎卷 01】

新制日檢！絕對合格
N1,N2,N3,N4,N5
文法全真模考三回 + 詳解 [25K]

- 發行人／**林德勝**

- 著者／**吉松由美、田中陽子、西村惠子、山田社日檢題庫小組**

- 日文編輯／**王芊雅**

- 出版發行／**山田社文化事業有限公司**
  地址　臺北市大安區安和路一段112巷17號7樓
  電話　02-2755-7622
  傳真　02-2700-1887

- 郵政劃撥／**19867160號　大原文化事業有限公司**

- 總經銷／**聯合發行股份有限公司**
  地址　新北市新店區寶橋路235巷6弄6號2樓
  電話　02-2917-8022
  傳真　02-2915-6275

- 印刷／**上鎰數位科技印刷有限公司**

- 法律顧問／**林長振法律事務所　林長振律師**

- 書／**定價　新台幣499元**

- 初版／**2018年 5 月**

© ISBN：978-986-246-496-0
2018, Shan Tian She Culture Co. , Ltd.